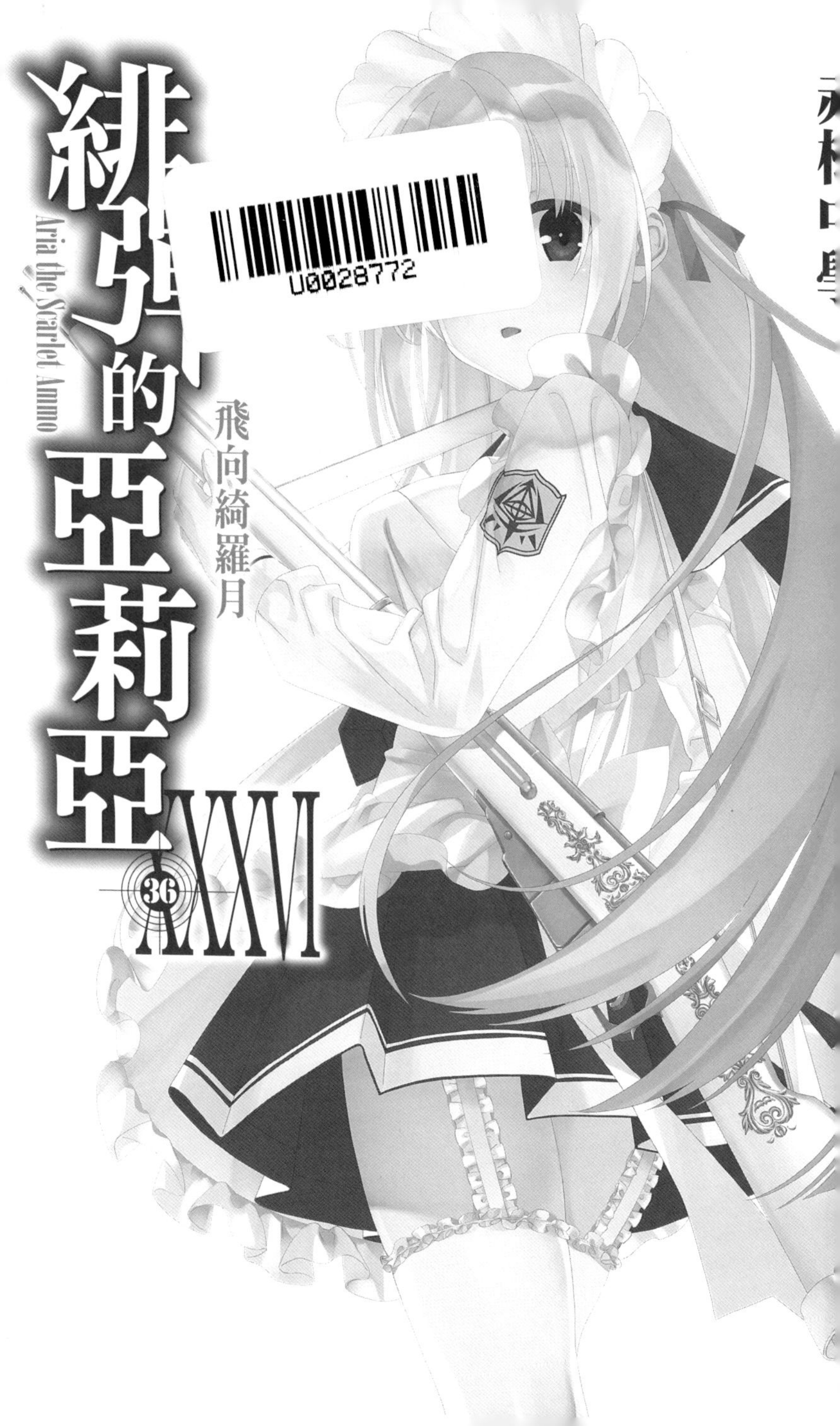
緋彈的亞莉亞
Aria the Scarlet Ammo
飛向綺羅月
XXXVI
36
U0028772

1彈　列庫忒亞公會

在路西菲莉亞腳前屈膝跪下，將妹妹頭瀏海的頭磕下的人物——南丁。

潛伏在武偵高中附屬小學的列庫忒亞人。

在她頭部側面有一對白色的小翅膀，後頸的髮際部分則是垂下一條有如尾巴的紅色羽毛。白與紅，配色上令人聯想到丹頂鶴的這些羽毛，平常似乎都藏在頭髮底下的樣子。

「噢噢，路西菲莉亞大人，世間萬物的模範，美豔的極致。與帶來光明的女神能夠結為連理，本人實在深感榮幸……！」

頭上長出翅膀、背著紅色小學生書包的丁，在有一對犛牛犄角並身穿水手服的路西菲莉亞面前自稱是她的新娘。

這狀況雖然令人感到奇怪，不過這兩人都是來自只有半人半妖女性存在的列庫忒亞。就算鳥女孩對野獸女孩求婚，結果兩人成為新娘與新娘，也不難理解這在她們的世界或許是很習以為常的景象吧。

然而，圓滾滾的大眼睛盈著淚水的丁又接著說道：

「跨越世界幾百年來，我痴痴等待著這一刻到來呀。只要有路西菲莉亞大人的──神的力量，要侵掠這個世界想必輕而易舉！」

這點我可就不能表示理解接受了。

因為列庫忒亞人所謂的『神』，是『足以毀滅世界之存在』的意思。然後雖然我個人感到很懷疑，不過據尼莫說路西菲莉亞似乎也是那樣的神明之一。侵略世界──要是她與做出這種發言的丁建立了什麼婚姻關係，搞不好會演變成一場大麻煩啊。

在體育館的頂樓，感覺好像比剛才更寒冷的秋風之中──

「──妳和某個路西菲莉亞締結過婚約是嗎？」

低頭望著丁的路西菲莉亞訝異地睜大睫毛挺立的雙眼。

「**某個**……？」

在旁邊一起聽著對話的金天如此疑惑呢喃，於是我小聲告訴她：

「路西菲莉亞一族是把種族名直接當成個人的名字使用。所以這句話應該是『路西菲莉亞族的什麼人和丁有締結婚約嗎？』的意思，我猜啦。」

然而這兩位列庫忒亞人的對話除了這部分以外也同樣難解……

「……難、難道說，您沒有共鳴嗎？路西菲莉亞大人……」

「很抱歉，我感受不到。如果在列庫忒亞，或許還能翻找看看記憶。」

──不妙。這麼快就連我也開始聽不懂了。明明在危機管理層面上，這應該是我必須跟上內容的對話才對。

丁臉上頓時露出大受打擊的表情，路西菲莉亞則是態度強硬地把手臂交抱在胸前……但我頂多只能看出來這兩人之間似乎有什麼超能力方面的意見齟齬。

或許是看出我心中的焦急，結果……

「那個……或許哥哥大人在感覺上不太容易明白，不過有一種超能力叫作『血之共鳴』。那是具有血緣關係的人之間能互相感受的心電感應。我想丁同學與路西菲莉亞小姐肯定是在講這件事。」

這次換成金天小聲對我如此說明了。踮起腳，把嘴巴湊到我耳邊。

「以前我好幾次從遠處探索哥哥大人位置的力量，也是這個超能力。雖然我頂多只能感受出親人所在的方位，不過等級再高一點的血之共鳴據說能夠知道家族發生什麼事。更強的甚至可以互相瀏覽對方的記憶，使得自我的界線變得模糊，讓親族之間**就連使用不同名字都會感到奇怪**的樣子……」

也就是說——『血之共鳴』強大的種族，能夠在腦中連結上類似一族專用的動畫資料庫嗎？

另外金天也有提到，路西菲莉亞族的人之所以大家都用同樣的名字，或許就是因為這個理由。

「嗯～如果妳跟哪個路西菲莉亞有締結婚約，對方卻放著妳不管，要我代為結婚也是一種情誼。然而，我不曉得那件事，在這個世界也無從知道呀。」

交抱胳膊的路西菲莉亞看著眼眶溼潤的丁，露出陷入思索的表情。

——路西菲莉亞族是個以功利主義的角度看待繁殖行為的種族。對她們來說婚姻是戰略性的事情，想要與優秀的存在計畫性繁衍後代。而且那個繁衍方式也非常獨特，是透過放射線將對方基因改寫為路西菲莉亞的遺傳因子。眼前這個路西菲莉亞平常糾纏不休地對我要求的那種如同人類男女的繁衍手法，終究是一種例外。

然後路西菲莉亞剛才那句發言的意思是……

•如果另外的路西菲莉亞明明和丁締結了路西菲莉亞化的約定卻沒有履行，自己在道義上就應該成為代理，將丁變化為路西菲莉亞。

•但是路西菲莉亞並不知道那項約定，所以也不曉得該不該這麼做。

•如果在列庫忒亞，還可以瀏覽那位路西菲莉亞的記憶，確認是否真的有締結婚約。但這裡是另一個世界，所以辦不到這種事。

……大概這樣吧。

「而且這件事聽起來，妳們會不會太任性妄為了？南・丁・鸛・楔拉諾希亞。我聽說楔拉諾希亞一族從前提倡『吃掉路西菲莉亞就能成為路西菲莉亞』的迷信——是為了獲得神的力量而到處跟蹤我們的擾人種族。如今卻又想透過結婚成為路西菲莉亞，這主張變節得也太誇張了吧。」

路西菲莉亞豎起指甲油閃閃發亮的手指如此責備對方後……

「什麼吃掉！那根本是天大的迷信，是遠古時代被路西菲莉亞大人拒絕的楔拉諾希亞族人一時鬼迷心竅胡說的故事。現在的我們根本一點也不相信那種事情。至於到處跟蹤……或許是真的，但那是因為路西菲莉亞大人實在太過美麗、充滿魅力而神氣煥發的緣故。」

丁有如在懇求對方明白似地站起身子，仰望著路西菲莉亞稱頌恭維。結果……

「──哦？」

路西菲莉亞的態度非常明顯地放鬆。

她這是……因為被對方捧上天而感到開心吧。

畢竟她在戰艦納維加托利亞號上總是成天受人諂媚奉承，但成為我們的俘虜之後卻幾乎沒有被阿諛過。

「我們楔拉諾希亞一族代代都是路西菲莉亞大人的狂熱粉絲，是信徒。是路西菲莉亞大人激推、激單推、神推的極限御宅族呀！」

看到丁握起雙拳、「呼、呼」地急促呼吸、頭部兩側的白色翅膀不斷拍打、滔滔不絕說出奇怪用語的樣子……路西菲莉亞又是傻笑又是害臊。她大概明白對方在誇獎自己，而感到既開心又不好意思。這單純的傢伙。

「喂，路西菲莉亞，雖然妳原本也是這樣啦──不過這傢伙嘴上可是講著什麼侵略之類的反社會性發言。妳別被她拉攏了。」

聽到我這麼警告，愛唱反調的路西菲莉亞卻……

「家主大人是在吃醋嗎？親眼目擊到如此敬愛我的人，讓你心中萌生了想要獨占我的慾望嗎？那麼這樣如何？」

講出這種話後，把丁的頭抱到自己穿著水手服、推測G罩杯的雙峰上，並摸起她的頭。

丁頓時「啊～！路西菲莉亞大人高貴的胸部！這樣會超過致死量的、噢、噢～！詞、詞彙力要死了！噢齁噢嗚～！」地大叫起來，穿著女童鞋的腳還「砰磅！砰磅！」地對著體育館屋頂奮力踩踏。

然而路西菲莉亞注意的對象卻不是那樣的丁，而是看著我嘀嘀咕咕說著「家、家主大人在看我……用冰冷無比的眼神看著我抱住家主大人以外的人物呀……！」之類的話，「呼～呼～」地興奮起來。

「我……我現在……到底是被扯進什麼莫名其妙的PLAY之中了……？」

「這、這就是，峰理子小姐到附屬小學來當國語課的代理教官時，教過的『姊蘿百合』……！我第一次見到實際景象呢。」

至今，我對於讓列庫忒亞人之間互相接觸的狀況都會抱持危機意識，但現在——傻眼的我也好，不知道為什麼紅起臉來用手遮住嘴巴的金天也好，緊張感都莫名消散啦。還有理子畢竟已經高三，偶爾也會去當代理教官是沒錯，但拜託不要在純潔的小學生面前亂教什麼腐敗的日文好嗎？

「不管怎麼說，在這邊的世界能夠遇到在野的列庫忒亞人實在令人開心。關於迷信的事情姑且不談，楔拉諾希亞族曾經也以皇女的身分統治過南列庫忒亞，是思想卓越的智將一族。雖然我聽說她們戰敗國亡，族人流離四散……不過原來也有人漂流到這邊的世界來啦？」

「噢嗚……是、是的。我們是一群如果不仰賴與女神大人之間的婚姻關係就無法維持自己國家的弱小種族。戰後在敵對種族們的四處追捕下，我們淪落為被獵的一方。而我則是窮途末路之中，獨自逃亡到這邊的世界了。只是您應該也知道，穿梭世界是件困難的事情。我在時間跳躍上發生失敗——來到了距今數百年前的日本，一處名為出羽的場所。今日來講便是山形縣的南陽市。後來我幾度透過提交出生證明更新自己的戶籍，因此現在我的身分乃是一名東京都出身的十歲兒童……」

丁一邊用臉頰磨蹭路西菲莉亞的手，一邊如此說明。但這樣聽起來，她根本遠比路西菲莉亞年長嘛。我因為以前也被理子強迫教育過各種腐敗日文所以知道，這兩人的關係其實不叫什麼姊姊配蘿莉，應該說是姊姊配蘿莉老太婆啊。

「從那之後，我一直都在等待與路西菲莉亞大人一同侵掠這個世界的機會到來。但由於我是這樣的體型，只能假裝成小孩子……」

「真是苦了妳呀，丁。對於妳的境遇我也不是不感到同情，但關於妳盤算的侵掠行動，我無法提供協助。因為我的魔現在被家主大人們封印了。」

「什麼……！」

聽到路西菲莉亞的話，丁當場睜大眼睛轉頭看向我。

的確，路西菲莉亞的力量現在被貞德製作的魔封指環封印了。但畢竟那指環是貞德出品，信賴度就跟衛生紙一樣薄。不過現在這狀況下……

「沒錯，就是這樣。所以丁，妳休想要侵略這個世界。順道一提，我想妳從狀況上應該也能判斷出來，就連妳打算仰賴的路西菲莉亞都被我制止侵略行為了。如果妳不想要逃亡到這個世界來還被四處追捕，就給我乖乖照舊繼續當個小學女生活下去。那樣一來妳剛才那些話我就當作沒聽到，也會叫金天同樣這麼做。」

我還是穿插一些虛張聲勢的內容這麼牽制丁。

雖然她單獨一個人沒有強大到那種程度，如今也無法仰賴路西菲莉亞，所以無法實現企圖——但聽起來是列庫忒亞沒落王族的丁或許為了復權，內心似乎抱著要侵略這邊世界的意志。

然而無論多麼危險的事情，如果只是懷抱意志而已是無法問罪的。因此我個人也頂多只能給予她「路西菲莉亞的魔力已經徹底遭到封印」的印象，並警告她假如做出什麼反社會行動就會遭受調查。

對於這點……丁轉朝我的方向，深深鞠躬低頭……

「遠山金次大人，本人由於得見路西菲莉亞大人而歡喜過頭，方才在司法的守護者大人面前妄言過度了。還請您寬宏大量，當作只是小鳥的啼叫聲一笑置之吧。」

她連耳朵的翅膀都垂下來，對我如此致歉。表示自己剛才展現的侵略意志只是一時的衝動失言，告訴我對她提高警覺只是杞人憂天。雖然多少感覺只是表面上謙恭順從而已，不過看來她並不希望跟與路西菲莉亞有關係的我對立的樣子。

「但是！」

喇！丁接著又豎起後腦杓的紅色羽毛，重新轉向路西菲莉亞──

「我尊愛路西菲莉亞大人的心，即使沒能成為您的新娘也不會改變，還請讓我今後能夠繼續與您接觸。畢竟路西菲莉亞大人可是列庫忒亞第一的偶像、明星，光輝普照天地的神中之神。光是能與您呼吸同樣的大氣便是無上的榮譽，光是您活著就令人無比幸福呀……！」

她呼吸急促得彷彿都要噴出鼻血，興奮得眼珠子都快迸出眼眶，不斷讚美路西菲莉亞。這份對於路西菲莉亞的愛，和剛才在別的意義上讓人感到危險啊。

「如何？看看我是多麼受到人們狂熱仰慕。家主大人可是這樣一位人氣明星的家主大人喔？感到自豪吧。」

「呃不，我覺得這應該只是這傢伙特有的發瘋方式……」

我對一臉得意的路西菲莉亞做出冷淡的反應，結果丁當場「啥？」地對我有點發飆起來。

「遠山金次大人難道不曉得路西菲莉亞大人有多麼受到人們愛戴嗎！這位人物可是列庫忒亞的吉永小百合、山口百惠喔？」

「妳舉的例子我根本不曉得是誰啦。看來妳真的只是外觀像小女孩，實際上活得很久啊……」

「那我講松田聖子、小泉今日子你總理解了吧？」

「不，我還是不懂厲害在哪裡。」

「……呿！這就是平成世代的死小鬼……那安室奈美惠、濱崎步！松浦亞彌、中川翔子！」

「我總算明白妳想表達的意思了……可是妳說這貨色嗎？」

感到懷疑的我用拇指指了一下路西菲莉亞，結果丁當場直豎起耳朵翅膀，後腦杓像尾巴的紅色羽毛也激烈顫抖起來——

「請不要用『這貨色』稱呼！由於路西菲莉亞大人似乎很中意遠山金次大人，我才對你無禮的言行多少睜一隻眼閉一隻眼，但也該有個限度吧！請問你都沒看過路西菲莉亞大人被眾多信徒尖叫圍繞的景象嗎！」

她瀏海底下的眼睛朝我狠狠瞪來，好恐怖啊……！

話說這眼神——就跟我以前對理子大肆讚揚的動畫嫌棄說『女性角色的裙子太短了』，或是對武藤借錢買來的舊車批評說『耗油又不環保』的時候，她們露出來的眼神一樣。後來我被理子綁到椅子上用膠帶固定眼皮，強迫看完那整部動畫，武藤則是開那輛車把我撞飛了。御宅族當遇上自己喜歡的偶像或寶物遭人嘲笑的狀況，有時候甚至會變得比黑道還要可怕。也就是說，看來是個路西菲莉亞宅的丁搞不好會把我從頂樓推下去……

就在我害怕得往後退下時，一旁的路西菲莉亞對丁擺出『別這樣、別這樣』的手勢。

「妳也別太責怪家主大人。畢竟家主大人沒有見過我受到人民讚美的景象。當我來到這個國家時，已經和原本跟隨在周圍的列庫忒亞人們分開了呀。」

丁聽到她這麼說——大概覺得在崇敬的路西菲莉亞面前發飆不是一件好事……結果耳朵的白色翅膀與後腦杓的紅色羽毛都放鬆下來，眼神也恢復冷靜了。

「那可真是……與人民（粉絲）分開，路西菲莉亞大人想必也非常寂寞吧？不過請您放心，在日本也有很多列庫忒亞人的。」

「哦？除了妳以外還有其他人嗎？」

「是的，我今日之所以如此急於謁見路西菲莉亞大人，也是因為今晚剛好要舉辦聚會——也就是這個月的集會活動。只要將路西菲莉亞大人介紹給**列庫忒亞公會**的日本分會，大家肯定會很開心的！」

……呃……

「等、等等，妳說那個——『列庫忒亞公會』是什麼鬼？難道在日本的列庫忒亞人還有成立類似勞動公會的玩意嗎？」

「或者是像消費合作公會或是農會之類的……？」

我和金天都忍不住當場吐槽，驚訝眨眼。

「那是為了促進在日列庫忒亞人或列庫忒亞裔的後代們互相交流，並以保障健康與共同利益為宗旨的公會。那是個非公開組織，由我擔任日本分會的會長。公會費每年五百日圓，也接受善心捐款。強烈歡迎路西菲莉亞大人也一同加入！」

面帶笑容的丁散發著有如檀香的氣味，拍打翅膀這麼說道。

太……太驚人了。沒想到我們國內居然有那樣的祕密組織存在。

不過的確，在這邊世界也有很多列庫忒亞人或其子孫後代，當中想必有不少人很清楚自己祖先來自何方。既然如此，那些人為了互助合作而彼此聯繫也不是什麼奇怪的事情。

——瓦爾基麗雅、墨丘利、阿斯庫勒庇歐斯、恩蒂米菈、萜萜蒂・列萜蒂以及路西菲莉亞……列庫忒亞人要不就是抱著反社會性思想，要不就是缺乏常識，有很多讓人頭痛的人物。或者應該說就我所知，全部都是問題兒童。雖然借用梅露愛特式的講法可能只是因為我的異性轉蛋運太差而已，但那種問題女人們聚集在一起的組織可能還是有調查的必要。

「住在這個國家的列庫忒亞人們是嗎？雖然我也很想見見面，但家主大人會同意嗎……？」

如此嘀咕呢喃的路西菲莉亞扭扭捏捏地看向我。

那表情看起來應該是覺得畢竟自己身為俘虜，大概無法用那種理由獲准外出吧。

——不過這次的狀況……

「可以啊，妳要去參加那個集會沒問題。但條件是必須有我同行。」

我認為這是發現並同時調查列庫忒亞公會的好機會，於是如此表示。

由於我們參加交通安全教室的演出，已經讓丁知道路西菲莉亞在這裡，也知道她周圍的相關人物了。然而我方目前知道的情報，只有丁與公會的存在。

假如現在拒絕讓路西菲莉亞出席，就會形成我和列庫忒亞公會敵對的構圖。面對一個底細不明的公會——而且既然講是公會，肯定有相當的人數——在情報方面大幅落後的現況下，萬一演變成那種狀況會很糟糕的。

因此現在必須先釋出善意進行接觸，嘗試潛入調查，專心收集情報才行。

「不，請讓路西菲莉亞大人獨自出席。畢竟本會拒絕讓沒有列庫忒亞人血統的人以及男性參加聚會。」

似乎討厭我的丁如此堅定表示，不過……

「路西菲莉亞身為某項重大事件的參考人，目前正由我們透過法外措施——講白了就是非法監禁中。在沒有人監視的狀況下不可外出。再說，她是個非法入境者啊。既然妳是武偵高中附小的學生，好歹應該可以從剛才的交通安全教室中察覺出她被條子盯上的事情吧。現在好不容易才把條子甩掉，要是讓這傢伙又跑出去閒晃，結果被警察伯伯看到這對犄角而叫住問話，我們的辛苦都白費啦。」

聽到我這麼反駁，丁頓時露出傷腦筋的表情。但既然會傷腦筋，就表示還有交涉餘地的意思。

相對地，路西菲莉亞則是露出滿臉笑容……

「真是太高興了。也就是說，家主大人不希望我被丁搶走對吧？但是不用擔心，我即使一個人也能出門，也會乖乖回家。家主大人就在家裡暫時獨自焦慮不安，進而察覺我是多麼重要的存在吧。然後就在重逢的瞬間給我一個熱情的擁抱……」

她不知在陶醉想像著什麼，全身不斷扭捏。

「什麼叫『也就是說』啦？話說我是因為一直把妳關在家裡的罪惡感，才會在勉強能夠答應的條件下同意妳出席的。有我跟在身邊是絕對條件。如果不接受，這件事就當作沒提過了。」

我這段話與其說是對路西菲莉亞講，不如說是講給丁聽的。結果……

「……唉……那麼，遠山金次大人，可以請你保密嗎？關於公會的事情。」

丁嘆著氣對我如此表示。

很好，不出我所料。只要拿路西菲莉亞當藉口，丁就退讓啦。這下看來我似乎能夠去參加列庫忒亞公會的集會了。

「武偵是口風不緊就無法勝任的工作。妳在學校應該也學過吧？」

「真是沒辦法，我明白了。不過招待普通的人類，而且還是男性參加集會，是公會有史以來從沒遇過的狀況。因此必須向公會成員們事先說明才行……」

……這下確定可以成行後，我不禁開始在意所謂住在日本的列庫忒亞人們，是怎麼樣的一群女性了。

既然是住在日本的半人半妖，大概就像狐狸女妖或雪女吧？如果只是那種程度還沒什麼好怕的，但希望不要有裂嘴女或山姥妖之類的。

「畢竟妳們不是普通的人類，所以拜託妳在說明的時候也叮嚀她們別把我**吃掉**喔？」

頓時感到有點不安的我用開玩笑的口氣如此提醒後……丁連續眨了好幾下眼睛。以前在偵探科時高天原老師有教過，如果交談途中眨眼次數不自然地增加——就表示對方原本隱瞞的祕密被說中，導致緊張程度提升了。

呃，什麼意思？我只是因為剛才有提過吃掉路西菲莉亞之類的迷信，所以當成舉例隨便講講而已的。難道那個公會裡真的有會吃人的傢伙嗎？

「……」

就在我也莫名其妙緊張起來的時候，丁那張有如日本人偶的臉上露出微笑……

「我們怎麼可能會做那種事情嘛，對不對？」

她講這句話時聲音有點變樣了。喂喂喂，我越聽越可怕囉？

「放心吧，家主大人。就算到公會去，我想家主大人也是最不像人類的存在呀。」

「我頭上沒長角，屁股沒尾巴，更不會用什麼超能力，是個貨真價實的人類！……」

雖然說，剛才丁講我是『普通的人類』時，我內心有點高興就是了……」

話說，從這段對話中我想到一個問題——

如果要去參加列庫忒亞公會的集會，我可能需要一位獸人或超能力方面的保鏢・兼・顧問。畢竟我在那方面的知識少得可悲，搞不好會因此闖禍。而且就算想要收集情報，我搞不好也聽不懂她們的對話。然而……

「哥哥大人，那我也一起……」

金天或許察覺狀況而對我這麼表示，但我不想帶她去。讓年幼兒童再三冒險不是一件好事，而且既然要調查「公會」這樣的大人組織，小孩子遺漏重要情報的可能性也很高。

更何況萬一發生什麼狀況時——要戰鬥也好逃跑也好，都必須能夠和路西菲莉亞順利聯合行動。但金天剛剛才和路西菲莉亞初次交流，雖然兩人似乎很合得來，熟悉度卻不夠，可能因此導致失敗。

換言之，如果要帶人去，就必須從亞莉亞、尼莫或麗莎之中挑選才行。

而我的選擇是……

「我另外會帶個保鏢一起去。要是有人敢吃我，那女生可是會變身為一隻巨狼反過來把妳們都吃光喔。」

雖然我對丁稍微吹噓了一點強度，不過講的就是麗莎。畢竟亞莉亞跟尼莫剛才被路西菲莉亞搗蛋『用氣球掀裙子』而且還誤會犯人是我，現在正為了用雷射修理我而到處找人。我想那怒氣大概需要整整七個小時才會消退吧。

然而集會是今晚舉行，我必須加緊腳步在出發前準備——

萬一我此刻現身在那兩人眼前，絕對會成為她們的射擊標靶。雖然上次我發現藉由近距離在她們眼睛前面拍手可以讓雷射攻擊取消，但如果雙方之間有段距離就完全沒有意義。當我拍手之後，我的身體應該就被開洞了。而且還開兩個洞。

「——我就說，請你不要講什麼吃不吃人的蠢話呀。餐食會由公會職員負責準備，想吃的話吃那些餐點就行了。請你也轉告那位狼女小姐喔。」

丁無奈傻眼地對我這麼表示——

原來公會的集會活動會提供餐點嗎？這下我去調查的動力又增加啦。

丁將寫有集會地點——位於港區的芝地區——的紙條交給路西菲莉亞後，似乎為了進行準備工作而離開……

金天則是被我說了「妳回家去做學校的功課。雖然我很感激妳願意幫忙，但如果成天只顧著處理事件或委託，將來會變得像我一樣喔。」這樣一句話之後，當場「變得像、哥哥大人一樣嗎……！」地蒼白著臉逃回第三女生宿舍去了。

後來我一路提防著紅藍雙色的雷射，回到低民度公寓。叫路西菲莉亞負責把風，一邊畏懼著大矢房東的卡拉希尼柯夫（AK-47）一邊為八岐大蛇補充子彈。為什麼只是『暫時回自己家一趟』這樣的日常行為，我都必須隨時警戒四方才行啦？難道我上輩子是大嘴巴（Pac-Man）嗎？

另外為了保險起見，我把爺爺跟媽不久前才給我的那把刀也帶出來。結果——

「哦哦，真是帥氣。家主大人也會使刀嗎！強不強？」

大概是對黑色刀鞘的外觀感到很中意的路西菲莉亞，從公寓到單軌列車車站的路途中不斷如此稱讚。

「……很難講。就算讓我參加劍道比賽應該也得不到什麼好成績吧。畢竟我在老家學的是以一對多為前提的劍術，而且是與格鬥或槍械並行戰鬥的極少部分概念上的能力。另外就是在戰鬥中如何用刀處理樹木、地板地面、牆壁或車輛等等，製造對自己有利的局面等等，盡是這些用法。技術過於偏向實戰，讓人沒什麼『真的會用刀』的感覺啊。」

「那有什麼不好？實戰才是真正的戰鬥呀！話說那把刀名叫什麼？」

「我想應該叫『仿作備前長船盛光・影打』吧。但念起來太長了——而且搞不好會被人從刀名調查出我的家世來歷，所以我想了個隱名。取最後的部分，稱為『光影』。」

「光影！好名字！家主大人取名字的品味也這麼好，將來值得期待呢。」

「是、是嗎？我可是被大哥稱作『命名品味停留在中學二年級的男人』啊……」

為何我的命名品味會跟路西菲莉亞的將來扯上關係的問題姑且放到一邊，我把光影插到自己背後——勉強藏起來了。畢竟我到現在依然當成便服在穿的這套武偵高中男生制服，可以把相當長度的刀劍藏在背部的縫合處，設計得非常實用。

為了不要被粉紅色（亞莉亞）、藍色（尼莫）與棕色（大矢）的鬼抓到，我沿著學園島的小巷子巧妙穿梭，成功以零死的成績安全抵達武偵高中車站。接著與路西菲莉亞一起蹲在通往單軌列車車站的樓梯後面躲起來，打電話給麗莎。

『喂？我是麗莎……真是的，這個壞主人！不乖喔。如果您想掀裙子，只要跟麗莎講一聲，麗莎就會努力讓主人享受樂趣的說。例如這樣如何呢？為了緩和主人害羞的心理，麗莎首先失禮背對主人——請主人從背後自由玩弄麗莎的裙子。等雙方氣氛炒熱起來之後再轉身，從正面享受久等的……』

「總覺得好像完全被當成是我幹的事情，就算我講再多應該也沒用了。但我還是要鄭重澄清，那個高等技術的掀裙子是路西菲莉亞幹的好事。我可沒有那樣的創意才華。」

「家主大人好像在誇獎人家呢。」

「我才沒有誇獎妳！呃～話說回來，麗莎，我接下來要進行一場可能需要妳在旁解說的搜查行動。我在武偵高中車站等妳。妳配槍、著防彈制服，自己一個人過來。」

『我明白了。』

「另外基於保安理由確認一下，妳知不知道亞莉亞跟尼莫在哪裡？」

『亞莉亞大人剛才往學園島第五區去了。聽說是委託車輛科維修的裝備已經完成的樣子。尼莫大人也陪同隨行。』

這是個好消息。看來亞莉亞到武藤那幫人的小隊——運輸GA的車庫去領回YHS／03——滯空裙甲的樣子。光是弄清楚亞莉亞的所在地就很萬歲了，而且她只要見到明明同年紀卻身高幾乎一樣的平賀同學就會變得心情稍微比較好。這下等待局勢降溫的時間可以大幅縮短啦。

救護科同樣也有槍械火器的實習測驗，而麗莎的成績是手槍射擊D等（拙劣），但步槍或火箭筒之類的遠距離火器為C＋（普通）。因此她使用的槍枝是個人進口的莫辛．納干步槍。沙皇俄國生產、蘇聯紅軍培育出來的莫辛．納干是一把可靠性與機能性都表現優秀的必殺步槍……不過麗莎那把被改裝成乳白色與金色的裝飾槍，看起來非常高雅，絲毫沒有留下在二十世紀的戰場上被使用最多的軍事步槍給人的形象。

「真是華麗的槍，連我都想要一把了。」

「我剛才一瞬間還認不出來它是莫辛．納干啊。好漂亮。」

「麗莎以前讀女僕專門學校時的同窗，現在在荷蘭經營一間把槍械外觀改裝成女僕風格的工房，所以麗莎找她商量一下，結果對方就用友情價賣給麗莎了。」

「……這時代連女僕小姐都要配備武裝啦？世界真是沒救了。不過為了避免刺激到只有女性存在的列庫忒亞人，像這種外觀上充滿女性風格的槍械或許比較好吧。」

我帶著把莫辛．納干．麗莎樣式背在肩上的麗莎以及路西菲莉亞，到台場轉搭百合鷗電車抵達日之出車站。在秋季的夕陽餘暉中，從車站徒步走到集會會場所在的港區．芝地區。

東京鐵塔的腳下——增上寺也在近處的這一帶地區有圓珠寺、了善寺、正念寺等多處著名寺院。背著日本刀走過這些名剎門前，氣氛有如身處時代劇的世界之中呢。但因為同行的是完全沒有日本人感覺的路西菲莉亞和麗莎，所以那種氣氛一下子就消散了啦。

距離丁指定的時刻還有一點時間，於是我停下腳步站到路邊……計算亞莉亞的心情指數。畢竟我一直以來過著不小心闖禍就被亞莉亞開槍追殺的日子，如今已經有辦法計算出她生氣之後經過多久時間會冷卻多少程度了。氣球掀裙事件發生後經過的時間，亞莉亞的怒氣半衰期與剩餘量，平賀同學加成效果，將這些套入準備升學考試時學到的微分法近似公式中……

很好，差不多是可以講話的時候了。雖然應該還在生氣，但加上移動時間等她來到這裡時想必已經冷靜下來，是絕妙時機。

於是我為了報告目前的動向而打電話給亞莉亞……

『笨蛋金次！你在哪裡！快告訴我你現在的位置，我要開你洞！』

「妳不覺得那樣講反而會讓我更難開口嗎……？其實我現在在學園島外面，跟路西菲莉亞還有麗莎在一起。因為——」

我把關於丁的事情、列庫忒亞人似乎有成立公會的事情、自己接下來打算去調查那個集會的事情一一進行狀況說明。

結果亞莉亞聽完我這些話後……

『列庫忒亞的人的公會……？總覺得有點可疑呢。話說你不能隨便把路西菲莉亞帶出去呀，要是她逃掉了怎麼辦？』

「呃不，因為一直軟禁她讓我有點罪惡感啊。所以我想說去調查那個公會的同時順便讓她跟同鄉見見面，稍微放鬆一下。我和麗莎姑且有配備武裝同行啦。」

『——總有種不好的預感。我過去會合，你們暫時留在那裡。』

就這樣，她好像要過來的樣子。我一點都不希望她來的說。好恐怖……

亞莉亞讓手機保持通話狀態，與運輸ＧＡ交談起來……

『你們借我一臺現在可以馬上出發的車子。』

『呃，現在？只有這臺卡車喔？本來打算ＹＨＳ驗貨完成後，就直接用這輛車幫妳送到宿舍的……』

鹿取一美這麼說話的聲音傳來後，電話裡接著就聽到『噗嚕嚕嚕！』的沉重引擎發動聲。

一定是亞莉亞已經坐上卡車的駕駛座了吧。

『——我自己載回去。金女的噴射滑翔翼，我等一下也幫妳們送過去。』

『等等！一堆道具零件還裝在貨架上的啦～！』

『沒時間卸貨了。明天我會連同車子一起歸還啦。』

『也、也讓我上車呀，亞莉亞。我自己一個人沒辦法回去那棟公寓！』

我可以聽到平賀同學慌張的聲音，然後還有尼莫的聲音。原來路痴就連從車輛科走回女生宿舍短短兩百公尺的距離也會迷路啊。

讓運輸ＧＡ的車庫騷動一場的亞莉亞，接著又表示『金次，告訴我你的位置。我不會開你洞的。』回到跟我的通話。這下似乎只能讓她過來啦。如果開卡車就能走東京港隧道會比較快，這樣我剛才的怒氣冷卻計算結果完全亂掉了。但反正她自己都說不會開我槍。真沒轍，就告訴她吧。

為了配合與亞莉亞一起抵達會場的時間，我們稍微閒晃了一下……等日落後，我、麗莎與路西菲莉亞三人來到了的紙條上寫的住址，結果那裡原來是一間寺院。

門前有鳥居——可見應該是神佛習合（註1）的寺院境內，破爛得有如廢寺。庭園草木就像原生林般放任生長，地上的落葉也都沒有清掃。參拜道路沒有裝設電燈，光線昏暗得只能模模糊糊看到境內深處有座應該是佛堂的建築物。簡直太誇張了。

「真暗呀。」

「看不清楚裡面的狀況呢……」

「為什麼偏偏要挑在這麼陰森的地方舉辦聚會啦……」

正當我們穿過寫有「紅鶴寺」的大門並如此對話的時候……噗嚕嚕嚕……伴隨車燈的近光燈與沉重的引擎聲響，鹿取的大型卡車從我們背後進到寺院裡來了。一方面由於車高的緣故，在角度上只能看到頭和手，不過在駕駛的人就是亞莉亞。

唉～居然連同卡車一起跑來，真是給運輸GA的各位添麻煩啊。雖然間接上來講也是我害的啦。

把位於大門內的停車場幾乎占掉一半面積的大型卡車停好之後……

「關於你講的公會——我也覺得有調查的必要，所以不會制止啦。但真的是這裡

註1　日本本土的神道信仰與外來的佛教信仰折衷融合的信仰系統。純粹的佛教寺院門前通常不會有神道神社的鳥居。

嗎？」

亞莉亞把屁股從充當兒童座椅的工具箱上抬起來，下車這麼詢問。

「唔……裡頭感覺沒有人的氣息呀。會不會是金次搞錯集合地點了？」

從副駕駛座下車的尼莫同樣表示懷疑，害我也忍不住擔心起來。於是我透過手機的亮光重新確認丁給的那張紙條。結果就在這時——

……喀、喀……從參拜道路深處傳來木屐的聲響，慢慢接近。

於是我朝那方向看過去，發現在幽暗中浮現著一盞畫有鶴紋的提燈籠。

是丁。她身上穿著白底紅腰帶的和服，從黑暗之中現身了。

「路西菲莉亞大人，歡迎您大駕光臨……其他各位也是。交通安全教室的登臺演員們都到齊了呢。人數好像比原本聽說的還要多的樣子？」

眼神與聲音感覺不太歡迎我們的丁——身上那套和服的袖子有一部分染成黑色，同樣讓人莫名聯想到丹頂鶴。她頭部側面的那對白色翅膀也很像鶴，而據說她從前抵達的山形縣也是『白鶴報恩』故事的舞臺。搞不好這位半鶴半人的女生，就是對那段民間故事的成立造成影響的列庫忒亞人呢。

不過像這類民俗學方面的有趣考察先放到一邊，這下我必須在爆發方面提高戒心了。畢竟以前玉藻好像說過和服底下不會穿內衣褲什麼的。就算對象只是小學五年級尺寸，多加注意還是比較好。

「在這裡的成員們最近扯上了跟列庫忒亞有關的案件，希望能加深對列庫忒亞人的知識，所以大家一起來參觀公會了。」

「這樣呀，知識嗎……我是不介意。然而如果是這樣，各位應該會感到失望喔。」

「為什麼？」

「總覺得各位好像有什麼誤解，但我們其實是**非常普通**的。」

丁說著，手提燈籠轉身，讓和服因為離心力稍微展開了一點。然後在她帶路下……我們走向境內深處。

可是就在進入幽暗的參拜道路時……啪！

亞莉亞忽然從背後揪住我的衣服，害我脖子被勒住。

「你你你你不要走那麼快呀金次！」

「這速度一點都不快好嗎！妳要抓外套就算了，不要連同襯衫一起從背後扯啦。我脖子會被勒住啊！」

……喵～……

「噫呀嗚！——剛、剛剛是不是有小孩子在哭的聲音！」

「那是野貓的叫聲啦。妳看那座石碑。那個慰靈碑旁邊不是有貓的眼睛反光嗎？」

「我我我我我知道是貓了啦你不要多講什麼靈的好不好！」

……喵～……

「噫呀啊啊啊啊！」

「嗚呃！嗚呃！為什麼要扯我的背啦！這樣衣服不止會鬆掉甚至會被扯破啊！」

「咦、啊、這是那個、我為了防止你放棄任務逃跑所以抓住你而已啦！」

亞莉亞的臉蛋紅得就連在昏暗的光線中都能看得出來，而且抬起頭瞪著我——但她依然抓著我的背不斷發抖。

啊～這是……

「哈哈～妳在害怕對吧？畢竟妳就是會怕這種場所嘛。」

「才才才不是……我我我才不怕……有什什什麼好怕的……」

「順道一提，這地方以前似乎是刑場喔。剛才那座慰靈碑側面有寫『刑場遺跡』之類的。」

「噫噎啊嗚啊嗚啊……」

……呱～……呱～……

「呀啊啊啊啊什麼東西跑出來了！那個四方形的石頭還有像滑雪板的東西上面有什麼東西！」

「那只是烏鴉停在墓碑跟木板祭牌上而已啦。噗、哈哈哈……」

「——呀哇！這次真的有什麼東西！Christ compels you（惡靈退散）！」

亞莉亞從水手服背後拔出小太刀，朝樹枝上垂下來的蜂窩——還好這個季節裡面是空的——發瘋亂刺，眼睛還像漩渦一樣打轉。

「亞、亞莉亞是在幹什麼……？」

「我覺得是不是先沒收她的手槍會比較好……？」

路西菲莉亞和尼莫都嚇得傻眼了。我則是擺出無奈攤手的動作，但內心其實興奮叫好。這下意外讓我發現一個安全地帶啦。如果想要逃離亞莉亞的追殺，原來只要進到古老寺院或墳場就ＯＫ了。將來我乾脆住到墳墓裡好了。那樣一來就算對亞莉亞闖了什麼禍，晚上我還是能夠高枕無憂啦。雖然會被長眠中的各位居民們圍繞就是了。

在一片鈴蟲的合唱聲中，我們穿過角度位置看起來彷彿緊盯著這裡的稻荷狐狸石像面前，穿過一道道緊連的紅色鳥居，慢慢接近位於境內深處的主佛堂。結果就在這時——佛說摩訶般若波羅蜜多——

「……噫嗚嗚嗚嗚……這是什麼……」

讓亞莉亞嚇得快要哭出來的，是念經的聲音。而且那聲音又粗又低沉，讓人感到毛骨悚然。

「這是用來趕走外人的。畢竟集會的模樣要是被一般人看到而且把照片貼到網路，可就傷腦筋啦。」

丁說著，用燈籠照亮一臺放在主殿正面階梯的屋簷上、現在這個時代已經很罕見的卡式音響。的確，就連天不怕地不怕的我都會感到有點恐怖，應該不會有人想刻意靠近這地方吧。

我讓雙腳已經縮成Ｘ形的亞莉亞繼續抓著我的背，好不容易把鞋子脫下來放進鞋櫃中，再進入佛堂內——裡面的景象忽然變得非常普通了。

榻榻米的氣味清爽，木頭地板很清潔。深處的房間也有點亮電燈。也就是說剛才境內那片荒廢的景象，同樣是為了不讓外人靠近而故意那麼做的吧。跟音響播放的念經聲音一樣。

「……這就是日本寺院的內部呀。氣氛讓人心情平靜，真是個好地方。不過，叫丁的，我並不習慣所謂的跪坐——也就是僧侶或日本信徒的那種坐姿，沒辦法保持太長的時間。這樣會失禮嗎？」

似乎家教良好而在意禮節的尼莫如此詢問後……

「請不用擔心。集會場所是位於深處的西洋式房間。紅鶴寺在戰後曾經被GHQ（駐日盟軍總司令部）徵收，有一段時期當成會議場所使用。」

丁說著，將我們帶往深處那間透出燈光的房間門前，「呼」一聲吹熄燈籠裡的蠟燭。

在大廳入口處——站在紙門前一名身穿連身裙的女生見到丁……「唰！」地舉起手將拇指、中指與無名指貼在一起擺出『狐狸』的手勢。從丁也擺出同樣手勢的樣子看來，那應該是這個公會的暗號。還真符合氣氛呢。

我們接著借用拖鞋，拉開紙門進入深處大廳——

嘰嘰喳喳、嘰嘰喳喳……

估算應該有上百人的公會成員們相當密集地聚在現場，舉行著自助式派對。

（……嗚嗚……）

一如我原本做好的覺悟，在場全都是女性。外觀年紀從小學生到妙齡婦女都有，而且就跟我至今見過的列庫忒亞人一樣，臉蛋偏差值都很高。好討厭啊。

不過……放眼望去，似乎沒有像金屬女墨丘利、鳥女哈耳庇厄或埋在海卓拉果凍裡的阿斯庫勒庇歐斯那樣外觀會令人心臟一縮的傢伙。就如丁所言，看起來只像是一群普通的女性們在愉快相談。

「──啊！丁大人。」「您回來啦。」「他們就是您說的客人嗎？」

站在入口附近注意到我們的一群女生，紛紛聚集到分會長丁面前。

「是的，關於公會的事情他們表示會保密，因此請各位放心吧。」

丁態度有點愧疚地這麼說明後……

「既然丁大人這麼說……」「現在更重要的，那位就是路西菲莉亞大人吧！」「咦！路西菲莉亞大人？」「這位人物嗎！」「好迷人喏！」「太漂亮了唄！」「美女！」

女生們──立刻圍住列庫忒亞的偶像明星路西菲莉亞了。

結果路西菲莉亞當場變得非常愉悅……

「對吧對吧，我很迷人很漂亮，是個大美女吧。」

她如此自滿著，回應起女生們合照留念或簽名的要求。見到這一幕的其他女性也跟著蜂擁而來，害我、亞莉亞、尼莫與麗莎都被擠開分散。

這下雖然跟丁也走散，但反正她已經幫我們做過最起碼的介紹了……

我就趁著人群混亂，盡情調查一番吧。

（這就是列庫忒亞公會……）

仔細觀察可以發現，首先——乍看之下很普通的女性們，其實多少有點不太普通的部分。例如一些人見到路西菲莉亞太過興奮，結果頭上迸出狗耳、貓耳或狐狸耳朵。當中有些獸耳似乎已經退化，變得幾乎跟頭髮的裝飾難以區分了。其他還有人裙子的背後部分鼓起來，露出左右搖擺的尾巴。有些人則是在身體周圍散出類似雪片的東西，或者明明沒有風，頭髮卻在動的……相對地，完全看不出這類身體變化的人也不在少數。

另外，她們對於路西菲莉亞、亞莉亞與尼莫身上穿的紅色水手服——也就是在包含這座寺院附近在內的東京灣岸地區惡名昭彰的武偵娘的象徵物，沒有表現出警戒的態度，可見這些參加者並非在地居民。當中也有很多人講話混雜方言，感覺應該是從日本各地聚集來的。

而這項推測果然沒錯。我穿梭在女生們的縫隙間繞了大廳一圈，可以看到圓桌上擺有『北海道分會』、『關西分會』、『九州．沖繩分會』等等的牌子，大家則是圍著桌子彷彿在開聯誼會。人數較多的關東分會甚至又細分為『東京都連』、『埼玉縣連』、『栃木、茨城縣連』等等，但唯獨千葉縣連不知道是聯絡失誤還是怎樣，空空無人。桌上的料理有外送的中華料理、披薩、壽司等等，非常普通，而且同樣只有千葉縣連桌上的料理都沒人動過。

於是我來到那張桌子邊，與同樣在這桌邊抓著中華料理餐盤上的桃饅大快朵頤的亞莉亞──她似乎因為來到明亮的場所變得不害怕，所以食慾湧上來的樣子──會合之後……

「……氣氛就像普通的宴會啊。雖然隱約可以看到一些人具有列庫忒亞類型的特徵，不過外觀比起所謂的角色扮演玩家要安分得多了。而且感覺也**很乖**的樣子。」

「物啊（是呀），感覺就跟同鄉會疑盎（一樣），British association（在日英國人同鄉會）也啊至盎（大致上）是這樣的亦溫（氣氛）。」

「拜託妳把東西吞下去再講話行不行……」

我也一邊抓起稻荷壽司吃著，一邊偷偷觀察周圍、竊聽對話。

──公會成員們不只年齡而已，職業同樣五花八門。雖然大多是學生、自由業、派遣公司職員等等，不過像女公關之類的特種行業者也不少。比較稀奇的還有算命師、冷門地下偶像、默默無聞的拉力車選手。整體都給人一種好像謀生處世技巧很差的印象，大致上看起來每個女生都沒什麼錢的樣子。

然而當中似乎也有在當警察、自衛隊員或市議員祕書的人。每個地位好像都不怎麼高就是了……

（原來在那種領域中也有列庫忒亞裔的人嗎？）

這點就讓人有點冒冷汗呢。

直到夜深──我和亞莉亞有了相當多的時間觀察會場內的狀況。

多虧如此讓我知道了，這裡大部分的公會成員都不是直接來自列庫忒亞的第一代，甚至連第二、三代都很少，幾乎都是只知道『自己的祖先來自另一個世界』的人。而她們的言行舉止看不出像恩蒂米菈或路西菲莉亞那樣稀奇古怪的部分，跟世間一般的女生沒什麼兩樣。雖然也許因為在這裡比較放鬆的緣故，多多少少露出了像半獸人的特徵或像魔女的現象，不過只要把那些部分藏起來，想必和普通的女生之間根本難以區別吧。講白了，就跟麗莎或貞德是同等級。

而且她們在聊的話題也完全沒有列庫忒亞的感覺……

「要是只顧著工作會錯過適婚年齡喔。」「可是人家不曉得該怎樣才能結婚呀……」「給對方錢是不是就能結婚了？」

像這樣，她們感覺上頗著急地聊著結婚的話題。就對話內容上聽起來，列庫忒亞女生們似乎在那方面也很笨拙的樣子。

要跟異性每天在一起相處，對我來說根本是壓力大到會縮短壽命的自殺行為。因此結婚什麼的，我一輩子都不可能考慮，要不是調查也根本不想聽到那方面的對話。

不過——

「請問丁大人怎麼想呢？」「您有跟男性一同居住過嗎？」「或者說，您有結過婚嗎？」

那群女生們忽然把手上拿著一疊不知什麼小冊子經過旁邊的丁也拉進結婚話題中。

結果丁頓時垂下嘴角……

「我、我嗎？我是有和男性一起居住過，但那是因為對方幫助過我，所以我為對方工作當成謝禮而已。那和結婚不一樣。說到底，我在外觀上可是這樣的童女呀。」

她皺起眉頭如此回答。

「咦！我想聽聽看那段經歷！」「請問是住在哪裡！」「什麼時候的事情！」

「已經是幾百年前的事情了……不過當時我始終都感覺所謂的男性是很異質的存在，明白那是不可能互相理解的生物。女性和男性是不一樣的，不可能心意相通。永遠不可能。」

——說得好啊，丁！就是那樣！異性不可能理解我！沒想到反而是身為異性的妳理解我這個想法啊！

這份感動讓我的視線不小心變得頗為明顯。

結果丁發現我正在看她……便走了過來。

「……如你所見，這就是我們的公會。雖然今晚有不少人露出耳朵或尾巴，但真不愧是遠山金次大人，一點都不會感到驚訝呢。我放心多了。」

將妹妹頭瀏海底下的眼睛抬起來看向我的丁，用側頭部的白色翅膀示意整間大廳。

「那類型的傢伙，我從吸血鬼到外星人全都經驗過啦。要是如今還對區區尾巴感到驚訝，可是會被獅子頭或ＡＩ汽車給嘲笑的。」

就在我講得連自己都感到悲哀起來的時候，丁也露出悲哀的眼神環顧會場——

「這些人的祖先之中，有很多是像我一樣在戰事中落敗，或者遭逢災難、陷於貧困，最後不得已從列庫忒亞逃到這邊世界。為了不要遺忘這點，我們雖然努力嘗試將苦難的歷史傳承下去……但就算聽說自己的祖先經歷過那種事情，後代子孫們似乎也很難有感覺的樣子。世事難以盡如人意呢。」

丁抱著一疊書名為《出列庫忒亞記～傳承歷史，直到未來～》的影印書，深深嘆氣。那本書的內容大概就類似聖經舊約中的出埃及記吧。

「另外，路西菲莉亞大人應對公會成員們的粉絲會應該也快累了。稍微為她安排一段休息時間吧。」

朝丁如此說著並走往的方向看去，可以見到路西菲莉亞在大廳角落依舊被公會的女生們興奮圍繞著。那裡似乎是公會為了籌措資金而舉辦二手義賣會的場地，販賣著公會職員們的老家傳承下來的列庫忒亞樣式護身符或工藝品。然後……

「這個好嗎？」

「呵呵！我覺得不錯呦，非常適合呢。那麼這八百元就借給妳。」

路西菲莉亞把自己和麗莎如此交談並買下的東西，藏到裙子口袋中不讓我和亞莉亞看到。雖然不曉得是什麼玩意……但既然麗莎笑嘻嘻的，表示那東西應該很安全吧。

正當我想著這種事情，用免洗筷吃著小黃瓜壽司捲的時候——

「……我們很普通。我們和人類一樣。我們可以活在世上……」

怎麼好像聽到一群人在唱和著奇怪的口號，聲音是從四國分會的方向傳來。

於是我轉頭一看，發現在那裡有幾名公會成員們手牽著手，圍成圈子。

（……？）

不只如此。北陸分會的人合唱著約翰．藍儂的『想像（Imagine）』，神奈川縣連則是一群人朗讀著馬丁．路德．金恩牧師的『我有一個夢（I have a dream）』。看來這場集會中，似乎不時在各處進行著讚頌平等的小組行動。

（搞什麼……？宗教活動嗎……不對，感覺比較像是精神自助團體在做的事情。）

就在我和亞莉亞如此東張西望的時候，尼莫穿過人群間的縫隙來到我們的地方，接著麗莎也會合了。

尼莫見到我有點被周圍景象嚇到的模樣，輕輕笑了一下，露出通曉事態的表情說道：

「這個集會看在你眼中，或許會覺得很奇怪吧。但我反而感到很懷念呢。小時候，母親也曾經帶我參加過魔女的彌撒——也就是跟這個集會活動類似的聚會。」

「……尼莫，妳理解這是什麼狀況嗎？」

「嗯，例如像我們這樣的超能力者如果被周圍人知道擁有超能力的事情，就會遭到畏懼、捕捉或利用。因此必須隱瞞自己的力量，甚至為自己擁有力量的事實感到苦惱。我想繼承了列庫忒亞血統的這些女性們，肯定也對於日常生活上必須隱瞞自己特殊的體型或能力感到很痛苦吧。所以你看到的那些行為，是她們在互相鼓勵對方呀。」

「我在超能力搜查研究科的選修課上也聽過，那是為了讓 ownership resistance——持有抗拒造成的心理壓力獲得抒解是吧。」

聽到尼莫與亞莉亞的說明後，麗莎也露出對公會成員們感到同情的眼神……

「在荷蘭也有跟這裡類似的獸人聚會團體，那裡會嚴格警告成員們一定要隱瞞自己的身分。據說幾代前的艾薇·杜·安克族人因為被人看到自己真正的模樣，結果被割掉耳朵和尾巴，遭人丟擲石頭，被人從村莊趕到森林中……」

她告訴我們這樣一段自己祖先遭受民眾歧視的故事。

——異於普通的存在，必須隱藏真正的自己。必須隱藏身體特徵，隱藏力量，假裝和大家一樣，否則就會遭到排斥。

因此在這裡的女性們，平常都隱瞞著自己繼承列庫忒亞血統的事情。

將自己與生俱來的耳朵、尾巴或翅膀假裝得好像不存在，具備特殊能力的人則是小心注意不要讓力量發動。

那肯定是很痛苦的事情吧。將真正的自己想成『必須隱瞞的存在』，是一種講嚴重點甚至可能會讓人想死的難受事情。一直以來都受到爆發模式這種特殊體質所苦的我，很能夠體會那樣的辛酸。

無法保持真正的自己活下去的人，只能在生活中扭曲自己。然後由於那樣的扭曲，導致做什麼都不順利，一步步逐漸成為人生輸家、社會上的弱勢。彷彿那就是不普通的人必須背負的宿命一樣。

這個列庫忒亞公會……就是像那樣藉由互相分擔痛苦、彼此激勵，進而對抗「歧視」這種眼睛看不見的威脅的組織。

「我當初挺身革命，就是為了拯救像這些存在。為了消除人類歷史上一直對超自然存在們進行的歧視行為。為了創造出一個無論擁有特異能力或具備特殊體型，都能保持真正的自我活下去——與平凡的人們能夠共存的世界。」

環顧著大廳的尼莫在我旁邊熱切道出自己的抱負。她的聲音、眼神中，都流露出純粹的正義感。

身為N的一員誘導發生列庫忒亞人的民族大移動（第三次接軌），使超自然成為自然，為這個世界上的超自然存在們獲得平等待遇。尼莫就是懷抱著這樣的夢想，投身於N的革命行動中。

然而她的聲音、她的眼神實在太過於純粹——

（……………！………）

我這時察覺到一件事。

將分隔這個世界與列庫忒亞之間的門大大敞開的現象——第三次接軌。

我察覺出這個現象將會為世界帶來的重大問題，其中的本質。

N的企圖是藉由第三次接軌引發來自列庫忒亞的民族大遷移。

暫且不論尼莫的想法如何，這是就連引發過第一次世界大戰都還不感到滿足的莫里亞蒂，為了讓全人類都驚訝而對世界寫下的超展開劇本。他打算移民的人數絕不可能僅止於五百人或一千人的程度。即便是一萬人，肯定也無法達到那傢伙會覺得滿足的展開。

假如那傢伙透過某種方法製造出足以讓所有人類感到驚訝的誇張劇情爆發的人流——也就是將十億人、二十億人送到這個世界將會怎樣？

想當然，到時候世界肯定會陷入一片大混亂。然而那樣的大混亂也只不過是整個故事的第一章罷了。無論那樣的混亂如何獲得收拾，等到事後，列庫忒亞人都會成為全世界公開的存在。

從那之後才是更加重大的第二章。

列庫忒亞人之中多數能夠使用魔術，也就是所謂的超能力。當這邊世界對於列庫忒亞人的存在、對於魔術的存在感到理所當然之後，那個力量與科學融合所引發的變革——搞不好會超越當年的工業革命。跟上這波列庫忒亞革命潮流的國家、人物將會掌握霸權。全世界的勢力分配圖肯定會大幅變化，甚至到各國國界都大幅重新劃分的程度。

文化方面也會引起有如地殼變動般的巨大變化。來自另一個世界的列庫忒亞人將會在那場革命中扮演核心角色，對文明造成重大影響。這個世界的常識與法律肯定都會徹底變樣。

——世界會成為完全不同的東西。

既非原本的這個世界，也不是列庫忒亞。第三個世界將會開始。

（……莫里亞蒂教授……）

那傢伙的企圖，是**創造一個新世界**。

順從自己的興趣與喜悅，自以為是全知全能的創世之神。

（不愧是夏洛克的宿敵，規模大得誇張啊。）

就這樣……由於在想事情的緣故，害我發現得晚了──

「……？」

個子高又有長角，應該很顯眼容易監視的路西菲莉亞從大廳中消失了。剛才還抱著一疊《出列庫忒亞記》到處發的丁也是。

「喂，亞莉亞。」

「什、什麼啦？我才吃了十二個而已喔，桃饅。」

「不是那件事啦。路西菲莉亞不見了。丁也是。」

亞莉亞聽到我這麼說，擺盪著雙馬尾環顧周圍。就在這時……

「──剛才丁小姐表示過，要稍微讓路西菲莉亞大人去休息一下喔。」

「畢竟如果留在這裡，路西菲莉亞會被其他人圍著。她們同是來自列庫忒亞的人，或許有些話想私下聊聊吧？」

在千葉縣連桌邊享用著餐點的麗莎與尼莫分別這麼表示，但是……

假如丁對我和麗莎都刻意說明『要讓路西菲莉亞去休息』，總有一種在強調『所以你們不要在意』的感覺。

那麼我身為出自偵探科的人，習慣上就會產生『那更必須在意』的念頭──然而要是被對方注**意**到我在留**意**，對方就有可能停止我方所在**意**的行為。

在這類關係到「意」的行動上必須慎重小心。這是高天原以前用指示棒不斷戳我的屁股教出來的觀念。現在我們要是全體去找人就太過顯眼了，還是跟最有默契的亞莉亞兩人行動吧。

由於建築結構上四面都是拉門圍繞的緣故，寺院的大廳無論從什麼方向都能出去。因此我和亞莉亞挑選了人群可以成為遮蔽物的拉門溜出大廳，回到剛才我們脫下鞋子的鞋櫃處。至於走在木板走廊時的軋響聲，要感謝有卡式音響播放的念經聲幫忙掩蓋。雖然亞莉亞對念經聲怕得要命就是了。

上百名女性聚集的會場中只有一名男性，當然不可能完全不爆發……剛才因為會場中瀰漫的女性氣味以及尾巴冒出來的女生被掀起的裙子等等，讓我現在已經進入輕微爆發的狀態。雖然也多虧如此讓我能推理出莫里亞蒂的企圖，不過接下來還要讓這血流再稍微加班一下了。

——色即是空，空即是色——

在錄音帶播放的沙啞聲音中，我探頭看向鞋櫃……

「路西菲莉亞剛才應該把她的高跟鞋放在這裡才對，可是現在不見了。丁的木屐也是。」

「她們出去外面了是吧。」

和亞莉亞如此交談後——我把自己的臉，或者應該說鼻子伸到路西菲莉亞的鞋子原本擺放的位置，尋求那裡些微的殘香……

——不垢不淨，不增不減——

「……你、你這是……在做什麼呀，金次……？」

很好，聞出來了。這就是路西菲莉亞的高跟鞋氣味，或者應該說腳香嗎？深沉強力的酸甜氣味，可以感受出她捉摸不定的個性。充滿異國風情，如芒果般豐潤濃醇。比任何高級香水都要迷人，活力洋溢的香氣。

「——不愧是萬物的模範，美豔的極致。香氣中甚至能感受出故事性呢。」

等等喔，我這講話方式，看來女神的香氣讓爆發性血流增強了。

——就好像每個人的指紋都是獨一無二的一樣，每個人的氣味也各自不同。而嗅覺上特別靈敏的我，能夠以相當程度的精準性辨別其中的差異。如果在爆發模式下，甚至能夠辦到追蹤。

這項我取名為『香氣追蹤』的新招式，是以前在羅馬時我看麗莎在路上像警犬一樣靠嗅覺找出貝瑞塔的那一幕所得到的靈感。回國後在阿尼亞斯學院時，我有時間就會借用安達米澤麗的室內鞋練習這招，一方面由於她的香氣比較濃，讓我很快就辦到了。後來對香氣中等程度的金女也成功，對氣味更淡的萜萜蒂·列萜蒂嘗試時更發現我的香氣追蹤，精準到就連氣味很像的雙胞胎都能夠分辨的程度。這份上天賦與的才能，總算有機會在實戰中派上用場了。

話雖如此，但現在是在亞莉亞面前；姑且不談她不知為何已經露出傻眼退縮的表情看著我，在女性面前趴下來聞地面的氣味總不是一件體面的事情。

於是我「唰！」地——左右張開雙腳，把上半身往前彎，擺出即使不用趴下去也能把鼻子湊近地面的帥氣姿勢。

——揭諦揭諦波羅揭諦——

「走吧，往這個方向。」

「……總覺得……你那動作好像長頸鹿在喝水呢……」

人的腳掌為了讓皮膚保持弱酸性阻絕地面的雜菌感染，分布有相當多的外泌汗腺，也因此是氣味非常明顯的部位。而穿著總是與那種部位磨蹭的鞋子走動的行為，對我來說，就跟拿麥克筆在地上畫標記線是一樣的。

聞出來啦，路西菲莉亞就在那裡。她似乎走進了距離本殿稍遠處的一棟像別館的建築物中。

我和亞莉亞走近一看……發現那棟別館掛有寫著『織鶴院』的匾額，和剛才那棟本殿相比起來非常小間。一方面由於四周竹林圍繞，一方面也因為在黑夜中——若不靠近，甚至難以發現原來這裡有這麼一棟建築物。

到緣廊邊雜草叢生的破屋景象，讓人可以感受到這間寺院整體共通的人為特徵。這裡大概也是為了不讓閒雜人等靠近，故意營造出這樣恐怖的氣氛吧。

「如果想從吵雜的派對中溜出來私下約會，就應該挑這種像藏身處的地方吧。」

「也藏匿得太過頭了。我們不要從正面直接進去應該比較好。」

織鶴院是一棟純日式建築。為了不要讓木造地基腐蝕，地板會從地面架高一公尺左右保持底下通風，也就是所謂緣廊下、地板下的構造。於是我和亞莉亞鑽進那地方，窺探屋內的狀況。

穿過惱人的蜘蛛網，小心不讓腳勾到支柱或地基石，在地板下行進了一段距離後……

已經爆發五成的我靠聽覺捕捉到聲音了，還在相當前方。然而走在我前面的亞莉亞卻用女童蹲的姿勢停下腳步，因此……

「在更前方，好像在講什麼話。趁聲音消失之前快點──」

我為了推她的背，朝前面伸出雙手。

結果剛好在這時準備繼續移動的亞莉亞抬起她的屁股……

（──嗚……！）

我的左右雙手，就這麼抓住了。

隔著裙子的布料，抓到亞莉亞的左右臀部。也就是兩邊屁股……！

「……！……！……！」

「……呀嗚……！」

呃！這真的是屁股嗎！亞莉亞那對小到令人驚訝的屁股，被我的雙手完全包覆起來。好、好厲害，有如熟透前的李子般緊實的感覺與果凍般柔軟的彈性互相共存，堪稱是國寶級的觸感。像這樣直接又徹底地抓住女生臀部的經驗，在我至今的人生中從來——

「你在摸哪裡啦這個大變態！」

用氣音大叫的亞莉亞把雙手往地面一撐，雙腳用力往後踹，使出一記袋鼠踢。完全不把狹窄的空間當一回事，也沒有讓我的頭撞到上面的地板發出聲響，充滿技術性的一擊直接命中我的臉部。

如果是一般人，恐怕腦袋已經分家滾到地上了，但我可是個「逸般人」。靠著橋式後仰的動作勉強撐過危機——

——撲通——！

（呃、咦……？）

剛才明明只有到五成的爆發模式血流，居然一口氣飆升到十成了……！

這、這是怎麼回事？難道我被迷你尺寸的女生朝臉部狠狠一踹就會爆發了嗎？

若真如此，那可是超高中生級的爆發癖好，絕非十幾歲就應該達到的境界。不，我寧願相信這是因為剛才抓到迷你迷你的臀部造成的血流。要相信自己，這就叫自信。所謂的自信是必須靠自己建立的東西啊。

我從橋式後仰姿勢有如倒帶影像般恢復原本單膝跪地的動作，對亞莉亞比了一個『安靜』的手勢。接著只用腳踝以下的部位靜音高速微震動，如滑動般抵達如今完全爆發的聽覺能夠清晰聽見聲音的地點正下方。而看見我這樣彷彿搭乘平面手扶梯移動的景象後……

「你那是……ＨＳＳ對不對？在這種狀況下你是怎麼進入的啦……」

姑且不論原因是 hip（臀部）還是 kick（腳踢），讓我爆發的本人用氣音如此說道。

「呵——很榮幸聽到妳這麼誇獎我。不過現在重要的是，就在這上方。」

我說著，帥氣微笑後——抬頭透過木頭地板間相對比較寬的隙縫處看向室內。雖然是從正下方偷看的視野，依然能夠窺視屋內相當程度的狀況。亞莉亞也輕輕把耳朵貼到地板下方。

首先，我找到了丁的身影。從正下方仰望一名和服少女雖然就爆發方面來講不太好，但畢竟我也沒有拿手電筒往上照，所以她雙腳內側看起來一片黑暗。無罪。我同樣從斜下方的角度看到了路西菲莉亞，另外還有十名左右的女生。在那樣的室內——

「……我隸屬N的事情妳是聽誰講的？我本來不打算讓妳知道的說。」

面帶訝異表情的路西菲莉亞正在和丁站著對話。

「我們在很多地方都有建立人脈，尤其在少數群體的圈子中有很多協力者。這次是透過政府管道一名叫乙葉的人獲得情報的。」

少數群體、政府管道、乙葉……乙葉瑪莉亞嗎？也就是我在阿尼亞斯學院逮捕的那名N的協助者。畢竟那傢伙是執政黨養的小鬼，所以八成是不起訴處分或早就被放出來沒再管束了吧。然後那個女人——或者應該說男人——跟同樣屬於社會上少數群體的列庫忒亞公會之間似乎有聯繫的樣子。世界看似很大但其實意外地小呢。

就在這時，丁正在抽的長菸斗飄來菸草的氣味——

「是說，路西菲莉亞大人，您覺得這個語言如何？」

「……什麼叫如何？妳說日文嗎？」

「這是完成度相當高的美麗語言，公會的日本分會中大家都用這個語言講話。已經沒有人在使用列庫忒亞的語言，恐怕連共通語都被忘了。」

「畢竟共通語根據不同地區的口音差異很大呀。在這裡還是講日文比較輕鬆吧。」

「這樣講也沒錯，但我還是感到很遺憾呀。列庫忒亞人的子孫們都捨棄自己的語言，遺忘自己的歷史，逐漸變成了這個世界的人。」

「唔……」

就在路西菲莉亞傾聽著丁闡述主張的時候——

「在這邊的世界如果想活得像個列庫忒亞人，就會遭到隔離。」

「某些國家甚至到現在還會有人因為獵巫行動遭到殺害，也有人像動物一樣被人買賣。」

「雖然也有像神明般受到崇拜的人，但那樣的信仰精神，到了現代也已如風中殘燭——」

其他公會成員們也你一言我一語地，告訴路西菲莉亞少數民族面臨的苦境。內容聽起來悽慘的這些話，應該都是事實吧。就像包含白雪在內擁有超能力的星伽一族，或是閻那群長有犄角與尖牙的緋鬼一族那樣，不得不躲在遠離人群社會的場所居住生活的列庫忒亞人肯定也很多。另外像拉斯普丁納就幹過販賣列庫忒亞人的生意，古蘭督卡和伊歐則是因為喪失來自人民的信仰而讓整個種族都瀕臨滅絕了。

「我是列庫忒亞人。我不希望遭受迫害，屈服於這個世界的人類進而同化，喪失身為列庫忒亞人的驕傲。在這個國家以及海外也有很多和我一樣的不滿分子。列庫忒亞公會成立的目的一方面也是為了選拔那些人才——組成列庫忒亞共和聯盟。」

列庫忒亞共和聯盟。

就在丁講出這個詞彙的時候，房內的公會成員們一起把比成『狐狸』形狀的手放到各自的左胸上。把象徵獸類的手，放到象徵女性的乳房，而且是心臟所在的左胸上面。不需要說明就知道，那是展現她們強大團結力的最上級敬禮動作。

「哦？聯盟是嗎？」

「列庫忒亞共和聯盟是透過血盟相連的派系。在場這十幾名成員就是日本師團的同志，由我擔任師團長。」

鏘！忽然響起敲擊地板聲音讓亞莉亞嚇了一跳……不過那是丁將同伴交給她的一把薙刀豎立到地板上的聲音。我們還沒有被發現。

那玩意或許也有女性用武器的象徵性意義，但不管怎麼說，薙刀就是武器。既然她現在握著那樣的東西介紹組織，可見所謂的列庫忒亞共和聯盟是個武裝組織。換言之，那個公會其實是為了募集資金與同志的掩護組織嗎？

「長年來受到壓迫的列庫忒亞裔人，一直都深切期盼著在各國起義的好機會到來。而那個好機會，就是現在！只要路西菲莉亞大人願意加入我們，肯定能夠讓人類見識到列庫忒亞的力量！」

看來是個列庫忒亞民族主義者的丁，如此熱烈邀請路西菲莉亞加入她們的行列。

這就是——她在體育館頂樓說過『侵掠』的真意。

「妳的意思是要我攻擊人類？」

「人類的數量太多了，即便我們堆築起一千、兩千的屍骸，他們依然不會理睬我們的主張。甚至可能不回應我方的交涉，直接反擊，將我們屠殺殆盡。然而只要路西菲莉亞大人發揮神的力量，殺個一萬人、兩萬人，對方想必也會感到畏懼的。」

路西菲莉亞擁有的神之力量——也就是說要展現足以毀滅這個世界的力量，藉由這種恐怖行動迫使人類承認她們主張的權利是嗎？真是危險的思想啊。

「讓人類見識之後，又要如何？」

「我們要建立國家。一個列庫忒亞民有，列庫忒亞民治，列庫忒亞民享的國家——新列庫忒亞共和國。只有女性的國家，您不覺得很好嗎？那將會是個把男性這種古老種族排除掉的美麗新國度。然後恭請路西菲莉亞大人坐上女王寶座，我會永遠在旁輔佐執政的。」

建立國家——居然搬出這套來啦。話說，只有女性的國家是嗎？就我個人來講，光聽到都對血流不太好啊。

「……什麼建立國家，講的話就跟以色列一樣。或者說感覺像是當年卡斯楚在邀請切・格瓦拉加入革命組織呢。」

亞莉亞表現出傻眼的態度，用氣音對我這麼說道。

「但她們並不是透過宗教或意識形態，而是靠血緣團結在一起，所以應該說是民族自決主義吧。講得可愛一點，就是一群想要建立自己地盤的獸娘團體。」

悄聲回應亞莉亞的我……臉上也露出苦笑。

——丁這段『建立國家』的主張感覺就像誇大的妄想，完全沒有現實感。

這個世界進入二十一世紀之後誕生的國家，用五根指頭就能數得出來。而且那些幾乎都是暫時性統合的國與國，讓原本的國界重新復活之類的狀況。特定民族占領什麼地區建立新國家的案例根本就——

「路西菲莉亞大人的力量受到的封印，看起來很脆弱的樣子。只要在公會招募擅長解咒的人，想必輕易就能解除。」

聽到丁這句話，我和亞莉亞互望的臉上都恢復了些許的緊張感。

……『封魔之魔』的腳戒其實效力不完全的事情，已經被看穿啦。

「解除封印後，就請您盡情震盪大地、湧溢海水吧。呼喚颱風，讓火山噴發，讓小行星墜落地表。用神力引發天災——讓中國東海、南海相鄰的國家們好好見識一番。首先的目標，就是這個日本。」

「……？為何我要騷動的國家已經決定好了？」

「因為在剛才舉出的這些海域上，有周邊國家各自主張為自己領土導致主權歸屬模糊的島嶼。要是我們獲取主權明確的領土就會引發戰事，但如果是歸屬不明確的土地，人類也比較容易放棄。」

聽到了這段聽起來好像變得有點現實感的主張，我和亞莉亞臉上輕鬆的表情都逐漸消失。

「我們首先傳送訊息給相關國家們，命令他們將那些島嶼規劃為各國共同管理領土。要是有國家不順從，就給予天災懲罰。列庫忒亞公會的成員在各國都有人潛入政府之中，因此就讓那些成員們告訴國家的為政者，天災乃來自列庫忒亞的神力。若不信，只要再度讓他們見識力量就行。」

在各地扎根的公會成員組織力量，以及路西菲莉亞那據說超越核武的力量。要是這兩者湊齊……

「藉由天災讓那些為政者們都乖乖聽話之後，就讓成為共同管理領土的島嶼群獨立。接著讓世界各國因弱勢立場而受苦的公會成員們都移居到那些島嶼。雖然剛開始或許在國際上不被承認是國家，名稱也可能有異，不過到將來就會成為一個群島國家——新列庫忒亞共和國了。」

……這個計畫，搞不好真的會成為現實喔。至少在實現的可能性與危險性上，已經不是能一笑置之的程度了。

「新列庫忒亞共和國——將會歡迎N的各位成員，以及各位帶到這個世界的列庫忒亞人們。等人口增加後，就再度藉由天災威脅人類，將國土擴展到周邊島嶼，最終往大陸擴展。」

——丁透過路西菲莉亞，呼籲N與她們攜手合作。

對於潛伏於海洋的N來說，這項提議非常有好處。丁企圖占領的那些島嶼周邊的海域可以讓N當成艦隊據點，而且島嶼本身也能成為第三次接軌時，來到這邊世界的列庫忒亞人們暫時的居留地。

對路西菲莉亞來說同樣有好處。她如果帶著這項提議回到N，或許就能洗雪上次在海戰中輸給我的恥辱。要是解除封印，利用神力在新列庫忒亞建國行動上有所貢獻，將會是讓她在納維加托利亞落敗的醜事都變得不足一提的重大功績。

「來吧，路西菲莉亞大人。就算沒能成為新娘與新娘，今晚就讓我們成為同志與同志，然後攜手合作，立刻對這個窮凶惡極的世界展開一場不帶絲毫慈悲的——侵掠吧！」

丁說著和之前求婚時同樣的話，用薙刀的底部「鏘！」一聲敲在地板上。以此為信號，共和聯盟的成員們再度做出最上級的敬禮動作。

我們上頭的房間接著沉默一段時間後……

「……嗯，侵掠，很好呀。妳們想做的事情，希望那麼做的心情，我都明白了。至於那個手法是否屬於路西菲莉亞與人類之間協定禁止的『全面戰爭』也有解讀的餘地。只要挑選自然災害類型的力量，勉強可以辦得到。更重要的是，我同樣非常希望能解除這腳上的封魔之魔。雖然我也知道這東西**不算什麼**……但無奈我對於解除封魔之魔的術法是一竅不通。畢竟如果遭到封魔也只要徒手戰鬥就行，更何況我從沒想過自己會落入他人手中遭受這樣的封印，而且我最討厭的就是埋頭學習什麼術法。因此……」

路西菲莉亞如此回答了。

亞莉亞聽到這段話頓時皺起眉頭，把手伸向裙子底下的槍。然而——

「如果是不久前的我，肯定很樂意與妳們攜手吧。但是現在，我無法接受。」

——路西菲莉亞的答案，是拒絕。

「……無法接受……？您心中不是懷抱著侵掠這個世界的壯志嗎？」

面對睜大眼睛感到困惑的丁——路西菲莉亞微微一笑，點頭回應。

「丁，其實不需要建立什麼國家，我們列庫忒亞人也已經在進行侵掠了，而且早從古老的時代。那並非什麼難事，也無需與誰爭鬥。我們的前輩們在大自然的引導下，早已將那手法代代延續至今了。那就是與這個世界的人成為配偶，繁衍子孫呀。」

「……」

「我非常喜愛孩童。不久之前，還有今天，我都見過許許多多這個國家的孩子們。他們各個健康活潑，可以看得出人類也一樣愛護自己的孩子。這個世界的人類——同樣會祈求孩子們的幸福，是同樣的生命。所謂真正的侵掠，就是子孫繁榮。並不是要造成惹孩子們哭泣難過的天災，延展自身的霸權呀。」

路西菲莉亞講述著對小孩們的慈愛之心，那氛圍感覺真的就像什麼神明一樣。雖然那對像惡魔的犄角還是老樣子全力阻礙著那樣的印象就是了。

「路西菲莉亞大人所言的侵掠，如今已顯示出那個結果了。請看看公會那些已經喪失身為列庫忒亞人的驕傲，淪落為普通人類的成員們。列庫忒亞人不應該與男人這樣的異種生物混雜在一起呀！」

相對地，丁則是大聲主張民族自尊，對於男人這樣的異種族類表現出明顯的厭惡。

路西菲莉亞見到她那模樣——輕輕笑了一下。

「呵呵！丁呀，妳那樣可沒辦法創造咖哩麵包喔。」

「……啥？咖哩麵包……？」

「那是將咖哩與麵包組合在一起、兩邊世界中最美味的食物。男人確實與女人不同，但如果因為不一樣就劃清國界，互相仇視——那麼永遠都是不同的存在。拿出愛與勇氣，與不同的對象融為一體，誕生出新的存在，這才是天底下芸芸眾生應盡的使命。我如今已領會了這點……不，應該說是家主大人讓我明白了這個道理……」

對於路西菲莉亞這段話——

「——這位路西菲莉亞大人，看來並不是我所知道列庫忒亞的路西菲莉亞大人。」

丁的聲音顫抖起來。

「那也是當然。畢竟在列庫忒亞的路西菲莉亞一族，誰都沒見過男人呀。」

「您變了。被那個男人——遠山金次給改變了。」

就好像對於背叛粉絲們私下交了情人的偶像感到氣憤一樣，丁的這股憤怒……矛頭並不只對著路西菲莉亞本人。

同時也對著另一側，將自己視為神聖存在的女神路西菲莉亞改變的——男人——也就是我。

「請快放掉什麼男人吧。沒有必要犧牲路西菲莉亞族萬世一系的尊貴血統，去追隨什麼男人呀！」

見到丁用尖銳的聲音如此大叫，完全顯露出厭惡男人的想法……

「追隨男人，是嗎？有何不好呢？畢竟是女人呀。」

路西菲莉亞面帶柔和的微笑，這麼回應。

那樣柔軟的態度，反而更突顯出路西菲莉亞堅定的意志。

「……果然……男人太危險了，是毀滅我們的存在。我們絕不會放棄我們的目標。不會忘記遭受凌虐的那段恥辱，也不會把至今依然被迫活在陰影之中的列庫忒亞子孫們丟著不管。」

丁氣憤得雙腳發抖——「唰！」地架起手中的薙刀。

然而她架刀的動作是刀鋒朝下，尾部朝上，用握柄保護身體的姿勢。看來她想藉由偏重防禦的下段架勢嘗試最後的說服機會。

亞莉亞再度把手放到左右雙槍上，準備伺機而動。然而我用眼神制止她，要她暫時再觀察一下狀況。畢竟要是我們這時候現身，將難以預料事態會如何變化。目前路西菲莉亞與丁還有透過對話迴避戰鬥的可能性。我們要忍耐到最後。

「過去的我也是那樣，而且在N之中也有主張在這邊的世界擴展霸權的人。妳的眼神就跟那些人一樣，所以即使讓我們看到剛才那樣氣氛輕鬆的聚會——我也打從一開始就知道背後會有這樣的內幕，也料想到可能會演變為戰鬥了。」

「就算討伐了我，列庫忒亞共和聯盟依然會繼續存在。即使路西菲莉亞大人不願把力量借給我們，遲早也會有別的神明到來。因此我們在這裡互鬥，只是白費力氣。假如錯失這個機會，路西菲莉亞大人這次就真的必須捨棄N，捨棄一切了。將來肯定不只要背負輸家的臭名，甚至會被視為背叛者受人非議吧。」

——丁這段話並非隨口胡說。

所謂的組織不會因為失去一名分會會長就全部消失，而且即使錯過一次機會，也能超脫於個人的框架之外等待下一次機會到來。這就是組織的優勢。

面對那樣的列庫忒亞共和聯盟，路西菲莉亞就算在這裡展開一場局地戰事，也完全沒有意義。那樣只會讓自己錯失一次從可憐的俘虜逆轉人生成為一國女王的大好良機，而且還會被扣上為了男人背叛列庫忒亞的汙名。對於比起性命更重視名譽的路西菲莉亞族來說，那肯定是難以忍受的事態吧。

然而，路西菲莉亞卻完全不顧慮那樣的得失利弊……

「我早有那樣的覺悟了。我願意捨棄自己的一切，接受所有命運。為了我對家主大人的愛。」

——她打算一戰。對抗丁那幫人基於恐怖主義展開的侵略行動。

為了貫徹她自身那套藉由愛與繁衍子孫達成侵略的思想。

「愛是一種感情。感情這種東西只要風向一變就會隨之變化。難道您要相信那種東西嗎！」

「所謂的愛，就是深信呀。」

雙手扠腰，抬頭挺胸的路西菲莉亞——「喀！」一聲把穿著高跟鞋的雙腳張開與肩同寬。那是她的備戰架勢。列庫忒亞共和聯盟的成員們見到她那動作，紛紛與她稍微拉開距離。

丁從原本偏重防禦的下段架勢將薙刀的刀尖舉高到攻防一體的中段架勢……全身釋放出彷彿存在感不斷增大的氛圍。實際上她頭部兩側的翅膀的確逐漸擴大，從似乎有設計縫隙的白色和服背部也伸展出大量尾羽。

當場抽了一口氣的亞莉亞還有我，以前都看過好幾次類似的景象。弗拉德、希爾達、貝茨姊妹——丁就跟那些人一樣，是屬於能夠透過變身強化自己的種族。

「路西菲莉亞大人的魔正受到封印。那麼我也不使用魔和您一戰吧。因此還願您不要退縮了……」

然而丁的變身並不僅限於身體上的變化。令人感到神奇的是，竟然連她那件白色和服的袖子底下……也就是袖兜的部分都變化為羽毛，成為一對大翅膀。

我猜，那件和服大概是**活的裝備**。以前妖刕・原田靜刃與希爾達對峙的時候，那傢伙身上的黑色外套就隨著主人的意志展現出有如生物般的動作。丁的和服恐怕也是類似那樣的裝備吧。

不過丁的變身無論在肉體或衣著上都進行得很緩慢，在這點上就跟我們過去見過的變身種族是一樣的。那也就是說，在她變身完成之前還有一段緩衝時間，必須在結束之前壓制她才行。

「就算遭受封魔，面對妳這種等級的對手有何必要退縮任何一步？即便只靠徒手也能戰鬥才稱得上是路西菲莉亞呀。」

挺胸站立的路西菲莉亞雖然表現得自信滿滿，但她現在的徒手戰鬥力其實並不高。在亞莉亞房間與她好幾度的『勝負』中已經可以知道，她目前的等級就算是沒有進入爆發模式的我都能任意玩弄。太危險了。

「……看來，勝負已分呢。」

丁還沒交手前便已宣告勝利。遺憾的是，我的判斷也跟她一樣。看來靜觀事態也只能到此為止了。

我們上吧——我對已經拔出白銀與漆黑兩把 Government 的亞莉亞如此做出手勢。接著保持彎低身體的姿勢，將雙手貼在感覺就有如低矮天花板的木頭地板背面，將腰部、背部、肩膀、手肘產生的瞬間加速互相串聯起來——櫻花——！

——轟磅磅磅磅磅磅磅磅——————！

伴隨一片粉碎飛揚的木屑，地板炸出了一個下水道人孔大小的破洞。亞莉亞接著從那洞口跳出去，我也跟隨在後。

亞莉亞靠後空翻，我靠前空翻各自落到室內的地板上，架起手槍牽制周圍。

如此勁爆的登場方式，讓變身途中的丁與其他列庫忒亞共和聯盟的成員們都瞪大眼睛，當場僵住了。

「——家主大人！為什麼你會知道這裡！」

「只要路西菲莉亞遇到危險，無論在哪裡我都會趕來的。」

畢竟靠鞋子的氣味跟蹤這種事情講出來也不好聽，於是我拋了個媚眼掩飾過去後……

「呵呵！我都再度迷上你了呢，家主大人♡」

明明在這樣的狀況之中，路西菲莉亞依然用輕快的腳步繞過地板的破洞，想要給我一個擁抱。

然而她的身體——卻貼不上我。

（……？）

我跟路西菲莉亞之間，似乎被什麼看不見的東西阻隔了。

就像被那東西彈開似的，我們互相分開……

「……啊嗚！」

路西菲莉亞跌坐到地上，結果從她裙子的口袋掉出一支大概是剛才在義賣會上買來的筆。接著……

「什……『七折凶星』嗎……！」

皺起眉頭的路西菲莉亞抬頭看向重新把薙刀架成護身架勢的丁。

「是的，不好意思……剛才開始談話之前，在進入房間的時候我們已經預先設置好了。萬一我方的提議遭到拒絕，過一段時間後就會發動……」

對於那個術式順利發動似乎鬆了一口氣的丁——由於知道路西菲莉亞的魔力遭到封印，所以打從一開始就在現場設置了魔術陷阱。她剛才那句『不用魔和您一戰』的發言，是為了拖延時間等待術式發動的謊言。而那把誇大其事的薙刀，只是為了假裝自己會使用物理性攻擊是吧。

「路西菲莉亞……！這、這到底是什麼？」

亞莉亞想要衝過去扶起跌倒的路西菲莉亞，可是到某個距離就無法繼續靠近了。有一道看不見的牆壁圍繞在路西菲莉亞周圍。亞莉亞彷彿在演默劇般用持槍的手到處探找的那面牆壁，看來是個直徑與路西菲莉亞的身高一樣的球型。有如在佐證我這項假設似的。路西菲莉亞的裙襬有一部分離開地面浮在半空，呈現圓弧狀。

「兩位，姑且不論你們是從哪裡開始聽到我們的對話，但我奉勸你們最好別用槍喔。因為就在此刻，我已經掌握了路西菲莉亞大人的性命。」

丁對我和亞莉亞如此表示的同時——啪鏘……！

伴隨某種像是玻璃碎裂般的聲響，在我們眼前發生了從未見過的現象。

路西菲莉亞縮小了。連同身上的水手服與腳上的高跟鞋，整體縮小成原本的一半。圍繞她的透明球體也忽然變得能夠看出輪廓。另外也能看到，掉在球體外側地板上的那枝筆並沒有跟著縮小。只有路西菲莉亞本體以及與她身體接觸的物體縮小，長度變成二分之一，表面積變成四分之一，體積變成八分之一。

原本身高包含犄角在內約有一六〇公分的路西菲莉亞，如今只有八十公分左右。尺寸有如一尊稍微較大的人偶。

相對於縮小的體積，她體表的亮度看起來倒是增加了。我靠爆發模式的視力看出來，那亮度是原本的四倍。雖然不清楚物理學上的原理究竟是什麼，不過那個球體內部似乎是雖然表面積縮小但出入的光量不會改變的空間。現在之所以能看出球體輪廓，是因為內側相對變強的光線在邊緣部分發生折射的緣故。

「……家主大人，亞莉亞，快逃。事態至此，我已難逃一死了。要是反正沒救的我成為人質，害家主大人和亞莉亞也跟著被殺，可是白死一場呀。」

「現在到底怎麼回事？妳被施加了什麼魔術！」

我對或許因為變小的緣故，連聲調都改變的路西菲莉亞如此大叫後——

「這叫『七折凶星』，是列庫忒亞性格惡劣的女神創造出來的古老詛咒，用來強迫頑固的敵人悔改心意。將對手關進一個看不見的球型牢籠，然後把牢籠一半又一半地縮小。剛開始很快，然後逐漸放慢速度……到了第七次的縮半，無論任何強者都會因存在受到壓毀而必定喪命。如果是平常的我，絕對不會被這麼顯而易見的術式給抓到。但現在因為這個封魔腳戒，害我沒能發現啦。」

路西菲莉亞無奈地搖著頭對我這麼說明。

「因為施術者能夠解除這個術式，所以被抓到的人通常會由於對死亡的恐懼而投降。但我死也不會講出什麼『我願意為你們效勞，求妳快點解除術式』這種鬼話。更何況……妳使用這招的目的**並不是要讓我屈服**對吧。」

「遠山大人，神崎大人，包圍著路西菲莉亞大人的那個空間，身為施術者的我現在就能馬上壓毀。因此請你們不要輕舉妄動，乖乖退下。」

丁舉高如今化為白色翅膀的和服袖兜，威脅我們『自己隨時都可以殺掉路西菲莉亞』。

「——亞莉亞，把解除腳戒封印的方法告訴路西菲莉亞！」

我想說如此一來，或許路西菲莉亞就能靠自己的力量從那空間中逃脫出來，但是——

「那東西除非請貞德拿掉或是路西菲莉亞本身喪命，否則無法解除效果呀……！」

「不可能拿掉的。畢竟能夠往來於七折凶星內外的，只有光線與聲音。」

亞莉亞絕望的聲音與丁這樣一句話之後……「啪鏘……！」的聲音再次響起。

伴隨那個聲響，路西菲莉亞的身高從八十公分左右——縮小成四十公分了。

如今變成原本的四分之一長度，十六分之一表面積，六十四分之一體積——看起來綻放強光的球型領域，尺寸變得像顆稍微大一點的沙灘球了。

「……？」

然而對於這次的變化，丁微微蹙眉。

雖然不到驚訝的程度，但看起來是『發生了麻煩狀況』的表情。

相對地，路西菲莉亞明明受到囚禁，卻表現得好像報了一箭之仇的感覺。

「路西菲莉亞……！」

就在我和亞莉亞都束手無策的狀況中，丁將如今變得有如一顆光球的路西菲莉亞——質量似乎也變成六十四分之一的樣子——抱了起來。

對那樣的丁，路西菲莉亞講了些什麼話。體積變小的她就連聲音也變得很小，要是我不把注意力集中在爆發模式的聽覺就聽不清楚內容。亞莉亞則是好像完全聽不見的樣子。

「……即使……如何……妳現在也注意到了吧？就算我無法停止這個術式，但依然能夠**加快速度**。雖然由於魔力幾乎被壓抑，所以效果有限。即便如此，我的身體在月出之前還是會迎來第七度的半衰，消失殆盡。妳的目的不會實現的。」

面對彷彿裝在玻璃球中會發光的換裝娃娃的路西菲莉亞——丁搖頭回應：

「不打緊，照現在的速度還趕得及。雖然我本來希望在時間上多些餘裕，不過您會使用這招也在我的預料範圍之內。我已準備好對策了。」

「哦？調查得可真仔細。」

「我們楔拉諾希亞一族，自古以來就把路西菲莉亞大人的事情調查得鉅細靡遺了。我也知道就算您現在自我了結，依然可以從身體組織獲得您的光。」

雖然對話內容有許多不明之處，但聽起來她們似乎考慮到路西菲莉亞在第七次的半衰之前選擇自殺的狀況，於是——

「路西菲莉亞，我不准妳擅自死掉喔。畢竟妳可是我們的俘虜呀。」

「不要衝動行事，這是命令。別擔心，我們一定會把妳救出來的……！」

為了防止那樣的事態發生，亞莉亞和我都語氣著急地對路西菲莉亞這麼說道。而在我們眼前——丁似乎從這句『會把妳救出來』的發言中感受出我在虛張聲勢，進而察覺我方已束手無策，結果微微揚起了嘴角。

在丁抱住的光球之中……

「家主大人，你聽得見嗎？」

路西菲莉亞帶著感到死心似的表情，轉過來朝向我。

「可以，勉強聽得到——」

「我現在總算明白了。從前為了支配這邊的世界而從列庫忒亞來到這裡的路西菲莉亞們為何會陸續斷絕蹤跡，不知消失到何方的理由……」

路西菲莉亞們消失的理由……？

「那肯定是因為……大家都在這邊的世界邂逅了出色的男性。喜歡上對方，愛上對方，墜入情網——最終放棄身為路西菲莉亞，變成了人類的女性。就好像現在的我一樣。」

……路西菲莉亞……！別說了。

「我愛上了家主大人。這是我六千六百九十五日的生涯中從未感受過，最美妙的感情。雖然我本來希望在這條命還活著的時候繁衍子孫……不過光是有幸知道這份感情……知道何為戀愛，我這輩子就活得值得了。家主大人，謝謝你。」

……別說了，路西菲莉亞。不要講出那種像是別離的發言……！

「家主大人，請撿起我掉在那裡的東西，快快逃跑吧。那是為了送給你而買的東西。上次我扯破你那本小小的記憶本……妨礙你用功，真的很抱歉。那東西就當成賠罪，原諒我吧。」

我撿起剛才從路西菲莉亞的裙子口袋掉出來的東西……

那是一支用木頭做成筆管的自動鉛筆，表面裝飾有以前我在瓦爾基麗雅的鎧甲上也看過像是蔓草的未知植物——應該是列庫忒亞特有植物的紋路。這支筆似乎也兼作護符，上面刻有『合格祈願』的漢字。

路西菲莉亞……！

「遠山大人，還請你別動怒。如今勝負已分，更何況路西菲莉亞大人本來就只剩下短短幾年的壽命。路西菲莉亞一族乃美麗的極致象徵，是在肉體隨著歲月劣化之前就會先逝世的種族。據說鮮少有個體在誕生之後能活過一萬日……」

——啪鏘……！

聲音再度響起，圍繞路西菲莉亞的球體縮小為直徑二十公分。

在變得更為強烈的光芒中，這下只能隱約模糊地看見路西菲莉亞的身影。被丁有如翅膀的和服袖兜包覆起來後，連聲音都完全聽不見了。

（……時間……那個魔術的時限是——）

爆發模式的腦袋精密回想並估算七折凶星的現象與時間。

從第一次縮小到第二次之間，間隔了五十四秒。從第二次到第三次則是一分四十八秒，延長為兩倍。如果按照這樣持續，到下次的縮小現象前有三分三十六秒。再下一次則是大約七分鐘。致死的第七次——從縮小現象開始後大約五十七分鐘，到時候路西菲莉亞會縮到一點二五公分的大小。

丁像在等待球體縮成方便攜帶的尺寸似的，對周圍的同伴們——也就是共和聯盟的成員們用視線示意。結果那些成員們立刻……有的長出尖牙，有的伸出利爪，也有人身上冒出犄角或翅膀，或多或少都開始改變樣貌。每個人看起來都有一定程度的實力，是一群在路西菲莉亞被抓為人質的狀況下，應該足以幹掉我和亞莉亞的集團。

「——偷窺鶴的祕密，就必須絕命。兩位看到了不該看的東西，想必也聽見了不該聽的事情。雖然我們與兩位沒有直接的仇恨，但還請納命來吧。」

彷彿在做什麼暖身運動似地讓頭部兩側的翅膀拍打，使房間內吹起微風的丁——一反口頭上的發言，身體倒是往後退下一步。

看來她打算把我和亞莉亞交給部下們對付，自己則是帶著路西菲莉亞的球不知要往哪裡去。

「我奉勸兩位最好不要抵抗，不乾不脆的垂死掙扎可是很難看的。」

由於我們封印了路西菲莉亞的魔力導致她對魔術類攻擊變得毫無防備，丁在談判破局的當下其實應該就能殺死路西菲莉亞了。但她卻沒有那麼做，現在還打算把路西菲莉亞帶到其他地方，等待接下來大約五十五分鐘之後才讓路西菲莉亞喪命。

——這是為什麼？

如果不知道這點，就難以決定我方的行動。雖然丁似乎不會在七折凶星結束之前先殺掉路西菲莉亞，但她還是可以辦到這件事的樣子。也由於這樣，我和亞莉亞都無法輕舉妄動。全力交戰、利用拖延戰術消耗時間、暫時撤退後跟蹤對手持續確認狀況……我方採取到什麼程度行動會成為讓丁決定『立刻殺掉路西菲莉亞』的界線，我不知道。

既然如此——考慮到路西菲莉亞的安全，我們應該選擇最低的底線。

有如靠心電感應看出我這想法似的，亞莉亞行動了。正確來說，是亞莉亞的周圍出現了變化。在她嬌小的身體前方——倏地飛過一顆紅色光粒。

（……！……）

那顆光粒也飛過我腰部前方，沿著橢圓形的軌跡繞到我背後。接著再度轉回來飛過我們正面的同時，它「啪嘰！」一聲分裂為兩顆。就像人工衛星般繞著我和亞莉亞周圍旋轉的光粒在第二圈增加為四顆，第三圈增加為八顆。

反覆以倍數增加的這些光——是亞莉亞的超超能力，瞬間移動。就在應該是初次見到這招的列庫忒亞共和聯盟成員們感到恐怖而騷動起來的時候，包覆我和亞莉亞的紅光已經五一二、一〇二四地無止盡增加。

「……各位稍安勿躁。我在傳說中聽過，那應該是連蟲子都殺不死的術法。只是要注意別進到紅光的邊界處。」

如此告訴部下們的丁，對於瞬間移動似乎具備最基本的知識。然而她並沒有要出手妨礙的跡象，也沒有做出準備把球體中的路西菲莉亞殺死的動作。

——亞莉亞的決定是暫時撤退。與我意見相同。

丁現在的主要目的應該是與路西菲莉亞相關的某種事情，而非殺害我和亞莉亞。就算預料之外闖入現場的我們決定撤退，她應該也不會在衝動下提早殺死路西菲莉亞——導致她基於某種理由設置的死亡倒數陷阱．七折凶星功虧一簣。對丁來說，剩下這五十五分鐘的時間是具有意義的。

只不過……

「亞莉亞，這裡是室內。妳應該很清楚吧？」

據我所知，亞莉亞的瞬間移動應該只能飛到視野可見的位置才對。但現在這間房間四面都被牆壁與紙門圍繞，外面更是一片竹林。

在如今已化為一團紅霧包覆我和亞莉亞的光粒群中——

「我知道。要走囉！」

亞莉亞發出帶有緊張的聲音，緊接著……

——沙沙！——

我和亞莉亞來到一片幽暗之中，是紅鶴寺的參拜道路。也就是亞莉亞剛才拿刀亂刺空蜂窩的地方附近。無論織鶴院或本殿，從這裡都看不到。

「……我以為妳只能跳躍到眼睛所及的範圍內呢。」

「最近尼莫才告訴過我訣竅，就是『當作自己正在看著看不見的地方』。但這次真的是沒有練習就硬上。明天如果叫我再試一次，成功機率也是一半一半。」

原來是那麼驚險的行為啊。畢竟瞬間移動是萬一失敗，身體可能四分五裂的法術，真希望她在做之前可以先告知我一聲呢。不過要是我們剛才從地板的破洞逃走，搞不好會被對手追上來演變成戰鬥，更糟一點甚至可能被敵人從上方直接刺殺。所以就結果而論已經算很好了吧。

「——金次，上面！」

亞莉亞忽然注意到什麼事，於是我跟著抬頭看向樹上——有個白色的影子劃過夜空。是丁。她越過織鶴院周圍的竹林，甚至飛過這條參拜道路的樹林上方。不是靠跳躍，是明確的飛行。那傢伙居然會飛。

丁的身影，翅膀的形狀——是頭部側面的翅膀與和服翅膀並用，類似附前翼式三角翼飛機（close-coupled delta wing）的構造。讓頭部前翼產生的氣流吹在和服主翼上，獲得較強的升力。插在背上的薙刀似乎也被當成垂直尾翼。看來她對於飛在天上的行為非常熟練。

那顆發出強光的球體則是收在她和服的胸口處。她在運送路西菲莉亞。也多虧如此，在黑夜中很容易看到。

相對地從上空應該也能看見我們才對，但丁沒有做出要攻擊我們的動作。彷彿對於我和亞莉亞根本沒有興趣似的，只顧著要前往何處。

「——我們追！現在只有丁能夠把路西菲莉亞放出來，我們只能一邊追一邊思考對策了！」

我如此說著，在參拜道路上準備衝向大門，卻馬上發現了新的問題。

或許是不想要飛在天上太過顯眼的緣故，丁朝寺廟的停車場降落——在那裡有一輛全黑的TOYOTA Land Cruiser點亮車燈待命。透過樹木間的縫隙可以看到駕駛座上握著方向盤的，是剛才在公會的集會中看到的那位女性拉力車選手。

「……！」

丁輕飄飄地從Land Cruiser敞開的車窗飛進後座。既然會讓雖沒沒無名也好歹是職業的賽車手在那裡待命，可見丁從一開始就有擄走路西菲莉亞的打算。

但是這點我也搞不懂為什麼。為何丁不殺掉路西菲莉亞，而是選擇把她擄走？綁架的時候選擇讓路西菲莉亞的身體逐漸縮小的奇妙手法又是為什麼？

「——啊啊真是的！」

亞莉亞「磅磅磅——！」地擊發白銀Government。但之所以只開了三槍，應該是因為她直覺看穿那是一輛防彈車吧。點45ACP子彈只在後車門上爆出小小的火花，接著Land Cruiser便伴隨車輪空轉的嘰嘰聲響朝寺廟大門衝去。

「我們也開車追上去！叫尼莫過來！」

亞莉亞如此大叫的同時奔向停車場中的那臺卡車，我則是用手機打電話給尼莫。

不用說明我也明白，畢竟現在已經被敵人搶先一步，而且丁又會飛。因此這場追逐劇中，我方可用瞬間移動與雷射的次數是越多越好。

我在電話中簡短告訴尼莫現在的狀況，要她立刻過來……同時也用爆發模式的腦袋搜尋情報，嘗試引導出剛才那些『為何』的答案。

幾秒後，我想起了一段記憶。

雖然沒有自信保證這項推理是完全正確的答案，但應該最起碼也有跟真相稍微擦到一點邊才對。

「丁她——打算要**吃掉**路西菲莉亞啊。」

「吃、吃掉？」

跑在前方的亞莉亞轉回頭瞪大紅紫色的眼睛，我則是點頭回應。

「在列庫忒亞的時代，丁的種族相信『吃掉路西菲莉亞就能成為路西菲莉亞』的迷信。如果丁至今依然深信那個說法……」

「也就是說那顆球——是為了方便把路西菲莉亞吞下去，所以把她縮小嗎？」

「有這個可能性。畢竟所謂『吃掉』的行為究竟要做到什麼程度才算成立，要看那個迷信的內容是怎麼設定的。例如迷信中可能認為光吃掉一部分沒有用，必須把路西菲莉亞整個吃進肚子才行。而且根據列庫忒亞人異想天開的程度——那搞不好**不只是迷信而已**。」

聽到我這個說法後……

「如果路西菲莉亞不願把威脅人類的力量借給自己，只要自己成為路西菲莉亞就行了——丁從一開始就是這麼打算的呀。」

亞莉亞臉上露出藉由遺傳自夏洛克的直覺，幫我查證假說的表情。

路西菲莉亞只要再縮小兩、三次，就會變成能夠吞下肚子的大小。假如丁藉此成為了路西菲莉亞，變小的路西菲莉亞對她來說就沒用處了。也就是說——等到第七次半衰讓路西菲莉亞喪命也沒問題的意思。這點也跟我的假說相符合。丁雖然是路西菲莉亞的粉絲，但狂熱的粉絲對於行為不如己意的偶像展現殺意的案例也不勝枚舉。丁的殺意是真的。

然而我這項假說依然有**欠缺**什麼東西。雖然應該已經對丁的意圖掌握了一半以上，但肯定還有我看不見的部分，被藏在列庫忒亞人的異文化面紗背後。爆發模式的邏輯能力對自己指出了這項可能性。

「妳認為這講法有幾分正確？」

「我想應該一半以上是對的。」

亞莉亞的直覺也沒有給我滿分，只有部分給分。我這項推理恐怕還有重大的遺漏。

但不管怎麼說，我們在這次的行動上已經能夠畫出我方的黃線與紅線了。

路西菲莉亞約十分鐘後會縮小為五公分，約二十四分鐘後會縮小到二點五公分。到了那個大小，丁想必就能把路西菲莉亞活吞下去。那便是一旦超過就瞬間變得對我方不利的黃線。丁會成為新的路西菲莉亞，導致我們拯救小路西菲莉亞的行動更加困難。

至於一旦超過就完蛋的紅線——不用說，當然就是路西菲莉亞結束七次半衰，讓她的存在被壓毀而喪命的約五十三分鐘後。我們必須在那之前強迫解放路西菲莉亞才行。而且對手是我們至今還沒有完全看出企圖的列庫忒亞飛天恐怖分子、憤怒的丹頂鶴半妖——南丁——！

2彈　不可知刀刃

尼莫在亞莉亞發動了貨車引擎之後趕到現場，身旁還帶著麗莎。

聽完狀況說明後，麗莎變身為冒出狼耳朵與尾巴的獸娘模式……

「雖然聞不到路西菲莉亞大人的氣味，不過丁小姐的香氣還留在空中。應該勉強可以追蹤！」

她接著發揮出我剛才使用那招香氣追蹤的正宗鼻祖之力。

「我和金次只要看到丁的車子就貼近對手嘗試制止。尼莫負責後援。麗莎麻煩靠鼻子追蹤氣味並負責開車！」

亞莉亞從暖車中的卡車頭下車，把麗莎推上駕駛座。然而……

「但、但是，麗莎的手，現在……因為如果要靠氣味追蹤坐在車中的人，就必須把心境大幅偏向禿狼才行……！」

仔細一看，麗莎就連手部都變成像野獸的形狀了。看來她如果不讓變身進行到相當程度的階段，就沒辦法集中精神追蹤只是些微殘留在空氣中的氣味。照她這樣子，應該也無法操作背在背上的那把莫辛．納干吧。

「那尼莫負責開車！麗莎用氣味導航！」

亞莉亞說著，把尼莫推進駕駛座……

「開、開車嗎……」

「吼呀！啊……這是在講『好』的意思！努力發揮力量會讓麗莎在心理上也化為野狼結果大吼了，真是對不起！」

在卡車頭的駕駛座東張西望的尼莫，以及被推擠到副駕駛座的麗莎，兩人組成了臨時搭檔。

「要、要往哪裡去？」

嬌小的尼莫握住大型方向盤後——

「我剛才看到丁朝東京鐵塔的方向去了。坐的是一輛黑色 Land Cruiser。」

我這麼說明後，跟在亞莉亞後面從卡車的後門進入貨艙中。之前我在車輛科的車庫也看過，這卡車的貨艙內部是個隱藏式的工房。前側牆上還有像露營車一樣可以通往駕駛座的滑門。

「Gosh（受不了），竟然在訂製品送到家之前就先拿來使用，這種經驗我還是第一次呢。」

在貨艙中，亞莉亞開始裝備起ＹＨＳ／０３——滯空裙甲。

看來她打算用卡車追上目標之後，再進一步從空中接近對手。的確，畢竟丁假如遇上緊急狀況，也可能顧不得引人注目直接飛到天上逃走。這下我也想要一支竹蜻蜓啦。

（……就去拜託一下哆啦A夢好了。反正這裡剛好也有個祕密道具啊。）

於是我打電話給GⅢ——

『——嘿，老哥。呃～……老哥你那間豎穴式住宅的彈孔我已經幫你補好啦。還有這個月的房租我也會幫你付給大矢。』

大概已經得知雪花在戶籍上會成為我們母親的GⅢ，態度有點害臊地這麼接起電話。

「我就知道你會這麼說。雖然我也很想跟你聊聊關於媽的事情，無奈現在為了別的案件忙得不可開交啊。」

『看來是那樣，我聽你那噁心的HSS語調就知道了。但是我可不曉得能不能幫你的忙喔？因為我現在為了找點東西，正在前往九州的路上。然後呢？你這次找我有啥事？』

「我想要在天空自由飛翔。」

『啥？忽然鬼扯什麼？你嗑藥了嗎？我勸你不要喔。』

「你那臺個人用噴射滑翔翼——加布林現在在我手邊。」

『……？哦哦，我交給金女拿去修理的那個啊。為什麼它會在老哥的地方？』

「我想知道這玩意的操作方法。你現在用電話教我。」

『呃，才剛修好你就想弄壞它嗎？』

「你以為只要我坐上去就一定會壞嗎？那是偏見。至今為止我搭乘過的飛機之中將近六成都能平安降落啊。」

『那不就代表有四成以上墜落了嗎！話說，加布林可不是教過就能馬上飛的玩意，它操作起來很難的啊！』

「我以前有過打電話問人噴射客機的操作方式，十五分鐘之後就讓飛機平安降落的經驗。要不然我也可以什麼都不問你，自己亂猜操作喔？我個人是完全不介意啦。」

ＧⅢ頓時『咕！！！』地發出超響亮的咂舌聲，接著開始『那個機翼的襟翼側表面是觸控式的操縱器。用雙手觸碰三秒以上就能啟動電源，再輸入密碼３３３。』地說明的同時，噗嚕嚕嚕嚕……尼莫駕駛的卡車起步行進……又「哐噹！」一聲熄火，車體往前傾了。

「汪嗚！」

在副駕駛座滑倒的麗莎發出像小狗的聲音……

「咪呀！」

一屁股摔在地板上的亞莉亞明明不是什麼獸娘，也發出像小貓的聲音。

「——！……」

靠爆發模式的平衡感勉強撐住的我，繼續聽著ＧⅢ說明『雖然性能不到亞許那麼高，不過加布林這次有搭載ＡＩ，基本上能夠自動保持平衡——』的時候，感覺到卡車又再度起步……但……

……噗嚕嚕嚕……隆隆隆隆……

在駕駛座用半蹲似的奇妙動作握著方向盤的尼莫，竟然讓卡車保持在一檔開出寺院了。而且是沿著差點撞上門柱的驚險路徑。

然後……來到狹窄的單線車道上，準備打入二檔的時候……噗嘶！

又熄火了。到底在搞什麼鬼？

「喂，尼莫，妳該不會腳踩不到離合器吧？」

車輛科・鹿取一美的這臺卡車是手排車，必須適時踩踏離合器踏板，手動切換排檔桿。而進行這項操作需要相當程度的體型。

實際上身高比亞莉亞還要矮的尼莫難道辦不到這個動作嗎……？我如此懷疑而開口詢問後——跟亞莉亞一樣把工具箱當成兒童座椅的尼莫卻……

「其、其其實我考到駕照之後，從來沒有握過一次方向盤呀。」

竟然講出了這種話……！

「啥！為什麼啦！」

剛才把開車的任務交給尼莫的亞莉亞，頓時氣得露出犬齒後……

「因為以前都是maman（媽媽）在開車呀！而且尼莫家的繼承者是活在海上的人，我是大海的女兒！忽然要我駕駛潛水艇我還辦得到！再說，這輛車跟我在駕訓班開過的雪鐵龍Ｃ３不一樣，是右駕車呀！」

尼莫反而如此發飆，並重新轉動鑰匙發動引擎。

接著又「噗嚕嚕……」地用一檔緩慢駕駛起來。結果一位買完菜要回家的太太騎的淑女車從旁邊超過了我們這臺卡車。一臺輕型車從我們後面不斷逼車，再後面的一臺計程車更是「叭叭——！」地按起喇叭。

然而現在我和亞莉亞都忙著啟動ＹＨＳ與加布林，麗莎的手又是獸掌，只能讓尼莫繼續駕駛了。不，還是說乾脆讓亞莉亞或我代替駕駛會比較快——？

正當我這麼想的時候，喀啦喀啦喀啦！咖隆！——伴隨一陣誇張的排檔聲響，尼莫讓卡車忽然加速並切換到二檔，然後到三檔了。結果亞莉亞當場朝剛才的相反方向跌下去，不但讓著裝到一半的ＹＨＳ掉落，裙子還大大掀起。而且她重新站起來後不曉得為什麼還瞪了我一眼。我沒有看到喔？妳今天還是一如往常的撲克牌花紋呢。

「嗚嗚、嗚嗚！」

「尼莫大人汪！加油呀吼！」

從駕駛座方向傳來尼莫緊張僵硬的聲音與麗莎為她加油打氣的聲音。接著，噗嚕嚕……卡車總算開到了單側雙線道的馬路上……啊啊啊，居然闖紅燈……雖然說我們正在追蹤丁的車，所以也沒空停下來就是了……

「……」

畢竟鹿取是個武偵，因此這輛卡車的零件架上也放有緊急狀況時可以使用的紅色旋轉警示燈。於是我事到如今才拿起那個警示燈，從貨艙前側的門把身體探到駕駛座——把手伸出車窗，將它裝到卡車的車頂上。緊急車輛的卡車可是很少見的喔？

「尼莫大人，那邊的交叉路口右轉！嗅嗅嗅，氣味接近了！」

「右、右右右轉。要右轉囉。方向燈，嗚哇嗚哇！雨刷動起來啦！」

尼莫駕駛的卡車就這麼無視於車道或分隔帶，沿著日比谷通蛇行北上。路上車流不少，但多虧有紅色警示燈，周圍車輛都避開我們行駛。雖然大家看起來只是怕得想遠離我們啦。

在耀眼的東京鐵塔腳邊，卡車形跡怪異卻又速度頗快地行進著——

「啊！……丁小姐的氣味很接近，應該快要追到了才對。在右上方，主人！嗚～汪汪！」

就在準備穿過首都高都心環狀線下方的時候，麗莎用吠叫的方式告訴我丁的方向。**右上方**——？

「——是高速公路呀。」

「尼莫，我們也開上去。從芝公園收費交流道進去，就在前面！」

「尼莫大人，請從那個入口上高速公路！」

「嗚哇嗚哇啊哇啊啊啊！」

卡車以甚至讓收費站裡的人都嚇得蹲下去躲起來的速度衝進高速公路入口後，眼睛打轉的尼莫又四檔、五檔、六檔地持續加速。就這樣沿著都心環狀線往東行進——準備要到路線左右分歧的濱崎橋交叉點了。

「把貨艙的側面鷗翼艙門打開！我們用目視尋找丁的車！」

亞莉亞把當成燃料的好幾種煤油匣「喀喳喀喳」地插入形狀像芭蕾舞裙的ＹＨＳ，同時朝駕駛座的方向如此大叫——

「側、側面鷗翼艙門？那要怎麼操作！現在我要專心開車，沒有餘力管其他事情呀。不要多嘴好嗎！」

「吼呀！應該是這個吧。嘿！」

尼莫與麗莎如此說完後，貨艙的側面與天花板便「嘰……」地打開呈現鷗翼形狀。首都高的強風因此灌進外露的貨艙內，讓紙屑、塑膠繩以及亞莉亞從ＹＨＳ上撕下來的保護貼紙等等都被吹向後方。接著——

「——找到了！在前方，準備往右邊走！」

爆發模式的我立刻發現了急馳在夜晚高速公路上的 Land Cruiser。後車門上可以看到剛才被 **Government** 打出來的三道**傷痕**，是丁的車沒錯，不是什麼無關的同型車。雖然偶爾會被大型車遮住，但高速公路上可沒有地方能夠躲藏。逮到她了。

尼莫彷彿推開周圍車輛似地緊急變更車道，讓卡車開到右側車線。打開鷗翼艙門導致重心變高的貨艙因此大幅傾斜。讓雙馬尾隨風擺盪的亞莉亞與我都立刻單膝跪下放低姿勢，防止跌倒、落車。

卡車飛也似地通過芝浦運河上方，追著 Land Cruiser 沿首都高一號線南下。混雜在行駛的搖盪之中，可以感受到換檔的震動。尼莫把檔位打進最高速的七檔了。Land Cruiser 左閃右閃地超越其他車輛，但我們的卡車可是強硬直行。雖然雙方還有一段距離，但遲早可以追上的。

在芝浦交叉點——繼續直行。對方靠著職業車手的操車技術閃躲路上的卡車與巴士，在行駛於港南地區的東京單軌電車線立體交叉處繼續往前走。到底要往哪裡去，Land Cruiser？到底要往哪裡去，丁？妳到底要把路西菲莉亞帶去什麼地方——

就在這時……

「咦……？奇怪、汪、怎麼遠離了！丁小姐的車子在前方，可是氣味卻被我們超過了……！汪嗚！」

麗莎忽然叫出這樣莫名其妙的話，於是我和亞莉亞都趕緊環顧四周。

究竟是怎麼回事？我雖然這麼想，但很快就搞懂了原因。或者應該說，我看見了。

「在後面！單軌電車上！」

與首都高一號線交叉後並行的東京單軌電車高架軌道。

軌道上有一班朝羽田機場方向行進的六節電車，丁就藏著白色翅膀貼在第一節車廂的前部車頂上。看來她是注意到我們在追蹤，所以把 Land Cruiser 當成誘餌——自己則是飛移到旁邊並行的單軌電車上了。

被丁有如母鳥抱卵似地收在胸口，從和服襟處隱約可以看到一部分球面的路西菲莉亞那顆球——目測已經縮小到十公分左右。接著伴隨「啪鏘！」的聲響，又變得更小了。從大小判斷應該是第五次縮小。距離七折凶星最後一次的縮小……

（……剩下大約四十三分鐘……！）

在行駛中的單軌電車上，丁把直徑變成五公分的路西菲莉亞球從懷中掏出來。

接著把反射著高樓大廈群的光芒，有如舞廳鏡面球般綻放不自然光彩的那顆球……頭一抬、嘴一張，塞進自己口中。用她小小的手，奮力壓進嘴巴。

然後——「咕嚕」地像鳥類一樣直接吞進肚子。

「……嗚……！」

一如我所擔心的，丁把路西菲莉亞**吃掉**了。

這下連亞莉亞以及透過後照鏡看見那一幕的尼莫與麗莎都頓時啞口無言。

（吃掉路西菲莉亞，就能成為路西菲莉亞——）

但是目前丁的肉體還看不出有任何變化，而且她本人對於這件事沒有感到驚訝或慌張的樣子。也就是說，現在還沒有發生對她來講出乎預料的狀況。然後她的視線並沒有看著我們，而是朝向東方的海面，表情似乎很急的樣子。

很急——代表現在丁正面對某種時間上的限制。我目前想得到最有可能性的，就是路西菲莉亞的死期。丁在自己體內的路西菲莉亞遭到殺害之前，應該想要做什麼事情。

……丁如果想藉由吃掉路西菲莉亞讓自己變成路西菲莉亞，看來光吞進肚子是不夠的，另外還需要做什麼事情。而為了滿足那個條件，丁有必要在路西菲莉亞死掉前趕到某個特定的場所。那是哪裡？

丁出了紅鶴寺之後讓車子開上首都高環狀線，接著又移動到與高速公路平行行進的單軌電車上。路徑方向整體來講是朝著東邊。明明如果往西邊逃就能躲進市區複雜的麻布、六本木一帶，可是她卻寧願付出容易被我們找到的代價也要往東邊去。

可見東邊應該有什麼東西，但是從這裡往東什麼都沒有啊。既然什麼都沒有，難道是方位本身也具有什麼意義嗎？**接下來四十三分鐘以內，東方到底會發生什麼事**？

（……！……）

我現在用腦袋的三分之一繼續聽著GⅢ說明，三分之一分析現況，三分之一搜尋過去的記憶——總算知道了。

剛才路西菲莉亞說過她能夠自己加快七折凶星的進行速度，讓自己趕在月出前消失。而且透過這樣的做法，會使丁的目的無法實現。我當時還以為她講月出只是單純為了表現時間，但其實不是那樣。

「月出」這件事本身就是讓丁實現目的的必須條件啊。

正確來講，應該說月光。不，更精準來說，是月光在水面上反射出來的光。

（……水月婚……！）

丁打算藉由跟路西菲莉亞結婚，讓自己成為路西菲莉亞啊。

只有女性存在的列庫忒亞人在交換遺傳基因的方法，跟這邊世界的人類不一樣。為了避免混亂雜交的狀況，那個遺傳方式根據種族而有差異。而路西菲莉亞族的方式是——與對象緊密接觸並透過輻射線，將對方的基因改寫為路西菲莉亞的東西。

在生理學上要放射出那個輻射線的關鍵，則是利用海面或湖面反射月光，讓身體受到太陽光的大規模二次反射光線。

要滿足這個條件是很難的事情，最起碼必須要獲得路西菲莉亞的同意才行。不過這也是當然的，畢竟路西菲莉亞族是列庫忒亞的神明——是足以毀滅世界的存在。因此讓未徵得神明同意的對象變成神明是絕對不能發生的事情。

然而丁她們楔拉諾希亞一族卻想出了即使路西菲莉亞不願意，也能讓自己變成路西菲莉亞的方法。那就是『吃掉路西菲莉亞能夠變成路西菲莉亞』這項迷信背後隱藏的作戰計畫。利用七折凶星把路西菲莉亞的身體縮小，吞進自己體內緊密接觸，再受到水月之光照射——從初次見面的時候就自稱是路西菲莉亞的新娘，但最後沒能得到同意導致談判破局的丁，如今在這邊的世界正一步步達成這項手法。

（……在某方面來講，這可以說是一種搶婚呢。）

雖然我覺得被吞進肚子的路西菲莉亞應該沒辦法照到水月之光才對，不過既然丁會那麼做，代表必要的反射光或許不是可見光吧。對衛星或行星會造成反射，但是對人體則會穿透的某種類似電波的東西二次反射後的光波，就是水月婚的關鍵。

——『月色真美』——藉由水月婚，丁會成為路西菲莉亞——

——『我死而無憾』——第七次的半衰結束後，路西菲莉亞就會死——

「亞莉亞，看來剛才講過的那個迷信真的不只是迷信而已。丁會成為路西菲莉亞，不過那必須在路西菲莉亞消滅之前照射到水月之光——也就是在自然中大規模反射的月光。或許這樣講妳很難理解，但總之妳就把月出的時刻想作最終時限吧。」

直到最後都沒有同意讓丁成為自己新娘的路西菲莉亞，為了讓自己在月出之前消滅而加快了七折凶星的進行速度。畢竟如果沒有月亮，就沒辦法照到月光的反射光。

而丁現在之所以往東走，難道是為了提早那個月出的瞬間嗎？但是我透過回想之前與尼莫在百合鷗列車上看到月亮的仰角進行計算，從現在到月出大約還有七十分鐘的時間。那是路西菲莉亞經由第七次半衰而消滅的三十分鐘之後。就算丁用飛的朝東方移動一百公里，也只能讓月出時間提早三點六分鐘而已，根本來不及啊。

「既然是電車就會在車站停下來。我們應該可以搶先一步到車站抓她吧？」

亞莉亞將ＹＨＳ的固定用金屬零件「啪！啪！」扣起來後，丟給我三個對講耳機。之所以丟三個，大概是要我也發給麗莎與尼莫的意思。

「我有看到那班列車上顯示是機場快捷班車，也就是直到羽田機場國際線航廈站都不會停車。在那之前她會不會乖乖待在車上很難講……與其那樣，我們也移動到那班電車上應該比較好。」

我看著左斜後方載著丁的那班列車如此表示後……

「嗚哇哇哇為什麼高速公路上會有狸貓……！」

「那是白鼻心，最近東京都內數量增加了。請閃過去吼！」

「這、這次換成一臺白色機車從後面追上來囉？」

「那是日本的警用機車。請把油門踩得更深汪！」

我把身體探到熱鬧的駕駛座去發對講耳機。現在這輛卡車是尼莫負責方向盤與油門，麗莎負責離合器與換檔，透過反而應該更難的方式在駕駛。而且好像沒有人負責剎車的樣子，沒問題嗎？

「我和亞莉亞要去進攻單軌電車。接下來用這玩意保持聯絡，妳們戴好。」

我說著，幫雙手放不開方向盤的尼莫輕輕撩起天藍色的馬尾，將對講耳機裝到她的右耳上。

至於麗莎，我雖然有點在意她冒出狼耳朵的時候原本的耳朵究竟變成怎樣……但總覺得那好像是不應該知道的某種禁忌，所以只把對講耳機交到她手上了。

「在荷蘭的獸人聚會中，麗莎有見過跟丁小姐很類似——把灰鶴翅膀藏在頭髮裡的女性。那位女性會將翅膀上的羽毛當成箭矢一樣發射喔。」

「關於楔拉諾希亞一族的事情，我以前也聽恩蒂米菈說過。你們要小心她後腦杓垂下來的那根紅色大羽毛。據說那玩意能夠像飛彈一樣射出來，而且絕對會貫穿目標的心臟……！」

具備半人、列庫忒亞人相關知識的麗莎與尼莫，在將這些危險情報告訴我的同時——

從貨艙方向則是免持通話中的手機繼續傳來GⅢ說著『加布林只要保持平衡，也能辦到滯空停留——喂，老哥，你從剛才開始到底在幹什麼？有沒有仔細在聽我講話，啊？Are you there？』的吃醋聲音。於是我又回到那邊，畢竟真的有在聽他講話，所以回應他「我一句都沒有漏聽啦」之後……繼續進行加布林最後階段的準備工作。

從有如艦載機般折疊起來的機翼部分拿掉固定用的零件後，剩下只要等待進度顯示為百分之八的系統開機程序跑完就行了。

卡車在這時來到位於天王洲島的平緩S形彎道——

「嗚、嗚哇嗚哇嗚哇！」

「咿嗚……！」

尼莫完全以過快的速度進入那個難關，一左、一右，有如跳舞般大幅轉動方向盤。結果卡車劇烈搖晃，變成有點像折疊刀的形狀導致車速大減。就在我和亞莉亞都還站不穩的時候，左後方的單軌電車逐漸逼近我們了。雙方的相對速度大約是每小時十五公里左右。追的人跑在被追的人前方，一邊減速一邊靠近。我以前從沒遇過這種狀況呢。

俯瞰著左手邊的京濱運河，卡車與電車慢慢接近、慢慢接近，最終成為並行狀態。

亞莉亞這時中斷幾乎快要完成的YHS著裝動作，拔出Government——

——砰砰砰！磅磅磅！朝單軌電車上面的丁開槍了。

然而丁就在看見手槍的瞬間，立刻把身體垂掛到車廂另一側躲起來了。大概是因為會飛所以不怕從車上摔落，毫不猶豫地用相當誇張的特技動作搭乘在列車側面的丁……這下把電車的車廂當成盾牌，把注意到我們這輛武裝卡車而陷入驚慌的乘客們當成人質了。如果那是準備回廠的空車倒還好，但現在看起來乘車率有百分之七十左右，乘客相當多。

由於堪稱是自己代名詞的雙槍遭到封印而煩躁率MAX的亞莉亞接著……

「丁！現在立刻給我投降，解放路西菲莉亞！我們可是擁有不管幽靈也好，怪獸也好都能擊破的反超自然用超自然兵器喔！要是妳不投降，我現在就把兵器丟到妳那邊去！」

一邊完成YHS的著裝動作，一邊對丁如此大吼威嚇。

（反超自然用超自然兵器……？這卡車上有那樣的玩意嗎……？）

感到疑惑的我轉頭環顧貨艙內——但是這裡頂多只能看到裝上YHS的亞莉亞以及加布林。也就是說……

「……妳在講的該不會是我吧……？現在可是攸關人命的緊急狀況之中，我覺得不要那樣胡鬧比較好喔，亞莉亞。」

「才沒有胡鬧，我是認真警告！」

「我覺得那樣反而更不好喔，亞莉亞……」

可憐的我雖然嘴上表達抗議，但還是能預料接下來會遭到亞莉亞如何對待——只能放棄掙扎，把對講機戴到耳朵上，然後任由念力雙馬尾像一雙巨大的手從左右兩邊緊緊抓住我的腰部。

「丁明明會飛卻搭車子或電車，剛才被我開槍又沒有飛離電車逃走。可見她如果要好好飛行必須進行某種不想被人看見的準備動作——例如脫掉衣服全裸之類的，應該有什麼限制。」

「我由衷祈禱所謂限制不是妳舉例的那樣。但不管怎麼說畢竟是會飛的對手，我還是希望能壓制她的上空。加布林的系統還在啟動中，照GⅢ的講法再一百三十五秒之後就能飛了。」

「ＯＫ，我等一下會把它送過去給你。總之你現在先去把丁釘在電車上別讓她跑掉。One、Two、Down、Up！」

數著節奏的亞莉亞說到『Down』的時候我彎下膝蓋，接著配合雙馬尾在『Up！』瞬間把我投擲出去的同時雙腳略帶櫻花力道跳起來。

我們這對高矮搭檔默契十足，讓我在橫風吹颳中畫出一道弧線——從高速公路飛越運河上空，落到單軌電車第一節車廂的後端。由於卡車和電車呈現等速並行的狀態，使我翻滾護身的動作也做得完美無缺。

現在右側有我剛剛還在的首都高一號羽田線，左側有中央環狀線、都道三一六號線、灣岸道、首都高灣岸線。這一帶有各種主要道路集中，萬一發生流彈傷人事件也很傷腦筋，因此在開槍時必須格外小心呢。

東京單軌電車現在的速度為每小時八十公里左右。雖然比新幹線（恐怖記憶）來得慢，但因為品川海岸地區的大廈群從近距離流向後方的景象，讓體感上的速度非常快。

單軌電車的軌道這時和高速公路分開，通過大井競馬場前站，把必須沿著高速公路繞過勝島的卡車拋在後方了。因此逃過亞莉亞開槍射擊的丁察覺我並沒有馬上拔槍——於是讓有如科學小飛俠披風的和服翅膀迎風鼓起，輕飄飄地回到車頂上。手中還緊握著那把薙刀。

「你居然輕輕鬆鬆就移動過來了呢。明明這裡是正在行進中的電車上呀。」

丁對任由瀏海被強風吹亂並站起身子的我如此說道。仔細一看，她的頭髮不知不覺間變得像鶴一樣純白，瀏海中央則是帶有紅色。看來她就像希爾達或貝茨姊妹以前讓我看過那樣，已經變身成為所謂的第二形態。這下棘手啦。

「雖然講起來悲哀，但我對這種事已經習慣啦。以前我在新幹線、路面電車還有磁浮列車上都有戰鬥過。而且對手是中國的黑道、孫悟空還有那個亞莉亞。」

「……我多少對你感到同情呢，遠山大人。」

——畢竟命理不是我的專業範圍，所以這只是我自己隱約感覺到的東西。不過……

現在這個狀況，總讓我覺得命運好像在**倒轉**的樣子。

以前我和身為列庫忒亞人的恩蒂米菈她們搭乘這條東京單軌電車進入都心，現在則是與身為列庫忒亞人的丁搭著同樣的電車遠離都心；以前在這電車終點站的羽田機場，我和尼莫曾經交手，但如今尼莫卻是自己人。

假如套用金天所謂什麼命運學的用語，我也許是在什麼看不見的力量引導下，正逆向回溯著一件一件的事件元素。若真如此，讓命運繼續倒轉可不是好事呢。畢竟那代表在我今後的人生中，以前那些妖魔鬼怪又會全部冒出來啦。

「——可以把妳吞進肚子的東西還給我嗎？順道一提，我以前有用過稍微粗暴一點的方法，把鬼族女孩子吞進肚子藏起來的東西搶回來喔。具體來講就是用揍肚子的方式。」

「居然毆打人家的肚子，男人果然是很粗暴的生物。」

「我現在已經反省了，也不想再做同樣的事情。我不希望傷害女性，再說女性本來就不該受到傷害。所以丁，可以拜託妳別跟我動粗，乖乖把路西菲莉亞還給我嗎？」

對於在爆發模式下嘗試柔性說服的我……丁頓時露出有點困惑的表情。或許她認為男人——也就是身為粗暴生物的我，肯定會講出什麼『所以我也要揍妳肚子，逼妳把路西菲莉亞吐出來』之類的話吧。

但是不對，不是那樣啊，丁。

來自列庫忒亞的妳主張所謂的異性是異質的存在，是難以理解的東西……嗯，其實那不只是列庫忒亞人，這邊世界的男女們也或多或少有那樣的感覺。從遠古的神話時代以來，男女之間一直都是互相最神祕的謎團啊。

男人與女人不一樣，但是相異並非完全只有壞事。強烈吸引對方、讓對方感到有魅力的差異也是存在的。妳雖然活過漫長的歲月，但畢竟外觀都維持在十歲左右，所以或許妳遇過的男人們都沒有讓妳看過那樣的一面吧。

既然如此，我就讓妳看看吧。反正爆發模式的我，可是對女性的好球帶廣大到連牽制球都有辦法打成全壘打的男人嘛。

「——妳之所以把路西菲莉亞吞進去，是為了藉由水月婚成為路西菲莉亞對吧？但是七折凶星肯定會在月出之前就結束。換言之，妳的那項計畫會失敗。妳沒有必要平白讓自己犯下殺人的罪行啊。」

我一方面也為了幫自己目前為止的推理對答案，首先向對方糾正這點。可是——

「今晚可是我長年來苦苦等待能夠成為路西菲莉亞大人的機會，你以為我如今會放棄嗎？」

丁不但沒有承認自己的失敗，態度看起來也不像在自暴自棄。也就是說，她有什麼讓水月婚能夠成功的勝算嗎？

「……假設妳成為路西菲莉亞好了，那也只是在遺傳基因上，想必只是外表上而已。『外觀』並不是本質。比起那種東西，妳不覺得在『心靈』上與路西菲莉亞理解同樣的東西，會更加接近路西菲莉亞嗎？」

「與路西菲莉亞大人、理解同樣的東西……？」

「——我希望妳也能夠理解啊，所謂的男人。就讓我溫柔教導妳，那是什麼樣的存在吧。」

「……！……」

丁頓時變得滿臉通紅——是生氣了嗎？還是在害羞？——接著狠狠朝我瞪來。

「……虧你能夠一臉認真地講出那麼肉麻的話。男人就是像你這樣蠱惑女人，害列庫忒亞血統變得稀薄的異界魔物。男人本身就是邪惡的存在。要人理解什麼邪惡，根本齷齪至極！」

「男人並非光因為是男人就邪惡啊。這點就跟女人是一樣的。」

讓列庫忒亞人理解何為男人。

這肯定是這邊世界的男人過去也做過的事情。在過去的歷史中，讓一名又一名的列庫忒亞人理解男人。在那過程中想必也發生過衝突，爆發過各種意外的火花。就好像現在丁把薙刀高舉到頭上準備對我發動的激烈行為。

因此一方面也為了把路西菲莉亞救回來——如果丁這麼要求，我就跟她一戰吧。畢竟人與人之間也有不打不相識的一面嘛。

我拋了個媚眼牽制丁後……

「——亞莉亞，聽得見嗎？我是金次。」

透過對講耳機，我向亞莉亞報告狀況。

『我一直都有聽見。現在是什麼狀況？』

「現在嗎？現在——我好希望妳在我身邊呢。」

『啥……什、什麼？』

亞莉亞當場發出僵硬的聲音。單軌電車這時剛好穿過一條大馬路，視野頓時開闊，讓我可以看見遠處行駛在高速公路上的卡車貨艙中，亞莉亞滿臉通紅地看著這邊呢。

「因為感覺好像不打一仗不行的樣子。我等不及啦，妳快點過來吧。」

『是、是那個意思呀。不要用奇怪的講法行不行？可是你剛才不是說過什麼女性不該受到傷害之類的嗎？』

哦呦，大概是對我的捉弄進行反擊吧，亞莉亞講出有點壞心眼的話了。

「──呵！靠妳的實力，一定可以毫髮無傷撐過這個夜晚的──」

『不要在那邊擺什麼動作，給我努力再拖延一些時間呀！』

就在我們一搭一唱上演著搞笑相聲的時候，首都高一號線又再度被建築物遮住了。

多虧如此，讓我逃過被亞莉亞開槍的命運。雖然說我就是算準會這樣才稍微捉弄她的。

（好啦，就算要遵照亞莉亞的命令再努力一段時間──這努力方式可有點難呢。）

丁的戰鬥力應該比我低，但也沒有弱到一瞬間就能壓制的程度。那麼要是我不放水對她展開猛攻，會讓她把路西菲莉亞的性命當成反攻籌碼的風險提升。另外，要是在我還沒辦法飛的階段被她用飛的逃掉，我也會傷腦筋。

──因此在單軌電車上這段期間，我還是專注於拖延時間比較好。就像亞莉亞命令的那樣。

具體來講，我要表演得彷彿雙方勢均力敵。只要丁認為有辦法把我這個煩人的追兵殺掉，她或許就會把時間花費在戰鬥上。雖然她似乎有什麼手段趕上水月婚，但既然有七折凶星這項時間限制要素存在──讓水月婚無法實現的時間點絕對存在。只要超過那個時間點，對丁來說就會變得與其無意義地讓路西菲莉亞喪命，不如將她解放並乖乖投降比較好，而丁應該有充分的智慧做出這項判斷。就算被她看穿我這項企圖而飛走逃跑，到時候只要ＹＨＳ與加布林已經準備完成，我們就能隨後追上她。

「……只要遠山大人不存在，路西菲莉亞大人肯定也不會變成這樣。你就是招致現在這個事態的罪人。然而我對於你的事情還不清楚，為了將你誘惑路西菲莉亞大人墮落的罪行流傳給後世，我就趁你還活著的時候問清楚——你究竟是何方神聖？」

背對電車行進方向的丁踏響木屐緩緩靠近。

然後在來到與我相隔十公尺左右的地方又停下腳步。即使薙刀的攻擊範圍很廣，這也依然太遠了。稱不上已經進入攻擊距離。

然而她全身卻散發出下一拍就會發動攻勢的氣息。這個距離如果要用薙刀，我猜不出她要怎麼攻擊我。畢竟她的動作看起來也不像要投擲薙刀的樣子……

「我只是個無業男子啦。反正這次的案件肯定也沒有人會給我酬勞。」

難道她只是假裝要使用薙刀，但其實就像麗莎和尼莫說的會使用『像箭矢一樣飛的羽毛』攻擊我嗎？不，從『箭矢』這個形容方式來推測，現在反而太近了。目前是介於射擊武器與投擲武器中間左右的攻擊距離。

「你不打算回答也無所謂。我改天到學校再溫柔詢問金天同學。」

她說著，高舉薙刀。要用薙刀攻過來了。意思是說她有什麼一口氣縮短距離的技術嗎？

既然如此，我就用手槍阻止她前進——正當我如此判斷並準備拔槍的瞬間，丁忽然把和服翅膀收起來又「啪！」地用力展開，同時揮動薙刀，高速斬向自己前方什麼東西都沒有的空間——

——咻——！爆發模式的視覺立刻捕捉到一塊迴力鏢形狀的**空間扭曲**，以超高速逼近。一如我剛才的猜想，對方射出或者投擲出某種肉眼看不見的東西了。從看見那塊扭曲到劃破空氣的聲響傳來之間的時間差推算，那玩意的速度約為零點八馬赫上下。

我腦海中頓時閃過與這類似的招式，也就是伊藤茉斬從指尖射出高壓空氣的『不可知子彈』。我懂了，現在這個和那招剛好相反。丁藉由激烈展翅的動作在自己前方製造出低壓空氣，然後用薙刀把那塊空氣往前彈出了。講起來就是極高真空之刃——『不可知刀刃』……！

（——靠彈子戲法連射擊散空氣——！）

在我做出這個動作之前，丁就有如追在不可知刀刃的後面似地朝我逼近，而且速度比我預料的還快。她想必是故意讓自己身體被前方製造出來的減壓空間吸引，藉此超高速起跑的。由於她這項出乎預料的動作，讓我能夠行動的時間縮短了。這下靠射擊已經來不及對應，只能閃避。

於是我朝左斜後方退下，閃開看不見的利刃與丁的突擊——結果我的腳踏到車廂的左端，無法再退後了。丁此刻在我近距離處又收起和服翅膀，是射出下一發不可知刀刃的準備動作。要是我和剛才一樣往後退，就會從高速行進於地表十五公尺處的這班單軌電車上摔落下去。

啪！丁展開和服翅膀使身體前方的空間減壓，並高高舉起薙刀。她看我無法閃避，所以打算從近距離也射出不可知刀刃是吧。但我這次可是一步都不會往後退囉。

（反而是——要往前進！）

我自己跳進減壓空間，試圖擋下準備揮落的薙刀。可是這個角度上不方便施展空手奪白刃。真沒轍，我本來想要再藏一段時間的說——

「——嗚——！」

鏘！我用右手拔出插在背後的光影，將丁的薙刀架回去。

薙刀在現代雖然是女性武器的印象較強烈，但其實在南北朝時代曾經是戰場上的主要武器。除了斬砍以外還能使用突刺或打擊等各式各樣的攻擊方式，在實戰上比日本刀有利。而現在既然是第二形態的半妖與爆發模式的我，運動能力上應該不分軒輊。那麼我如果只用刀正面交鋒會很糟，用單劍單槍吧。

趁著丁由於出乎預料的日本刀登場，趕緊重新擬定近身戰計畫的一瞬間——我以兩把刀的交錯點為中心施展重心移動，有如跳舞般讓自己和丁調換位置。同時從滑軌夾克中拔出沙漠之鷹握到左手上。

與剛才立場對調，被逼到電車邊緣的丁就像要削落光影的刀身般讓薙刀的刀鋒往下滑動。目標是我持刀的右手，手腕部分。然而我靠左手開槍迎擊她的利刃，「噹！」一聲大幅彈開。由於我必須計算跳彈角度讓子彈落向運河才行，還有點難度呢。

「——竟然在刀劍交鋒中使用槍械，真是一點都不風雅。而且還用那種大口徑的凶暴槍枝。」

「畢竟我覺得要對付鶴（丁）的話，老鷹可能有用嘛。」

丁反過來利用子彈的衝擊力道原地轉圈，並且像舞動指揮棒似地旋轉薙刀，用握柄底部的金箍朝我揮來。於是我蹲低身子閃開攻擊後，緊接著面對加上旋轉力道的薙刀揮砍──「噹！」一聲用光影的護手部分擋下。長柄武器旋轉揮舞造成的力道太強烈了，我還是把戰局帶到刀刃交鋒互抵的狀態，喘一口氣吧。

「──嗯！」

「哦呦！」

丁操弄著壓在日本刀上的薙刀，巧妙誘導我握刀的右手扭轉。真是驚訝，我們明明身體沒有接觸，這招卻像格鬥技的降服技（submission）一樣超痛的。

相對地，我也不風雅地把槍口舉向丁，藉由讓她閃躲射擊線的動作嘗試解除她對我施展的這招關節技。在快速流動的灣岸夜景中，有如上演一場超人武打劇，或者說真的就是超人的兩個人暫時拉開距離──單軌電車這時來到平和島上，車體沿軌道朝左傾斜通過彎曲處。

再度出現於大馬路另一頭的卡車同樣走在彎道上，由於尼莫笨拙的開車技術大幅搖晃貨艙，感覺裡面的東西都要掉出來了。而總算把ＹＨＳ著裝完畢的亞莉亞配合那股離心力的方向──把手撐在貨艙地板上，用有如卡波耶拉戰舞中倒立踢動作似地巴流術腳技，「砰！」地把加布林踹出車外。

從高速公路飛到半空中的加布林接著「鏘！」一聲自動展開折疊主翼，靠慣性飛在卡車旁邊，並逐漸升向一般道路的上空。

仔細一看，在卡車上的亞莉亞正透過手持式的絞盤繩索輔助加布林的飛行動作。簡直像在放風箏呢。

加布林上升到三十公尺高度後，亞莉亞帶著助跑跳出貨艙。藉由念力將左右雙馬尾各自展開為上下兩層的翅膀——有如雙翼機般獲得兩倍的升力。

隆！隆！YHS發出斷斷續續的噴射聲響。亞莉亞用繩索牽著加布林，不往下扯也不讓它上升過度，保持絕妙的平衡從上空朝我們的方向迴旋飛來。

雖然我本來就希望她把加布林送過來給我……但沒想到居然是在空中像放風箏一樣拉著加布林，自己也一起移動過來呢。真是出乎預料的運送方式。那種空中平衡感簡直是非人哉人類啦。

丁也很快注意到那一幕，或許為了爭取進行確認的時間——用薙刀牽制著我的同時，讓木屐「喀！喀！」跳躍兩下，退回電車前端。連同她收在體內的路西菲莉亞一起。

「——真虧你竟然有準備好飛行道具呢。」

「雖然幾乎可以說是湊巧而已啦。而且把那東西連同卡車一起帶來的不是我，是亞莉亞。或許她早有預感會變成這個狀況吧。」

「然而，實在愚蠢。你打算跟我在空中較勁嗎？」

「老實說我不曉得妳究竟要往什麼地方去，但如果妳打算飛，應該早就飛了。換言之，妳現在應該基於某種理由沒辦法飛吧？」

「不是沒辦法飛，我只是不想在這裡飛。所以在抵達不會被人看見的海上或天上之前才會使用交通工具。」

「……不想在這裡飛？」

「是的，我們楔拉諾希亞一族會藉由操作自己羽毛織出來的這件『翼套』來飛行。」

丁手握著薙刀張開雙臂，秀出白色和服的翅膀。

「然而在紡織這件翼套或者用這件翼套認真飛行時的景象要是被人看見，對我們來說是很危險的禁忌，是可恥的事情。畢竟從那景象搞不好會被人看穿自己的飛行能力到什麼程度，這在雙方都能飛行的戰鬥中是很致命的一件事。」

原來如此。所以她才會盡量減少飛行。

「話雖如此，如果腳踏著地同時對付遠山大人與神崎大人，會讓七折凶星的時限耗盡。遇上這樣的棘手狀況，不得不在人前飛行的事態也在我的預料範圍之內——我即將在今晚重生為路西菲莉亞族，因為身為楔拉諾希亞族的羞恥也僅限這一晚而已了。」

在亞莉亞逐漸逼近之中，似乎已經做好覺悟的丁——「啪沙……！啪沙沙……！」地開始拍打化為翅膀的和服衣袖。

那確實是一件衣服沒錯，但似乎就跟GⅢ的筋電義肢一樣，能按照自己的意思活動的樣子。而且不只會動，那袖兜與衣襬都隨著拍打動作越變越大。與此同時，丁頭部側面成為前翼的那對翅膀也逐漸變大。

行進中的電車造成的迎面風加上丁的翅膀產生的旋風迎面吹來——就在我忍不住眨眼的瞬間，她「啪唰……！」地扭動如今全長甚至到五公尺的翅膀，一百八十度旋轉並飛離單軌電車。就我的視覺上來看朝著正上方。

「……丁……！」

大概是為了讓我把視線往下看，從丁的和服下襬不知掉出什麼東西，「喀啦、喀啦」地在電車車頂上滾動。

伴隨聽起來堅硬的聲響通過我腳下，朝車廂後方滾去的那東西是——

——M67手榴彈。而且安全栓已經拔掉了。

「——喂喂喂……！」

這下我沒餘力繼續望著丁往上飛，只能追那顆手榴彈了。

M67是破片式手榴彈。原本用安全栓固定的握柄一旦解除，約五秒後就會爆炸。但現在不曉得安全栓是什麼時候拔掉的，因此它隨時都可能炸開——！

假設到爆炸前有最長的時間，那麼現在剩下兩秒半。不過那樣一來手榴彈會在掉入第一節與第二節車廂間的縫隙時爆炸，不但讓乘客、車廂、軌道全部被炸，最糟的狀況下脫軌電車還可能一節接著一節朝地面的大樓掉落，釀成一場大悲劇！

（對丁來說，人類死了多少都無所謂的意思嗎……！）

我用櫻花衝刺追上手榴彈，像足球選手一樣滑踢剷球。用腳踝部分勾住隨時可能爆炸的手榴彈讓它停下來，並從車廂上踢出去。使它穿過建築物之間的縫隙，精準落入運河內——

——撲通——！手榴彈以砲彈般的速度射進運河中，接著「轟！！！——啪唰唰唰！」地炸起了幾公尺高的水柱。

附近辦公大樓與住宅公寓裡的人們見到這一幕紛紛騷動起來。不過我靠爆發模式的視力環顧檢查，應該沒有人受傷。太好了。

「——金次！」

幾乎從正上方傳來娃娃聲讓我立刻抬頭，便看見了用ＹＨＳ飛行的亞莉亞。她追著飛到高空讓身影小得用手掌就能遮住的白色翅膀——Ｊ，像火箭般朝上方飛去。

亞莉亞已經把加布林像風箏一樣操縱的繩索放開，而垂掛著繩索握環的加布林，現在正從昭和島上空朝我的方向飛來。

呈現黑色金屬光澤的那對機翼，沿著與行進中的單軌電車斜向交錯的軌跡滑翔接近。高低差為五公尺，相對速度每小時一百七十公里。這意思是要我像上次從浮冰搭上戰斧飛彈時一樣亂來，抓住從加布林垂下來的繩索握環是嗎？不過亞莉亞的方向誘導非常完美，形狀像四方形電車拉環的那個繩索握環剛好會從這輛第一節車廂上空一公尺處飛過去。

站在第一節車廂上的我——「啪！」一聲抓住握環，按下捲線按鈕的同時從電車上跳向空中。握環內的馬達當場以爆出火花的速度捲起繩索，使垂掛在加布林下方的我急速上升。

『丁正朝北北東飛行，看來是想要搭上順風的樣子。』

我聽著亞莉亞的通話並抵達加布林，將繩索分離丟棄後——握住機翼上的握把，移動到加布林上方。接著在機翼上擺出體操中的俄式挺身（Planche）姿勢後，偵測到這個動作的加布林便加強了翼端噴嘴的噴射力道。

好，追上丁吧。要說到與亞莉亞聯手的夜戰——這可是自從醫科研醫院上空那次以來久違的空中追擊戰呢。

3彈　飛向綺羅月

加布林是一臺形狀像巨大迴力鏢的全翼噴射機，靠極小型噴射引擎讓單人飛向天空的設計概念，其實就跟亞莉亞的ＹＨＳ是一樣的。差別只在於形狀上，加布林由於是機翼形狀所以能夠滑翔，而ＹＨＳ是裙襬形狀所以辦不到這點，僅此而已。畢竟只要有足夠的推進力，噴射機就算外型設計得再怎麼稀奇古怪都照樣可以飛嘛。

我根據剛才GⅢ在電話中的說明，以及回想他以前用這玩意飛行時的景象，嘗試在空中盤旋——一方面也因為有ＡＩ輔助，靠爆發模式的體能就可以飛得很安定了。於是我沿著運河飛行，將已經飛到北方遠處高空的丁重新捕捉到視野內。她現在正準備要飛越彩虹大橋的上空。

「丁的速度遠比普通的鳥還要快啊。我們加速吧。」

『她除了靠翅膀飛行外應該也有並用魔術。我們先保持一定的距離追在她後面。』

我任由防彈制服與頭髮受強風吹颳，追上了亞莉亞。接著兩人並肩飛行，在學園島上方的夜空中畫出兩道飛機雲。

我們追著丁，飛越彩虹大橋的吊橋鋼纜彎曲的部分——便看到了位於大橋另一側的空地島。在那座人工浮島的南端有好幾座風翼尾端閃爍紅燈的風力發電機，幾十公尺長的風翼有如巨大的斷頭臺般旋轉著，丁如今已飛到更前方的隅田川河口上空了。

「注意不要撞上風力發電機囉。亞莉亞以前折斷的那座已經撤走，建了新的一座喔。」

『折彎的是你吧?我們從西邊算過來第二和第三座中間穿過去，同時也要小心準備降落到羽田機場的民航機。』

我和亞莉亞一邊用對講耳機通話，一邊穿過空地島的風力發電廠。畢竟這次的飛行是緊急狀況，希望不要向我們追究什麼違反航空法啊。

空地島北方有強風，讓我跟亞莉亞一起被吹往東南東方向。丁則是飛在更高的地方，在距離地面五百公尺左右的高度朝東方加速。看來上空的順風更強，能夠比我們這個高度更筆直往東飛的樣子，而且幾乎沒有礙事的雲。丁似乎擁有如氣象雷達般廣範圍觀測自然現象的能力。

『我們上升一一五〇ｆｔ（呎）！追在她的斜下方！』

在亞莉亞一聲令下，我們飛到從丁的位置來看水平方向西方兩百公尺、高度下方一百五十公尺的地方。然後保持這個相對位置，朝東方通過月島與豐洲上空。

加布林目前推進力為百分之五十，還能夠繼續加速。ＹＨＳ的七枚翼片兼噴射引擎之中也只有三枚在噴射，看來尚有餘力。

然而我們要是急於出手，被對方巧妙閃躲的話只會浪費燃料。雖然鳥類能夠遠渡好幾千公里，但我們可沒有那麼長的續航力。從剛才到現在的燃料消耗量推算，三百公里就是極限了。假如發揮空戰機動力，續航距離就會縮得更短。因此若要真的動手，必須稍微再觀察確認一下對方的能力才行。

亞莉亞的判斷似乎也跟我一樣，於是一邊飛行一邊和我先開起作戰會議。

『照你剛才的講法，丁必須在殺死路西菲莉亞之前受到月光的反射光照射對吧？可是應該來不及辦到這點才對。那她為什麼還要繼續往東方飛？』

「還不曉得。假如飛越東京灣，再越過房總半島……就沒有高山阻礙視野，可以更早迎接月出。但就算那樣肯定還是來不及吧。」

『那麼她難道要在太平洋上飛向更東方——沿著地球的弧度飛行，進一步提早月出的時間嗎？』

「假如要那麼做……根據我的計算，丁必須以五馬赫以上的速度飛行才行。」

『五馬赫！可是她現在連零點馬赫都不到呀。』

「——而且我不認為她有辦法瞬間移動之類的。但不管怎麼說，她的確在趕時間，可見一定有什麼時限。所以我們首先妨礙她飛行。如此一來，應該在某個時間點確定會超過時限，讓她願意接受歸還路西菲莉亞的交涉。」

『……知道了。那我去試探一下丁的空中性能，順便妨礙她飛行。你暫時留下來觀察狀況。』

亞莉亞如此表示後，在荒川河口上空讓ＹＨＳ的翼片增加為五枚噴射，朝斜上方加速。而且為了減少空氣阻力，還把原本為了獲得升力而展開的雙馬尾像可變機翼般收起來。

化為一架戰鬥機的亞莉亞，轉眼間縮短與丁的距離──「砰砰砰！」地舉起Government射擊。另外，YHS搭載的線圈砲也「咻咻咻！」地射出子彈。

在上空的丁做出閃躲那些攻擊的動作。接著大概不想因此拖延飛行速度，我看到她朝斜下方「啪──！」地擲出某種白色的東西反擊亞莉亞。

（──她丟出的是什麼？）

丁當成垂直尾翼的薙刀依然背在背上，可見那不是不可知刀刃。

我爆發模式的眼睛與大腦，對那個距離三百公尺以上遠處的小型飛行物體進行分析。那玩意前端像針一樣尖銳，長度約十公分，寬三公分──是羽毛啊。白色的羽毛。那應該就是麗莎所謂『當成箭矢一樣發射的羽毛』吧。

亞莉亞提高仰角嘗試閃避，但羽毛卻彷彿配合她的動作般畫出一道弧線迎擊。為了對付那樣出乎預料的動線，亞莉亞不得不讓上升角度變得更極端。她暫時中斷逼近丁，幾乎朝著正上方飛去。而白色羽毛沒有再做出追擊亞莉亞的動作，失速從亞莉亞腳下飄走了。

丁接著在變成直立姿勢的亞莉亞即將抵達與自己相同高度的瞬間──「唰！」地朝水平方向五十公尺背後的亞莉亞胸口擲出兩枚白色羽毛。

由於她的預測射擊角度算得很準，我本來以為這招可能會擊中亞莉亞而捏了一把冷汗——但亞莉亞將雙馬尾以螺旋狀捲到自己身上，靠風壓像旋轉門一樣扭轉身體，使羽毛貼著自己左胸前方驚險飛過。好厲害。原本朝著正面肯定會被擊中的投擲武器，她竟然靠著把身體轉向側面閃過了。不過，要是她胸部再大一點點還是會被擊中吧？雖然這種話我死也不敢講出口就是了。

不得已在空中翻轉一圈的亞莉亞被丁拉開距離……回到用加布林持續飛行的我旁邊。三百五十公尺下方的地面現在來到舞濱地區，我們正準備通過看起來有如袖珍模型的遊樂園——東京華特樂園上空。

「——接下來換我上。」

『那羽毛會在空中改變軌道，你小心點。』

我聽著亞莉亞的警告，並且讓加布林的推進力提升到八成後——朝著應該是右撇子的丁想必比較不方便投擲羽毛的左側飛去。將丁收進貝瑞塔的有效射程之外、最大射程之內，也就是所謂的危險區域後——砰！砰砰！用左手保持加布林的動作，用右手單發射擊貝瑞塔。丁藉由上下左右蛇行飛行閃避了子彈，但沒關係。因為我的射擊目的不是要攻擊她，而是妨礙她飛行。

丁感到不耐煩似地對我也擲出白色羽毛。兩枚、三枚的羽毛的確呈現不同於手槍子彈的複雜飛行方式，閃躲的困難度很高。不過就在閃躲幾枚之後我慢慢理解了，那些白色羽毛並非像具備導向性的飛彈，而是丁預測我方行動投擲出來類似變化球的東西。空氣阻力造成的減速也很快，因此只要有一段距離就不可怕了。

亞莉亞見到我的樣子後也重新加速，與丁保持一定的距離開始射擊。似乎對空戰很熟練的丁，即使在二對一的局面下也始終沒有中彈，而且偶爾還會繼續擲出反擊的白羽毛。

我和亞莉亞一下互相靠近集中射擊，一下又解除隊形展開交叉射擊……一邊反覆著給丁找麻煩的行動一邊持續飛行。就在飛越了浦安市上空後，下方變成一片漆黑的東京灣。丁則是繼續保持往東，朝千葉縣千葉市美濱區的夜景飛去。

『……我們都妨礙這麼久了，她還是不放棄呢。』

「也就是說，她有自信即使在這種狀況下依然能趕上的意思。既然如此，我們光是妨礙應該也沒用。下面很快又會進入陸地，我們逼她降落吧。」

由於在東京灣上沒有街燈從下方照亮我們，這才讓我注意到丁的鎖骨下方、胸口上方一帶在發光。那看起來像是某種強烈的光芒從她體內透出來。也就是說丁的胸口中央上半部有個類似前胃或砂囊的器官，而收納在其中的路西菲莉亞那顆球正在發光。

我們正下方流動的景色——從東京灣切換到千葉海洋球場，進入房總半島。到現在我已經充分觀察了丁的飛行與攻擊能力。雖然是我不熟悉的空中戰，但也不是完全無法應付的對手。就在這個美濱區的上空跟她一決勝負吧——！

——不曉得是不是看穿了我這個想法，丁這時忽然「啪唰——！」地伸長和服翅膀，變成細長的等腰三角形並開始提升速度。那加速簡直就像沒有任何極限，使得在千葉上空朝東方飛翔的那個白色身影離我們越來越遠。

好快……！那速度就算把加布林的出力提升到百分之百也追不上啊，看來對方也是到這裡才真正展開行動了。原來丁一直隱藏著自己的最高速度，反過來確認我方的飛行與戰鬥能力。接著判斷出自己站在優勢之後，便切換到全速逃跑的模式了。

『……不妙！』

亞莉亞似乎也感覺追不上對手，讓ＹＨＳ的全翼片都開始噴射。

我也趕緊啟動噴射引擎的後燃器，同時把控制姿勢用的噴嘴也並用到推進上。ＧⅢ說過藉由這麼做可以讓加布林的推進力提升到百分之一百五十——但是燃料消耗速度也會隨之倍增。這下我的續航時間大幅縮短了。

雙腳併攏飛行的亞莉亞身上那臺ＹＨＳ也開始發出跟剛才不同、有如高音氣笛的聲音。看來她也解除了限制器，現在只管提升速度了。翼片的排列形狀也彷彿從花朵回到蓓苞一樣變形成高速型態。

位於我們右方的千葉街景轉眼間就被拋到後方。丁、我與亞莉亞的時速現在都超過了三百公里。風壓導致呼吸受到阻礙，也難以透過對講耳機通話。

現在的速度……我和亞莉亞稍微比丁快一點。

雖然只有一點一滴地教人心急，不過剛才被對方拉開的距離逐漸又縮短了。

「——丁，降到地上！」

雖然不曉得聲音是否能傳到，我還是如此大叫並舉起沙漠之鷹射擊。

看起來有如巨大白色箭矢的丁稍微把身體一扭，輕鬆閃過子彈後——咻！

她頭也不回，擲出白色羽毛反擊我。

「……！」

大概是藉由叫聲與槍聲判斷出我的位置，丁的羽毛直朝我的臉部飛來──不得已了！──就在羽毛迫近眉睫的時候，我一口氣一百八十度上下翻轉。

抱著減速的覺悟切換成背面飛行狀態，閃過羽毛的瞬間……喀噹……！亂來的出力加上亂來的機動，讓加布林開始異常搖晃。看來機體出現了某種問題。

我嚇得趕緊嘗試恢復原本的飛行姿勢，卻怎麼也無法完全回到原位。我搖晃身體好幾次，總算讓機體翻轉……但機翼卻呈現大幅右傾的狀態。於是透過翼面的觸控面板確認，發現上面顯示右側翼端的噴嘴停止動作的警告。雖然ＡＩ也嘗試自動恢復水平，但機首不斷晃動。

「扇──扇貫！」

我用滑軌夾克把槍收回袖子裡的同時揮動右臂，靠衝擊波恢復飛行姿勢。這下推進力多少變弱，機動力肯定也不如原本，變得較難戰鬥了。

雖然亞莉亞同樣不斷開槍，但空中戰鬥果然還是丁比較拿手。我們只能在白色羽毛的玩弄擺布下，持續上演著有如二對一剪式飛行般的機動飛行動作。

……啪鏘……！爆發模式的耳朵這時聽到聲響。

丁胸前的光芒又一口氣變亮。七折凶星的第六次半衰現象結束了。然而那比我原本計算的時間還要早，恐怕是路西菲莉亞自己加快速度的。

（路西菲莉亞……！）

她現在應該已經縮小到二點五公分左右。

最終時限將近，必須要快點行動才行……！

拉出一條光尾朝東飛行的丁，以及……

『ＹＨＳ的燃料只剩百分之二十五！撐不久了！』

「我這邊也是……剩不到百分之三十了！」

透過對講耳機大聲對話的我和亞莉亞，三個人有如流星般飛越下總台地的上空——可以看到九十九里低地前方一片漆黑的海面了。是太平洋啊。

丁依然沒有改變路徑，朝著東方直指大海而去。

水月婚——如果要讓丁變身為路西菲莉亞，必須讓身體照射到月光的反射光。難道她打算把太平洋當作反射月光的水面嗎？但實在令人費解，她為何要刻意飛越同樣有遼闊海面的東京灣？另一件不解的事是，月亮現在終究還沒出來。既然沒有月光，就沒有反射光——

（……？……！）

不對，有！

有光！

就在遠處的水平線，而且正是月亮即將升起的方位。

那不是船隻的光芒，很明顯是自然光。月亮嗎？怎麼可能！那究竟是什麼？那是什麼光？

「……！」

我混亂的腦袋中頓時閃過某個景象，而且是最近不久前才看過的景象。

從鄂霍次克海回到知床半島時見到的……

（……光柱現象……！）

雖然我當時看到的是漁船的光——但現在那是從高層雲灑落到大氣中的冰晶將水平線另一側的光**反射**過來的自然現象。由於那個光看起來朝上下延展所以被稱為光柱，而若是月光造成這種現象的時候也稱為月柱。

能夠如氣象雷達般感測自然現象的丁，原來早就預測到今晚在太平洋會發生月柱現象。

——月柱一分一秒地延伸，彷彿光塔般逐漸增強亮度。

那光線毫無疑問就是**反射月光的光**，是讓丁變成路西菲莉亞的關鍵……！

「時辰來到！我變為女神的時候到了——！啊哈哈哈哈——！」

丁飛越九十九里海濱後，在千葉海的夜空開始往上升。不是直線，而是沿著螺旋狀的路徑——為了讓自己收納著路西菲莉亞的身體每個角度都能被月柱的光照射到。

我和亞莉亞雖然追在她後面，但完全跟不上。假如是直線飛行我們還能夠與她較勁，但那樣激烈又急速攀升的動作就追不上了。基於ＹＨＳ的構造上，亞莉亞還勉強能夠追擊，然而靠動作無法隨機應變的加布林飛行的我只能被拋在低空了。

……不過我因此注意到一件事。在我們下方的海域可以看到一眨一眨閃爍著燈光的小型船。那是摩斯電碼式的發光信號，但既非日文也非英文。就算用漢字符號化的中文電碼或西里爾字母、韓文也解讀不出意思。是暗號嗎？不對，恐怕是未知的語言。也就是說……

（列庫忒亞公會……！）

公會的千葉縣連在這次聚會中缺席。

原來那是因為丁命令她們在這塊海域待命啊。

至於丁會準備船隻的理由也能推測得出來。丁，也就是楔拉諾希亞族雖然能夠縱橫無際地飛翔，但路西菲莉亞從來沒有飛過。當丁變身成為路西菲莉亞之後，飛行能力應該會喪失或變弱吧。既然如此，她進一步往東飛去的可能性很低。這片九十九里海域上空就是丁和我們的決戰場地了。

「——亞莉亞！出現在水平線那道發光的柱子，叫光柱現象——是月光的反射光！丁的目的就是為了那個才飛到這裡來的……！」

『……Gosh（怎麼會）……！』

無論是我或亞莉亞，面對這個狀況都不知道該如何突破難題。

我抱著萬分焦急的心情仰望上空——爆發模式的眼睛可以看見丁胸口原本是白色的光芒現在變成了水藍色。接著從那部分朝四面八方迸出如細針般的黃綠色光條。

從視覺上與感覺上可以知道，那是丁體內的路西菲莉亞對反射月光的光柱產生反應，開始放射出讓與她接觸的人變化為路西菲莉亞的力量。

甚至令人覺得有如路西菲莉亞在慘叫的那些放射線……隨著丁提升高度的同時，越來越強烈。那是因為增加高度能夠增加俯視角度，使得光柱原本被藏在水平線下方的部分也照射到她身上的緣故。

「……別讓丁繼續上升！要是她飛得越高，變身為路西菲莉亞的速度就會越快！」

亞莉亞聽到我這麼說，立刻停止追著丁呈現螺旋狀飛行的動作——首先在高度上超越丁，飛到能夠從上空壓制丁的位置。接著……

『我試著用槍擊把她壓下去！……看……我的！』

亞莉亞焦躁大叫的同時，「砰砰砰砰！」地讓手槍爆出槍口焰，朝正下方的丁灑下子彈豪雨。大概覺得反正剩下的飛行時間也不多了——她好像抱著不惜彈盡的覺悟，連線圈砲都毫不保留地全力齊射。

相對地，丁則是隨心所欲地在空中移動，理所當然地閃過了子彈。果然在空中開槍對她沒用啊。但這下至少阻止她繼續上升……不，甚至反而往下降了。

（——？）

那感覺並不像在害怕亞莉亞的攻擊。

她朝著我的方向不斷下降而來。難道因為我即使無法做出對應，但能夠相較上正確看穿丁的意圖並聯絡亞莉亞的關係，所以她打算先把我解決掉嗎？

面對有如霓虹燈般拉出一條光尾巴的丁，我立刻用貝瑞塔開槍迎擊。然而——

「……啊啊，感受到了，感受到了！感受到路西菲莉亞大人了！」

丁終究不把槍擊當一回事，發出愉悅興奮的聲音——靠著飛行速度與重力加速度「咻！」地飛向比我更下方的位置。那速度甚至達到每小時八百公里了。

（——嗚……！）

我趕緊收槍，讓噴射引擎全開，追著她急速下降。

現在還無法確定千葉縣連等待著丁的船隻只有一艘。要是讓丁持續加速，靠那樣的速度朝其他備用海域飛去，我們就真的追不上了。現在必須擠出同等程度的加速度，緊咬在她後面才行。

我就這麼朝著正下方加速、加速再加速——血液從頭部褪去，視野變得越來越窄。現在只能看到丁那對白色翅膀的下襬部分了，而且就連那部分也逐漸縮小成白色的點。但是撐下去，繼續撐下去，保持住意識，繼續追，繼續追啊金次……！

「一部分接著一部分，漸漸變化！啊哈哈哈——我都感受到了！」

丁開始發出莫名有點像路西菲莉亞的笑聲，「轟！」地發出用翅膀捶打空氣的聲響，幾乎九十度變換方向。從垂直下降轉為水平飛行，而且是在**緊貼海面**的位置。

（——糟了——！）

我現在的高度已經不到一百公尺。

由於意識模糊的緣故，讓我沒能注意到自己已經下降到這裡了。

這是丁對還不習慣空戰的我設下的空中陷阱——試圖讓無法將進行方向從垂直瞬

間轉換到水平的我順勢墜落到海面上！

我的降落速度依然沒有停下來。停不下來。加布林上顯示的高度轉眼間朝零逼近，觸控螢幕不斷激烈閃爍著『PITCH UP!（抬高機首！）』的紅色警告。

我必須想辦法讓加布林朝著下方的動量方向急速轉朝上方才行。

可是靠襟翼操縱絕對來不及，只會讓副翼被風壓徹底扭壞而已。所有噴射引擎雖然都已經被AI緊急停止了，但亞音速的下降動作依然完全停不下來。

漆黑的海面迫近眼前，高度剩不到五十公尺了。要是以這個速度撞上去，水面的硬度會有如鋼鐵。距離墜落只剩一瞬間，已經無法阻止高度下降到0。

——完蛋了。完蛋了嗎？不，就在這最後關頭，我靈光一閃——

（0的下面還有負數！把高度為負數的海中改變成空中！）

我以握著加布林握把的雙手為支點，靠櫻花的招式原理反抗強風。將原本伸直的身體縮起來，雙腳放到機翼上，把腰部大幅往下擺盪。

整體重心因此改變位置，朝著下方墜落的同時，讓加布林的主翼前緣被瞬間抬高朝向幾乎正上方。這是競艇選手使用的轉向技巧「monkey turn」的縱向版。也就是monkey roll……！

高度二十公尺。夾克背部彷彿要被扯破似地往上擺盪。排列在主翼後緣的噴射口現在全都朝向海面了。高度十公尺。爆發模式讓我進入了超級慢動作的世界。高度零公尺——到達海面。引擎重新噴射，全開——！

轟轟轟轟轟轟——！加布林的噴射引擎把水面穿鑿成碗狀，朝海面下挖到高度負一、兩公尺的高度。接著有如反彈般，我的行進方向順利轉朝上方了。身體也勉強撐住，沒有因為慣性從加布林上摔下去。

（回到追擊行動！丁在哪裡……！）

我用這次換成血液倒灌到頭部而差點發生紅視現象的眼睛，在空中尋找那對白色翅膀。

——找到了。她很快又回到上空兩百公尺左右。我看見胸口的藍綠光芒比剛才更強的丁朝著更上空的亞莉亞射出白色羽毛。似乎手槍彈盡的亞莉亞用ＹＨＳ的線圈砲妨礙著丁上升，但那擊發方式感覺同樣像在擔心剩餘彈數不夠的樣子。我為了與亞莉亞聯手，重新急速上升。加布林的燃料剩下百分之十——！

丁睥睨著頑強的我——

我可以感受到她的存在感正一分一秒地逐漸增強。雖然目前外觀姿態還沒出現變化，但盛氣凌人的氛圍、不可侵犯的氣息、有如名刀般的鋒利感都顯露在她的表情上。

那就跟我初次見到路西菲莉亞時感受到的一樣……是王者風采。

丁正逐漸獲得那樣的特質。

而且恐怕連同能夠隨手毀滅世界的——路西菲莉亞的神力一起獲得。

「丁……！」

妳不但要奪走路西菲莉亞的性命，還想用路西菲莉亞的力量為這個世界帶來災禍嗎？為這個路西菲莉亞不惜與妳們列庫忒亞人對立也想要守護的世界。

不行，那是不行的。那樣路西菲莉亞也未免太可憐了啊……！

「丁？錯了。我如今已不是純粹的楔拉諾希亞。雖然還沒有完全變成路西菲莉亞，但也可以算是路西菲莉亞了。噢噢，這就是、力量……！我們走吧，路西菲莉亞大人，讓我們到最適合新娘子的高空去。」

把手放在自己發光的胸口，平靜地閉著眼睛的丁——「啪唰！」一聲用力拍打白色翅膀。她打算到上空充分照射月柱的光芒，為自己變化成路西菲莉亞的現象進行最後的完成步驟。

——她朝著滯空於正上方阻擋她的亞莉亞上升而去。

「休想通過！」

面對大概由於射完子彈而拔出小太刀的亞莉亞——丁發出「轟！」的爆炸聲響，從正下方揮舞薙刀。上下距離二十公尺，完全從攻擊距離之外射出了『不可知刀刃』——！

那魄力遠比剛才在單軌電車上對我施展時還要強勁。以前路西菲莉亞在納維加托利亞上害我傷透腦筋的格鬥能力，現在也逐漸出現在丁身上了。

「——！」

不愧是亞莉亞，第一次碰上不可知刀刃依然順利閃過，但也因此亂了姿勢……這時上升高度縮短距離的丁朝她擲出白色羽毛。那招羽毛攻擊同樣跟剛才完全是不同等

級，速度快得甚至發出有如砲彈的聲音。目標是亞莉亞的防彈上衣下襬，從斜下方看上去完全暴露在外面的腹部——不妙。她閃不過了——！

「——亞莉亞！」

羽毛以強勁到讓我都當場臉色鐵青的力道「噹！」一聲擊中亞莉亞的ＹＨＳ。正確來講，應該是亞莉亞情急中把ＹＨＳ當成盾牌，擋下了原本要貫穿她肚子的羽毛。

「啊——！」

遭到有如飛鏢彈的羽毛命中的ＹＨＳ一枚控制翼片・兼・噴射口——加上左右兩邊共三枚，一口氣熄滅噴射光。亞莉亞因此失去平衡往後一仰，有如擲硬幣般一邊旋轉一邊落下。

朝我前方幾十公尺處墜落的亞莉亞失去了意識。ＹＨＳ大概偵測到異常，讓剩下的四枚翼片也停止噴射。亞莉亞變得就像斷了線的木偶，掉落速度越來越快。照這樣下去，她會衝撞到海面當場喪命的。我要靠反向 monkey roll 衝下去救她——該死！加布林竟然不甩我。大概是從剛才一連串的亂來動作導致它內部到處破損，讓ＡＩ判斷主翼已經無法承受而封鎖了那個動作。

——怎麼辦？怎麼辦？該怎麼做啊，金次……！

我拚命尋求活路的腦中，忽然閃過以前在陸標塔上的弗拉德以及在羅馬競技場的古蘭督卡的身影。

（喂！……就算是爆發模式也辦不到那種事情吧！）

就肉體構造、尺寸上，像我這樣的人類不可能辦到——

——不，別講什麼不可能！那是亞莉亞禁止我說的話。而且以前夏洛克在伊・U的甲板上就幹過那招。路西菲莉亞也做過劣化版的那招。他們都用人類的身體辦到了那件事。只要想幹還是辦得到。現在必須辦到才行，所以就當作自己可以辦到。上！上吧——！

——嘶嘶隆隆隆隆隆隆隆隆——！

我的嘴巴與鼻子都發出有如超燃衝壓發動機的巨響。胸鎖乳突肌、肋間外肌、腹外斜肌、橫膈膜——把所有呼吸肌都藉由櫻花的招式原理互相連動，一瞬間吸入龐大的空氣。左右肺都擴張到極限，胸骨、肋骨、背骨都彷彿要**從內側**被折斷一樣。要上了！要幹了！我用右手摀住右耳，歪頭用左肩塞住左耳。

——————吼吧——————！

「——亞莉亞啊啊啊啊啊啊啊啊啊啊啊！！！！！」

超越尖叫的超級吼叫，聲音的轟雷。就取名為人肉音響彈——比M84震撼彈的爆炸聲更強勁的一百九十分貝大聲量。雖然比推測兩百分貝的弗拉德那招『瓦拉幾亞的魔笛』來得小聲，但依然足以匹敵的聲波——激烈震盪四面八方的大氣，硬是把丁的翅膀往上掀起，同時震撼亞莉亞嬌小的身體，竄入她的耳中。甚至讓下方的海面都有如冒泡般激起浪花。

『——呀！』

伴隨短促的叫聲，亞莉亞清醒過來了。接著在幾乎要撞上海面的時候「轟——！」地讓ＹＨＳ四枚翼片重新噴射——轉移為水平飛行。她的身影……沒有上升回來。恐怕是已經無法上升了。她只留下一句『金次，去追丁！』之後，便有如要脫離這塊海域似地朝北方飛去。

「……不用妳講我也會追……！」

這招人肉音響彈，看來是半自損技呢。現在我的耳鼻咽喉、支氣管、肺部與胸腔周圍的肌肉全都在痛。腦袋也像被人連續痛毆了半天一樣暈。我以後可不想再幹同樣的事了。

「……呵呵呵！看來你還想追到最後呢……」

已經有一半化為神……化為路西菲莉亞的丁，就連講話的語調都變得像路西菲莉亞。朝著天頂「啪唰！啪唰！」拍打的翅膀力道也變得強而有力。我雖然明顯被她拋開，但依然繼續追著那個白色身影。

（路西菲莉亞……！）

高度六百公尺、七百公尺、八百公尺——到達一公里。身體可以感受出氣壓變小，氣溫也下降了。丁則是在超過一千兩百公尺的地方。啊啊，不管我怎麼上升、怎麼上升，都追不上她。

而且就在這時……加布林彷彿氣盡力竭似的，推進力變弱了。出現裂痕的觸控螢幕上也顯示出由於燃料所剩無幾，禁止再上升的警告。

即使我違抗那個警示嘗試繼續上升──加布林終究還是停止提升高度了。無論我怎麼操作，它都只會維持水平飛行。

丁見到我只能在不到一千兩百公尺的高度盤旋後……

「遠山金次，就讓你見證我化為光之女神──路西菲莉亞的神聖時刻吧。你要成為這場水月婚的見證人，將這段歷史流傳下去。」

她停滯在稍微比我高處的上空，秀出自己胸口的光芒。

那景象彷彿在宣告──神明在天上進行的活動，凡人無從介入。

（啊啊……該死……到此為止了嗎……！）

就在我緊握加布林的握把，咬牙切齒的時候──

……噗咻咻咻咻咻……轟隆隆隆隆隆……！

有如要出面制止丁的宣言般，傳來一陣人工的噴射聲響。

遠比ＹＨＳ或加布林還要強勁而暴力的這個轟聲──是雙推進固體火箭發動機……飛彈！

我驚訝低頭朝聲音傳來的方向一看，發現從東方海面有個如流星般的光芒急速上升而來。

朝著我們的方向。

（──RIM-7 海麻雀飛彈！）

為什麼那種玩意會出現在這塊海域──我連這項疑問都還來不及思考，那枚飛彈就輕鬆上升到比丁略高的位置，在水平方向跟我們稍有一點距離的空中——轟隆隆隆隆隆隆！炸開了。就像一發煙火般。

根據搭載的彈頭種類，丁和我搞不好都當場沒命了。不過這枚飛彈只是在我們這塊空域的東方——也就是月柱與丁之間的空中灑出了大量的金屬絲。

極輕的金屬絲群化為一片銀色的雲，在空中緩緩飄盪落下。那一閃一閃的玩意是——

（干擾雲……！）

也就是通常為了使雷達電波產生漫射進行妨礙而散布空中的金屬片，將拋棄式的被動假目標——干擾箔大量灑出形成的雲狀物。

「……嗚……！」

直到剛才都從容不迫的丁，這時臉上出現驚訝與著急的神情。

本來應該讓身體照射到的月光的反射光——也就是太陽的二次反射光，現在由於金屬絲的存在變成了三次或四次反射光。

從東方的海上，海麻雀飛彈一發接著一發地射到空中——「轟！轟隆！轟隆隆！」地在天空接連製造干擾雲，形成一條干擾箔迴廊。

「嗚……嗚……！」

丁用手壓著胸口的光芒，表現出痛苦的樣子。仔細一看，到剛才還從那裡迸出的水藍色或黃綠色光芒現在都變弱，而且還開始發出紅色或紫色等等跟剛才不同顏色的光。那明顯是異常反應。

就好像觸媒過多會導致適切的化學反應無法發生一樣，過度反射的月光看來也無法產生正常的路西菲莉亞化反應。不僅如此，現在路西菲莉亞發出的放射光，感覺甚至正對丁的肉體帶來有害的影響。

「——丁！快從七折凶星中把路西菲莉亞解放出來！」

「誰、誰要……屈服於這種**找碴**似的行為……！」

啪唰啪唰！急忙拍打翅膀的丁——大概想要穿過干擾雲到月柱的那一側去，而開始朝東邊的斜下方飛去。臉上帶著彷彿對至今依然沉在水平線底下還沒露臉的半月苦苦哀求似的表情。

「……！」

——我也一樣，追上去。就算無法上升，我現在還可以水平飛行。追，追上去。朝著依然還看不見的半月飛去——！

既然路西菲莉亞自己在加快速度——就無法正確估算七折凶星的最後時限究竟是什麼時候，最後的半衰現象隨時都可能發生。現在已經到那樣的時間帶了，所以丁才會這麼著急。

來自異世界（列庫忒亞）的白色翅膀，與這個世界尖端科學兵器的黑色機翼，飛馳在銀色雲團下方。這場追逐戰就是分出勝負的關鍵。即使痛苦掙扎也拚命振翅的丁，一公尺都不讓加布林下降的我——現在是我的速度稍微快一些。可以，我追得上。等追上丁之後，看是要撤回前言揍她肚子還是怎樣，我絕對要把路西菲莉亞救回來……！

就在這時──察覺自己會被我追上的丁忽然把手伸向後腦杓，那裡唯一一根隨風擺盪的紅色大羽毛。她接著用薙刀把那羽毛切斷後──或許為了多少減輕重量增加速度，把薙刀當場丟棄。

剛才尼莫說過，那是必定會貫穿目標心臟的必殺必死羽毛。

「紅色的羽毛……是慈悲的羽毛……！」

痛苦呻吟的同時拿著紅色羽毛擺出射飛鏢動作的丁，或許為了飛到比較容易瞄準我的位置──把高度提升到干擾雲正下方。

假如我也緊跟在她後方應該就比較不容易被射中，但由於加布林的ＡＩ限制，讓我無法再提升高度。丁就是看穿這點，讓自己飛到有利的位置了，甚至不惜靠近折磨自身的那團干擾雲。

如今我呈現全身暴露在丁斜下方的狀態。從我的位置看過去，丁正以閃閃發亮的金屬絲雲團為背景，胸口發出七彩光芒，面帶苦悶神情舉著一根大紅色的羽毛，更遠處還有從水平線向上延伸的月柱之光。簡直是有如幻覺般的景象。

「……這根紅色羽毛，與血同色。即使讓你的親人兄弟看到這根羽毛塗滿鮮血……也不會悲傷……這是、慈悲的羽毛……！」

神情痛苦的丁在遣詞用字上已經不再使用敬語了。這代表自己已經成為了神明的意思嗎？還是想要藉由那樣的臆想轉移自己對痛苦的注意力？

——她接著把紅色羽毛高舉過頭。

我不會後退也不會下降。我不逃，反正逃了應該也沒用。畢竟那可是號稱『必定會貫穿目標心臟』的誇張必殺技。

——妳就試試看啊。

我可是有對抗手段的。就在前一秒，我靈光一閃了。來，一決勝負吧，丁。

「比起心臟（heart）被射穿，我比較擅長射下女性的芳心（heart）呢。而且比起這樣一顆小小的心，我覺得妳稍微注意一下更大的『心』會比較好喔？」

我用左手指著自己的左胸口，接著又指向斜上方的丁——更斜上方的位置。

丁於是一邊飛著一邊望向上空——

『——丁！！！』

亞莉亞沿著愛心形的軌跡——也就是稱為Vertical Cupid的飛行特技，從那方向朝丁飛來了。讓只剩四枚翼片在動的ＹＨＳ擠出最後的力氣，在金屬絲的雲團中捲起一道漩渦。

她剛才故意讓對手看到ＹＨＳ故障的樣子，暫時離開這塊空域。其實接著又飛到高空再下降回來，從上空發動了奇襲。

我很想稱讚她難得如此動腦筋啦，但這手法實際上幾乎是抄襲夏洛克在鄂霍次克海發射的第四枚戰斧飛彈嘛。雖然戰場沒有什麼著作權就是了。

「……竟然在天空中欺瞞我，太囂張了……！」

丁趕緊全身翻轉，為了能同時看到我和亞莉亞，變成背面飛行的姿勢下降高度。

這下呈現亞莉亞從頭側上空，我從腳側水平方向，三次元立體夾擊丁的狀況。

丁的紅色羽毛只有一根。

只用一根羽毛應該無法殺掉兩個人吧。如果可以她早就做了。

那根羽毛……她要拿來對付亞莉亞？還是對付我？只能殺掉一個人，但確定可以殺掉一個人。

那根紅色羽毛遠比白色羽毛來得大，跟手槍子彈相比肯定也有十倍的重量吧。要是被那種玩意以超高速衝撞，靠ＴＮＫ纖維無法完全分散力道。防彈制服要不就是被當場貫穿，即使勉強擋下來也會讓內部——也就是肉體當場碎裂，有如裝在鐵網袋中的西瓜被球棒砸碎般。

經過幾秒的猶豫後……

「——男人……去死——！」

即將成為新一代路西菲莉亞的丁選上的目標——是我。彷彿要把路西菲莉亞留在這個世上的回憶、活過的證據全部抹消一樣。

「我連一毛錢都沒捐，可沒資格收下紅羽毛呢。」

原本用雙手各握住一根加布林握把的我……換成用右手抓住左邊握把，在左側機翼上方擺出單手俄式挺身的姿勢。

接著在下個瞬間——搶先出手的我使出的招式是……

「……嗚……！」

就連即將成為神的丁都當場錯愕得瞪大眼睛了。那也是當然。因為這可是連那個真的神——路西菲莉亞都能騙過的招式。

現在——不只在左翼上方，就連在右翼上方都有我的身影。

我變成了兩個人。

——景。這是多虧有路西菲莉亞親身示範而復活的遠山家失傳招式，讓另一個自己出現成為誘餌的分身技。

從一開始就存在的金次A以及新出現的金次B……丁猶豫著究竟該把紅羽毛擲向哪一個我。而且由於我持續接近她沒有後退的緣故，她已經沒有時間把目標換成亞莉亞了。

「是殘像。」

就在金次B這麼說的瞬間。

——啪咻咻咻咻咻咻咻——！

丁朝金次B射出了必殺的紅色羽毛。

這個判斷非常合理。講話的一方是本尊。而所謂**殘像**，是**殘**留在原本位置的影**像**。這兩點都是可以充分判斷新出現的金次B才是本尊的根據。

我的視野立刻轉變為爆發模式下的超級慢動作世界——

亞音速飛來的紅色羽毛刺進了金次B的胸口。

丁的眼睛露出『成功了！』的神情。然而……

「——？——！」

緊接著又變成驚訝錯愕的表情。

因為到達金次B心臟的那根羽毛，竟然被應該是殘像的金次A抓住了。從左翼上方扭轉身體，把手伸進右翼上的金次B體內。

她徹徹底底被我騙到了呢。這招是路西菲莉亞在納維加托利亞上表演給我看過的『具有質量的殘像』。在遠山家叫作『真景』。

我就在剛才臨時想到的這招伎倆，原理其實非常單純——

簡單來講，只要製造出兩個殘像就行了。

首先留下金次A的殘像移動到金次B的位置，講一句話後，在那位置又留下一個殘像，回到金次A的位置與原本的殘像重疊。僅此而已。

下個瞬間，金次B消失的同時——

（——子彈回射——！）

我讓抓在手上的羽毛朝丁的方向一百八十度回頭。由於右手抓著加布林的緣故，所以幾乎是只靠左前臂與手腕做出的側投動作。

——唰咻咻咻咻咻咻咻——！

即便如此依然保持著亞音速的紅色羽毛直朝丁飛去——

「——嘰！」

丁發出如鳥類般尖銳的叫聲，驚險閃過羽毛。畢竟我就是故意投擲得讓她勉強可以閃過。因為我這招子彈回射的目的並不是要射中丁，而是讓她把注意力集中在閃避動作上，並誘導她飛到目標位置。

靠默契看出我這項企圖的亞莉亞，接著朝背面飛行的丁腹部，毫不留情「砰！」的一聲用全身衝撞下去。

「咕噁——！」

丁當場吐出一顆像彈珠的東西，被亞莉亞接到手中。就是那個。那就是關住路西菲莉亞的球。但它發出的光芒看起來變得相當微弱。

亞莉亞與丁就這麼順勢往下掉落，直到我下方約兩百公尺的高度轉為靠亞莉亞的YHS保持滯空。亞莉亞抱著丁拘束她，似乎在講什麼話。然而，狀況上看不出有什麼變化。究竟怎麼樣了？路西菲莉亞沒事吧？

在東方天空終於升起的半月光芒照耀中，我讓加布林一邊盤旋一邊下降——接近亞莉亞與丁。

接著改變機翼方向，讓自己也保持滯空。

亞莉亞拿在手中的小球發出的光芒急遽減弱，就像燃燒殆盡的煙火一樣。在小球中也看不到路西菲莉亞的身影。

然後……

「……！……」

它完全失去光芒，變成一顆透明球體了。

如今只有靠一臉錯愕的亞莉亞手指的動作，才能認知那裡有顆小球。

……我們……

沒能趕上。

七折凶星的第七次半衰現象，早已結束——

路西菲莉亞的存在已經被壓毀殆盡。

換言之……

「——路西菲莉亞大人，死了。呵呵、呵呵呵……」

講話方式恢復為使用敬語的丁，在亞莉亞的手臂中笑了起來。

「……我依然有一半以上還是楔拉諾希亞族。我可以感受得出來，這身體雖然變強了，但還不到獲得神力的程度。也就是說，兩位成功阻止我成為路西菲莉亞了。這是值得自豪的事情。」

……路西菲莉亞……！

「即便如此，我還是達成了自己的心願之一。我所崇敬的，是完美無缺的路西菲莉亞大人。敗給男人這種原始存在，還淪落為下屬的路西菲莉亞大人——不應當存在。我藉由消滅那樣錯誤的路西菲莉亞大人，守住了路西菲莉亞大人的完美性。呵呵！呵呵呵……！」

在半月光芒中，丁如此大笑後……

「遠山大人，亞莉亞大人，一切都已經結束了。看是要身為武偵逮捕我還是怎樣，都隨你們高興吧。不過，列庫忒亞公會的夥伴在**任何地方**都存在，因此這樣一來你們反而會遭到欺負也說不定喔。假如兩位夠聰明，最好在這裡放我走……或者輕輕把我送到下面去吧。透過行動證明兩位已經沒有和我或列庫忒亞公會敵對的意思。如此一來，對於今晚的事情我也會既往不究的。」

丁把和服翅膀當成巨大的手指般，指向海面那艘列庫忒亞公會的船隻發出的光。她這段話意思是說——自己就算遭到逮捕也能合法獲得釋放，所以我們還是向她們展現友好態度會比較好。

（……路西菲莉亞……！）

路西菲莉亞會死，是我們害的。

都是因為我們把她從納維加托利亞號帶出來，還封印了她的力量。

都是因為我們不曉得她在列庫忒亞有多出名，不知道還有像丁這樣危險的崇拜者，結果把她帶到人前——帶到列庫忒亞人的眼前。

路西菲莉亞雖然是N的重要人物，但本性並不壞。雖然有些荒唐不合常理的部分，但那是由於她來自另一個世界的緣故，並非本身的罪過。雖然個性上有些愛唱反調或驕縱任性的地方，但那也只是因為她的身分飽受列庫忒亞人們奉承而導致人格上稍微幼稚罷了。她其實也有懂得自律、明白倫理的一面，例如她明明擁有神力卻依然遵守著不與人類展開全面戰爭的規矩。另外，她也是個想法天真無邪，喜愛孩童，有時候甚至讓人覺得莫名有種神聖感覺的女性。

對於那樣的路西菲莉亞……

我和亞莉亞沒能守護到最後。

害她喪命了。

「……路西菲莉亞……！」

亞莉亞對著自己什麼也看不見的手中如此呼喚。

「——路西菲莉亞……！」

我也叫喚那個名字。找不到呼喚的對象，只能閉起眼睛——

——誰在叫喚我名？

……這聲音是……

（……！）

是路西菲莉亞的聲音。

但即使有聽到聲音，我也不知道該看向何方。亞莉亞跟我一樣，不斷轉頭張望周圍。那聲音並不是靠耳朵聽見，而是直接在我們腦中響起的。簡直就像來自神明或惡魔的聯繫——

「……！……」

丁同樣睜大眼睛，驚訝得啞口無言。

——啪！——

亞莉亞手中忽然再度發出光芒。

那道光接著朝上下方向不斷延伸。

往下有如被重力引導般伸至海面，往上有如反抗著重力般直達雲間。

——啪哧！伴隨一聲像電流爆出火花似的聲響，亞莉亞被那道細長的光柱往後彈開，連同她抱在手中的丁。

這是……我從沒見過、聽過，甚至連想都沒想過的現象。真要形容起來，就是沒有光源的雷射光，而且還會像具有質量的東西般延伸。就連它到底是不是光我都不確定，完全是超出我們知識範圍之外的狀況。

聯繫天地的光柱被在空中往後退下的我們包圍著，變得越來越粗。

如今已變得像探照燈光——不，是從雲層縫隙間灑落地面的光芒。有時也被稱為天使之梯（Angel's Ladder）、宗教畫作中常見的雲隙光，在這個連陽光都沒有的時刻竟出現在我們眼前。

「……！……」

從那光芒簾幕之中，剛才還在亞莉亞手上最初發光的部分——

出現了一道人影。

那是站在看不見的地面上，動作彷彿用雙手捧著光芒的——裸體女性。在她身體表面的某些部分，飄盪著有如黑色靈氣……雖然跟我們所認知的黑暗不一樣，但只能用黑暗形容那霧氣。

「……路……路西菲莉亞……！」

那一頭捲曲的黑髮像披風般延伸，尾巴也毛茸茸地伸長，手上長出利刃似的尖爪——背後還有一對遠比希爾達還要大的蝙蝠翅膀。但臉形毫無疑問是路西菲莉亞。

變得比以前還要大的犄角後方有一團推測應該是某種能量的黑色光芒——雖然世界上不可能會有什麼黑色的光，但那玩意看起來只能這麼形容——一圈又一圈地描繪出圓形的軌跡，簡直就像——既非白色也非金色，而是**黑色的天使光環**。

（這個……肯定就是路西菲莉亞的『第二形態』……！）

對於超自然相關知識相當缺乏的我，頂多只能明白到這個程度。不過——

全身各處被我們無法理解的現象包覆的那個姿態，簡直就像個惡魔……不是像貝茨姊妹那樣的小咖，而是超大咖的惡魔。

真要講起來——就是女性版的魔王。

然而從那年輕嬌嫩的肉體還感受不出多強烈的威嚴，不到大魔王的程度。頂多只能說是中魔王吧。雖然或許沒有那樣的詞彙，但這樣理解感覺是最貼切的。那就是路西菲莉亞這個存在的真實樣貌。

「妳、妳復活……了嗎？」

亞莉亞睜大著紅紫色的眼睛，好不容易才擠出這句話。

我也一樣……雖然在感覺上能夠確定這就是路西菲莉亞本人沒錯，但在理論上無法排除並非如此的可能性。畢竟這個路西菲莉亞的裸足腳趾上沒有那個封印用的腳戒，臉上也看不出那活潑開朗的表情。

「……是楔拉諾希亞嗎？」

中心部分綻放出紅光的眼睛緩緩看向丁的路西菲莉亞——

「妳們又幹壞事了呀……」

用路西菲莉亞的聲音如此說道後，露出白亮的尖牙，咧嘴一笑。

緊接著……

「——！」

被亞莉亞抓住的丁旁邊忽然有一團黑暗霧氣擴展開來，變成巨大的手……如恐龍般長出鉤爪的手一把抓住了丁，將明明被亞莉亞抱住的丁輕易奪走了。這同樣是在科學上讓人完全無法理解的狀況。黑暗之手就像什麼電波一樣穿透亞莉亞的身體，卻又像固體一樣抓住了丁——

「噫……！」

發出叫聲的丁就這麼被黑霧之手抓到路西菲莉亞眼前。

這時路西菲莉亞彷彿要親嘴似地嘟起嘴脣，「嘶嘶嘶……」地吸起氣來……結果丁就像有風從背後吹來般，瀏海與衣襬激烈擺盪的同時，全身恢復成原本的模樣了。變成翅膀的衣服也變回普通的和服。是路西菲莉亞讓她變回去的。讓丁從第二形態恢復成原本跟女童沒有兩樣的姿態。

「這下不處罰妳可不行呢。」

路西菲莉亞用自己長長的手爪輕輕搓了一下被黑霧之手抓住的丁——到剛才還綻放出藍綠光條的胸口。

「……啊……啊啊……！」

丁看著那指尖，害怕得發抖起來。

「——妳希望變成我是吧？想要毀滅這個世界是吧？那好，兩個心願我都幫妳實現。」

面對這一連串魔性的景象，我和亞莉亞都說不出話……而路西菲莉亞也彷彿把我們當成偶然在場的蟲子一樣，瞧都不瞧一眼。

那是什麼意思？路西菲莉亞，妳到底想做什麼——

「妳從今以後，就與無限的光芒同在吧。」

「……請、請不要這樣，路西菲莉亞大人……求求您，求求您……！」

——不對。那不是路西菲莉亞。

雖然是路西菲莉亞沒錯，但不是路西菲莉亞。

我知道這個感覺在理論上講不通。但是由於爆發模式而變得敏銳的感覺，很篤定地告訴我只能夠這麼認知。

「——埃爾・烏・科・耶夫・熙・耶爾（帶來光明之存在）——」

路西菲莉亞詠唱起宛如咒文的話語後，丁的胸口出現一團極小的白光……

「……噫噫……！」

「妳應該也知道吧。我用的是妳也聽得懂的話語——而剛才所詠唱的，乃我的真名——也是召喚光明的詞語。我就如妳所願，成為這個世界的女王吧。在成為一顆恆星照耀全宇宙的這個世界。呵呵呵！可喜可賀是不是？來，慶祝吧。開心吧。笑吧。」

露出尖牙妖豔一笑的路西菲莉亞如此表示後……

丁胸前的光芒無聲無息地增加為兩倍……變成等同於小燈泡的亮度了。接著四倍、八倍，逐漸增強為手電筒般的亮度。彷彿在回敬剛才自己遭受一次又一次的半衰現象。

「請、請您饒恕呀……！路西菲莉亞大人，求求您！求求您……！」

「給我笑。」

「……呵、呵呵……嗚……嗚嗚……請救救我……！噫噫噫……嗚嗚……！」

被黑霧之手抓住的丁雖然在命令之下嘗試發出笑聲，但立刻又害怕得哭了起來。

發光增強為三十二倍、六十四倍，變得像照明燈具一樣。接著二五六倍、五一二倍——好刺眼。如今的亮度簡直有如體育場的投光燈朝四面八方照射。不斷哭泣的丁已經被光芒籠罩得看不見身影了。

（……嗚……！）

沒有任何能量來源，卻能無限反覆倍增的光芒。不合科學理論的現象此刻又發生在我們眼前。

在光源附近，到最後只能隱約看到路西菲莉亞被黑暗包覆的身影——附近一帶都亮得讓人有種現在是白天的錯覺。

我和亞莉亞周圍的天空也都被宛如盛夏陽光般的光芒照耀得一片明亮，而且光芒還繼續倍增——簡直就像閃光手榴彈在近距離炸開似的，連自己的身體都看不見了……！

「——金次，快把眼睛閉起來！」

「……嗚……！」

人的眼球假如直視像太陽之類的強光，會讓視網膜被燒傷。我雖然想要繼續掌握狀況，但現在的確已經到睜開眼睛會很危險的亮度了。

即使隔著用力緊閉的眼皮，依然能夠知道光芒繼續在倍增。

（……！）

好驚人的光線放射。這道閃光想必在千葉和東京也能觀測到吧。

雖然既不覺得熱也不會難受，但這道光要是繼續倍增——搞不好會籠罩整個地球……！

「嗚呵呵！啊哈哈哈哈！我是路西菲莉亞——乃帶來光明之存在——！」

丁胸口的光不斷增強。

有如在地表上出現了一顆新的太陽。

彷彿要繼續成長為一顆更大的恆星般。

——光，是芸芸眾生為了活下去所必需的東西。就跟水一樣。然而過多的水會造成洪災，過量的光同樣有害。雖然我從來沒有思考過光的危險性，但如今這樣親身體驗，就能明白那毀滅性的恐怖之處。

如果這道光繼續倍增下去，恐怕所有的人類、鳥獸、魚蟲都會喪失視覺。

不僅如此。

過量的光想必也會破壞光合作用的功能，讓植物滅絕吧。

然後天底下芸芸眾生遲早都會在這片耀眼的光芒中死絕。

（世……世界會、毀滅……！）

路西菲莉亞不是會做出這種事的傢伙。然而她現在卻準備要幹出這種事情。這兩者都是事實。換言之，現在眼前這個路西菲莉亞——

一如我剛才所感受到的，既是路西菲莉亞，卻又不是路西菲莉亞。

而且這樣的感覺，我有印象。就跟以前亞莉亞被緋緋神附身取代的時候一模一樣——

（……！）

這下我懂了。

路西菲莉亞現在正被什麼人附身。

而那個『什麼人』就是路西菲莉亞一族的其他個體。若要加上識別名稱，就姑且稱為路西菲莉亞X。雖然是很弱的狀況證據，但她稱呼丁時不是叫『丁』而是叫成『楔拉諾希亞』就是一個徵兆。

金天之前提過的『血之共鳴』——透過共享體驗的能力，丁對路西菲莉亞做的事情被傳達給其他路西菲莉亞知道了。雖然不清楚是否也關係到路西菲莉亞的復活，不過路西菲莉亞X現在附身取代了原本的路西菲莉亞，對丁展開了報復行動，而且是藉由把這個世界都捲入其中的恐怖手法！

爆發模式的腦袋中迸現的這項推理——假如正確，將會連帶證明另一項關於列庫忒亞『**非常嚴重的事實**』。但是這點暫且留待事後再考察。現在我要先以這項推理為基礎，找出一條活路才行。想想辦法啊，金次……！

啪！我將雙腳踩到原本用手抓住的機翼上……

「——路西菲莉亞！」

在什麼也看不見的狀況下，以衝浪似的動作飛在空中。在這一片全白的世界中。靠著剛才記憶中的相對位置，面朝路西菲莉亞的方向。

以前亞莉亞被緋緋色金附身的時候，心靈並沒有完全被取代。

路西菲莉亞也肯定還在她的體內——

（——我要對她的心靈呼喚！）

能夠辦到這點，不，有責任要做到這點的……

「路西菲莉亞！是我啊！」

就是在場唯一的男人──我。

畢竟當女性陷入危機的時候，男人就應該趕到身邊拯救。這是約定俗成的事情！

「是我！金次！認得我嗎！快停下來──不要這樣！」

即使我如此呼喚，也得不到路西菲莉亞回應。

但是我知道。即使看不見也能知道。不，只要是男人，肯定誰都知道。知道自己接下來準備擁抱的女人，究竟會不會乖乖讓自己抱。

爆發模式的聽覺透過我自己聲音的反射聲，精確算出路西菲莉亞的位置……減速下來。然而……咚！

我還是速度過快，和似乎在光芒中轉向我的路西菲莉亞正面相撞了。胸口與胸口，腹部與腹部，臉與臉相貼。額頭與額頭，鼻子與鼻子，嘴巴與嘴巴也一樣。但畢竟是在什麼也看不見的狀況下嘛，這種程度的意外就請妳原諒我吧。

我讓腳下的加布林控制在滯空狀態的同時……

「……路西菲莉亞，妳沒有必要成為什麼女王。因為妳早就是個女王了。」

我將路西菲莉亞溫柔抱入懷中。

在這種狀況下，竟然會有人擁抱企圖毀滅世界的自己──路西菲莉亞大概想也沒想過會有這種事情吧，我能感受到她大為驚訝，困惑得全身都僵住了。然後我知道，正因為看不見所以能感受到。在這個路西菲莉亞X心中，認得我的那個路西菲莉亞——正在哭泣。

「——因為，妳是我的女王啊——」

靠犄角的觸感找到她耳朵的位置後，爆發模式的我在她耳邊如此呢喃。

「妳雖然總是喜歡和我競爭勝負，但其實世界上根本沒有男人可以贏得過女人啊。無論男人再怎麼發揮力氣，依然贏不過女人的眼淚。不管男人再怎麼動腦用計，也贏不過女人的笑臉……所以打從一開始，我就不是妳的什麼家主大人，妳才是我的女王大人啊。妳是我的，只屬於我的，女王大人……」

「……？？嗚、嗚嗚……！」

即使在什麼也看不見的光芒之中，我也能知道現在路西菲莉亞「嘩——！」地變得滿臉通紅。

我可以感受到她的臉、她的胸口正逐漸發燙。

「我的度量可沒大到能夠原諒除了我以外的人——原諒整個世界的人都來伺候應該只屬於我的女王。要是變成那樣，我肯定會想要毀滅這個世界吧。用我這雙手……！」

我說著，手臂用力抱住路西菲莉亞只有一頭捲曲的秀髮覆蓋的背部。

她滾燙且彷彿會讓我的手指吸附在上面的肌膚……就像心臟搏動般顫抖了一下——

接著有如時間靜止般的幾秒鐘過去後……

「……家主大人……」

路西菲莉亞輕輕地反過來抱住我了。

即使在一片閃光之中，也毫不猶豫地找出我的臉，在全世界誰都看不見的狀況之下——

——對我獻上一吻。

然後……

「……這才是我的家主大人呀……即便是生起氣來非常恐怖的始祖大人——也就是我母親的魂魄，都被你嚇得逃走了呢。呵呵呵！」

她這麼表示的同時……啪！

強光就像騙人的一樣消失了。

「……！……」

周圍一瞬間恢復黑暗，讓我以為自己該不會是失明了。不過……

太好了，看來並非那樣。我戰戰兢兢地睜開眼皮一看——雖然視野還有些閃爍，但勉強可以看到眼前中魔王模式的路西菲莉亞臉上綻放著笑容。只要再等幾分鐘，視力應該就會恢復原狀了。另外我也能模模糊糊看到亞莉亞在遠處上空暈頭轉向的模樣。她大概是為了跟光源和海面的反射光拉開距離，才會飛到那麼遠的地方吧。

就在這時，我的肩膀忽然被一根巨大的手指點了兩下——我嚇得把頭轉過去，在暈眩的視野中仔細一看，發現原來是依然握著丁的那隻黑霧之手。看來是根據自己的意識在動的那傢伙，彷彿在詢問『請問這該怎麼辦？』似地把丁遞到路西菲莉亞眼前。

面對意識狀態介於昏厥與朦朧之間的丁……路西菲莉亞「嗯～」地交抱胳膊思考了一下後，把她接到自己手中。

接著讓丁的屁股朝向前方，抱到自己腋下……啪！啪！啪！

……竟然開始打屁屁了。

「呀哇！」

或許因此清醒過來的丁當場發出慘叫，耳邊的翅膀也僵直展開。大概是痛覺共通的緣故，被迫從翅膀恢復原狀的和服同樣被打一下就展開一次。從那模樣也能知道，現在的丁……一如她的外觀長相，已經跟小學女童一樣無力了。

「像這種時候，本來應該要砍頭的。但我就效仿家主大人在納維加托利亞對我做過的事情，饒妳一命吧。呵呵！嘻嘻嘻！」

「呀哇！呀哇！呀哇！」

「呼～嘻嘻！如何呀，嘿呀！」

……以前路西菲莉亞不知道為什麼懇求過我打她屁屁，但原來她不只想要被打，也有打人屁屁的慾望啊。看起來好像很愉快的樣子。

我曾經聽理子轉述過，希爾達說人的被虐嗜好與虐待嗜好在大腦中是由相近的區域在掌管……但那類的知識實在太高階，即便是爆發模式的我也不太能夠理解呢。不過反正姑且不談外觀，丁早就成年了，所以這行為也不算是虐待兒童吧。我就暫時放著她們別管——

「來吧，寶貝。」

「哎呀？哎呦！」

現在先接住ＹＨＳ終於耗盡燃料而掉落下來的亞莉亞吧。用久違的公主抱動作。

雖然因為ＹＨＳ的翼片很硬，所以透過手臂能享受到的亞莉亞觸感也只有一半左右就是了。

「——這下事件總算落幕了，是嗎？」

「你明明很清楚沒那麼簡單的。算了，也罷。我現在想稍微空中散步一下。」

亞莉亞似乎也跟用衝浪動作站在加布林上的我一樣，察覺到『下一樁事件』已經開始了。不過……

「不錯喔，空中散步。畢竟上次和妳一起搭戰斧飛彈飛在鄂霍次克海上的時候，簡直就像慢跑一樣忙碌嘛。」

……視力恢復後，我看到周圍的確是美麗到讓人想要稍微遊覽飛行一趟的景色。

夜空中有繁星閃爍，水平線附近有半月緩緩升起。在海風中飄盪的同時隨著重力飛舞落下的金屬絲不知不覺間已經在我和亞莉亞下方，閃耀得有如一條銀河。

「這裡簡直像在太空中呢。然後飛在這裡的我們，彷彿流星一樣。」

「我說你喔……」

「亞莉亞，今晚也謝謝妳。我很喜歡喔——」

「！」

「——比起那片寒冰凍海，我更喜歡這片夜晚中的海洋。」

我說著拋了個媚眼後，亞莉亞當場錯愕呆住了。這女孩還是老樣子，反應很好懂呢。這下讓我更喜歡她了。今晚就在這片夜空中，稍微再服務她一下吧。直到加布林用盡剩下幾十秒的燃料，然後降落海面為止。

「我本來還以為丁真的會變成路西菲莉亞，捏了一把冷汗。不過還好最後沒有再多一個讓人傷腦筋的神明呢。」

「畢竟我方有位女神跟著嘛。壞孩子的惡作劇當然不會得逞啦。」

「跟著？路西菲莉亞可是被關在球裡，還被抓為人質喔？」

面對頭上冒出問號的亞莉亞，我細語解說：

「我說的女神是個粉紅色雙馬尾，身高一四二公分，有著美麗的紅紫色眼眸，最喜歡吃桃饅的……」

「……笨蛋！」

她雖然表現得生氣，但還是難掩嘴角揚起的模樣。這就是亞莉亞啊。

不過我剛才這段話可不只是單純的甜言蜜語而已。事實上我真的需要亞莉亞。像這次的事件中要是亞莉亞沒來，我也沒加布林可用，就沒能解決問題了。甚至連我的命能不能留到現在也不曉得。啊啊，我對她的感謝還表達得不夠啊。必須發自內心好好謝謝她才行。

我抱著亞莉亞，讓加布林一邊盤旋一邊下降。潛入金屬絲形成的銀河並穿越過去，朝太平洋的海面緩緩降落。

仔細挑選著落水地點的我們，現在朝著東方，月亮升起的方向——

此刻下弦月與映照在海面的水月相結合，成為一個完整的滿月。

我和亞莉亞無聲無息地，朝著那個月亮的方向飛去。

「——月色真美。」

爆發模式的我想說反正亞莉亞肯定也聽不懂，而說出最高等級的感謝話語。結果……

亞莉亞忽然驚訝地看向我的臉，眼眸溼潤起來，還張大嘴巴。

接著一副有點害羞但無比幸福似地把臉埋進我的胸口——

「——我死而無憾。」

唉呀？原來她知道？看來我的女神有好好學過國文呢。

不過夏目漱石把『I love you』翻譯成『今晚月色真美』的軼事，據說其實是後人創作出來的故事。雖然二葉亭四迷把『Yours』翻譯成『我死而無憾』是真的啦。

因此……現在的狀況變成我的求婚明明不正確，亞莉亞卻接受了。等於是求婚詐欺啊。根據尼莫式數學理論來講，應該算不成立吧？至於能不能和據說我以前幹過的單向求婚合算在一起，必須稍微再研究一下才行。數學真難呢。

正當我想著這些事情的時候，大概是不想繼續奉陪我們這段教人臉紅的互動——

加布林終於耗盡燃料，變得只能緩緩朝海面滑翔了。

「加布林具備著水功能，這趟散步就到此為止吧。」

「ＯＫ，金次。」

通常狀況下，加布林會伸出輪胎降落在飛行跑道上，不過當遇到降落於沙地、冰雪原或水面的時候，則會改用橇板模式。ＡＩ似乎偵測到海面接近，於是讓機翼下側的一部分突出來……把原本當成輪胎擋泥板的部分轉朝下方，成為滑橇的形狀。

海面無浪。加布林靠著橇板如滑行似地著水——移動到干擾雲底下的路西菲莉亞也把哭哭啼啼的丁抱在一旁降落下來了。中魔王路西菲莉亞似乎主要是靠魔力飛行，而那對像蝙蝠的翅膀只是在空力學上制御姿勢用的器官而已。

由於剛才全身赤裸的路西菲莉亞靠近而來，害我瞬間還焦急了一下，不過那些黑霧般的靈氣依然存在。而且那些霧還在全身的重要部位開始出現如絹布或皮革的平滑感，以及如金屬或寶石的閃耀感。以前路西菲莉亞說過『這身裝扮是路西菲莉亞的一部分』之類的話，因此那套像比基尼泳裝的衣服與像刀刃般的高跟鞋大概正逐漸自動生成吧。

「家主大人～！」

中魔王路西菲莉亞把丁往旁邊一扔，飛過來抱住我的身體。亞莉亞則是趕緊接住丁，露出不太爽的表情。在這樣的情境中……

「真高興還能活著見到妳啊，路西菲莉亞。我還以為妳死了。」

「不，我確實死囉？」

「咦！可是……妳現在，還活著吧……？」

「家主大人忘了？我之前不是說過『妻子即便投胎七次都是丈夫的妻子』嗎？我可是擁有七次大約三十年左右的壽命，因此可以死到七次。順道一提，當死掉時剩餘的年數可以累計到下一次的壽命喔。」

——有、有七次壽命。未免太誇張了吧？

雖然我也死而復生過兩到三次，所以沒啥資格講別人就是了。

「這能力本來是為了將老化的肉體破壞，重新再生為年輕的肉體。不過將這個重生能力轉用為『死而復生獲得勝利』就是路西菲莉亞的一招密技。因為復活地點在某種程度上可以自由選擇，所以無論遇上什麼樣的困境都有辦法撐過去。如今我只能再死六次而已了，今後要活得稍微再小心一點才行呢。」

路西菲莉亞得意地挺起胸膛，把胸部壓到我身上——而丁似乎也不曉得路西菲莉亞的壽命上居然有這種驚人的機制，把原本就很大的眼睛瞪得更大了。

（怪不得她之前在納維加托利亞上也表現得一點都不畏懼死亡啊……）

透過真的被殺害撐過七折凶星的困局，靠下一條命回到戰場。

那有點類似射擊遊戲或動作遊戲中利用無敵時間的手法。也就是當玩家角色死掉一次的時候會暫時有一段無敵時間，所以反過來利用那段時間闖過難關的玩法。

「只不過本來如果路西菲莉亞是因為自身犯錯而死……為了避免連死，按照慣例會被身為始祖的母親附身取代幾生。以交通規則來講，就類似吊扣駕照處分。所以我本來也做好將肉體交給母親的覺悟，但是──呵呵！讓母親主觀感受家主大人好像對她來說刺激太強烈了。因此她似乎決定透過共鳴偷偷觀察的樣子。」

「等等……妳用的路西菲莉亞用語太多了，我越來越聽不懂啦……」

「簡單來說就是家主大人被我母親甩掉，讓她逃走了。於是現在這個身體又可以讓我使用啦。可喜可賀，可喜可賀。」

這如果同樣用電玩遊戲來比喻，就是本來講好死一次要換人玩的──可是路西菲莉亞X，也就是路西菲莉亞母親由於接手玩了一下發現自己不喜歡這個遊戲，所以馬上又把遊戲手把交還給路西菲莉亞了？

雖然就我能夠觀察到的現象來講，路西菲莉亞因此恢復成原本的路西菲莉亞，算好事一件啦……但原來實際上是爆發模式的我被認定為一款糞遊戲，結果被甩了嗎！

明明這邊的我唯獨對於女性抱有絕對自信的說。即便是對媽媽世代也保持常勝的說。太受傷了。我太受傷了。我內心無比受傷啊。

「──金次，你不要一副錯愕得好像要跪到海裡去的樣子，快點來決定該怎麼處置丁啦。」

挑起一邊眉毛如此表示的亞莉亞，對於扛在肩上的丁連個手銬都沒有銬上。

不過那也是當然的。畢竟……現在丁其實沒什麼嚴重的罪狀。就算在路西菲莉亞的事情上要向她追究殺人罪，被殺害的對象也已經復活。所以別說是起訴了，連函送偵辦都做不到。再怎麼嚴重頂多也只到殺人未遂的程度，而且丁在戶籍上是個未成年人，所以能靠少年法保護罩立刻獲得釋放。至於違反爆炸物取締法、毀棄損壞罪或傷害罪等等罪名，對於武偵學校的學生來說實質上也根本不適用。

因此……

「丁，雖然我不是檢察官所以沒辦法做正式的裁定——不過我希望跟妳進行一項非官方的司法交易。這是只有妳才能辦到的重要交易。」

對於我這樣不徒勞逮捕的方針，亞莉亞似乎也不反對的樣子。

「……交易……？」

被我、亞莉亞與路西菲莉亞圍繞的丁，把淚汪汪的大眼睛看向我。

「像路西菲莉亞剛開始的時候也是一樣，妳們這些純種列庫忒亞人似乎非常討厭這邊世界的人類——尤其是男人，而這邊的人類想必也對列庫忒亞人——特別是妳們的魔力與真正的姿態抱有恐懼。要讓兩者跨越那樣的相異之處，肯定是很困難的事情。畢竟光是在這邊的世界，不同的人與人、民族與民族、國家與國家之間就反覆爆發著多到數不清的衝突。」

「……」

就在丁聽著我這段話的同時，亞莉亞將她輕輕放下到加布林上。

「不過，彼此相異的存在互相克服衝突，或者靠智慧迴避衝突——融合為更加強大、更加出色群體的案例同樣多到數不清。像我跟路西菲莉亞或亞莉亞剛認識的時候也是互相對立，但如今卻成為了重要的夥伴。民族與民族、國家與國家相互融合的往例也是不勝枚舉。因此世界與世界——列庫忒亞與這邊的世界肯定也能辦到這點。」

我對丁如此發表主張的同時，也對著路西菲莉亞與亞莉亞——

「所以讓我們相互理解……這種話，在聽聞過列庫忒亞人在這邊世界的立場以及一路來遭受歧視的歷史之後，我沒辦法講得那麼輕鬆。因此我跟妳們做個約定——我絕對會站在妳們這邊。無論第三次接軌有沒有發生都一樣。」

——更重要的是對我自己，宣告這份想法。

同時也對著另一位肯定在聽著這段對話的關鍵人物。

「這邊世界的人類現在分成了『門派』與『砦派』——也就是試圖與列庫忒亞人融合的派系與試圖排斥列庫忒亞人的派系。而我會站到其中的『門派』，守護妳們。身為這邊世界的一名人類，今後也會努力理解妳們列庫忒亞人。」

聽到我這段話，丁表現得非常驚訝，路西菲莉亞變得很開心，而亞莉亞則是——

「給我冷靜一點，金次。雖然我知道你本來就是個老好人，但這決定也太過度了。要是你真的那麼做，將會與非常多人為敵。美國是『砦派』的強硬派，而日本目前也打算要跟隨美國。現在這兩國政府都為了第三次接軌的問題變得很敏感，原本就被指定為危險人物的你假如在這時候公開主張站到『門派』，搞不好會被抹消掉喔。這種程度的理論，現在的你應該很清楚吧？」

我就知道她會這麼說。的確，那才是冷靜的判斷。

如果站到弱勢少數的一方，攻擊的矛頭也會指向自己。因此應該裝作什麼都沒看到，附和多數派的主張。雖然殘酷，但這想必就是社會上正確的理論，所謂衡量得失的想法吧。

然而——

「——這不是理論。不管什麼理論，我就是必須保護她們才行。**因為列庫忒亞人是女性啊**。既然妳知道現在的我是這邊的我，應該也知道我接下來要講什麼吧？我不惜拚上自己的性命也會守護女性，世界上全部的女性。另一個世界的女性也一樣，沒有分別。這就是現在的我……不，就算是平常的我，就算不是我，這都是男人應盡的責任。」

「金次……受不了，你這個男人真的是……」

「男人守護女性是沒有什麼理由的，也沒有什麼得失衡量。什麼都沒有。硬要說的話，唯一有的就是——愛。只要有這點就足夠了。」

我說著，對亞莉亞與路西菲莉亞拋了個媚眼後……溫柔轉向丁。

「武偵高中附屬小學五年級，南丁同學。在交通安全教室中，我應該扮演蜥蜴男教過妳了：『輕率的爭鬥不會帶來任何好處，不管是誰都應該友好相處。』對吧？因此我希望妳在保護列庫忒亞公會成員們的同時，引導共和聯盟摸索出一條新的路——一條讓列庫忒亞人與這邊世界的人類之間不會發生衝突、能夠互相融合的路。雖然我想一邊傾聽不滿分子的苦惱又要一邊引導她們肯定非常困難，但這是只有身為中心人物的妳才辦得到的事情。」

對於我這項司法交易，也就是和談的要求……

不知不覺間泛紅臉頰抬頭望著我的丁接著……

「……敝人此次的弒神之罪，雖然我不認為這樣就能贖償……但我明白了。敝人謹以這對翅膀發誓，今後將服從遠山大人。至死不渝……」

啪噠……她在加布林的機翼上對我下跪磕頭了。

而在她背後，距離約八百公尺處的海域——有艘拖網漁船不斷朝我們的方向發送著無法解讀的發光信號。是列庫忒亞公會．千葉縣連的船隻吧。

「那麼我就按照約定，首先嘗試理解列庫忒亞人吧。來，丁也要工作囉。」

我跪下一隻腳，牽起丁的小手，拉她站起來……

「——妳沒意見吧？」

雖然我其實想稍微再對丁說教（細語說愛）一下，但畢竟似乎沒什麼時間了……

於是向路西菲莉亞如此確認後……

「若敵人願意歸順旗下，就饒她一命並善加利用，這也是路西菲莉亞之道，更何況我無論什麼時候都會遵從家主大人的決定。家主大人說要放她一馬我就放過她，若說要把她宰成烤雞串，我也會幫忙準備竹串的。嘻嘻嘻！」

聽到路西菲莉亞這麼說，丁當場嚇得全身發抖，趕緊讓和服變成翅膀模式。

接著轉身背對我們——

「……列庫忒亞人很討厭男性……雖然你剛才這麼說，不過就在今晚，我感覺稍微不再那麼想了。遠山大人不但強大，又聰明且溫柔……值得推……如果所有男人都像遠山大人這樣就好了。」

——留下這句話後……啪唰！

她用木屐在加布林上一蹬，飛了起來。

拍打著白色翅膀，飛向同伴們的船隻。

目送著她離去的同時，亞莉亞深深嘆氣說了一句「要是那樣，這世界就完蛋啦。」

之後……

「然後呢？金次，既然你清楚表明要站到『門派』，意思就是要走上跟N同樣的路是吧？你要成為莫里亞蒂教授的夥伴嗎？」

她把雙手交抱在平坦的胸前，輕輕對我一瞪。

然而知道她雙槍都已經沒子彈的我，則是從容不迫地露出酷酷的笑臉。

「有點不一樣。或者應該說，我這項決定在概略上應該符合當初保護了路西菲莉亞的時候妳講過的話喔。」

我們從鄂霍次克海回來的路上，當我問到該怎麼處置路西菲莉亞時——亞莉亞擬定出『利用路西菲莉亞的影響力，使列庫忒亞人們背離莫里亞蒂教授』，然後『藉此迫使N分裂、解散』的兩階段作戰計畫。

直覺敏銳的亞莉亞剛才應該是明知故問，不過我的作戰計畫其實就跟她幾乎一樣。只不過我利用的不只是列庫忒亞的人氣王・路西菲莉亞而已，還有對於列庫忒亞人——也就是對於女性擁有天下無雙能力的我自己本身。

另外關於N的分裂、解散方面……雖然不到解散的程度，但現在已經有成功達到分裂程度的感覺了。這點相信很快就能親眼確認吧。

「——感覺妳好像把『門派』全部歸為一類的樣子，但其實現在『門派』已經不是單一派系了。若說莫里亞蒂是『門派』的激進派，那我就是穩健派。雖然這派系是我剛剛才成立，但願意理解我這個想法的贊同者們肯定會從N分裂出來與我們會合。如此一來，妳計畫中的愉快內部鬥爭就會開幕啦。」

至於穩健派的方針，就等以後在派系內部慢慢磨合磋商吧。

「你說的分裂就是那個？」

我望向亞莉亞伸手所指的東方海面。

也就是我、亞莉亞和路西菲莉亞，都早已注意到某個巨大存在的氣息潛伏其中的海域。

——在半月照耀下，可以看到有個**潛望鏡**從那裡伸出海面。

那就是剛才利用海麻雀飛彈把干擾箔灑到空中的存在。

在什麼都沒有的海面上忽然射出艦載飛彈這種事，我早在以前被理子劫機的AN A600號班機上經驗過了。當時發射飛彈的是伊・U——核子潛艇。而這次同樣是潛艇，只不過是不同艦。

「沒錯，這下一如諺語所說，上了船難靠岸啦（註2）。我就去『N』一趟吧。」

我對亞莉亞點點頭後，轉身朝向彷彿把映照在海面的半月舀起般浮現出來的黑色突起部（指揮室圍殼）與甲板。距離約兩百五十公尺。

……嘩沙沙沙沙沙沙……海水有如退潮般從艦體左右兩側退開——全長約兩百公尺，指揮室圍殼高度超過十公尺，水中排水量超過四萬噸的巨艦浮現到海面上，有如一座人工浮島。在黑夜中——指揮室圍殼與左右突出的圍殼舵上可以看到黑色的十字架。

那就是原本為了路西菲莉亞的問題讓尼莫登陸日本之後，推測一直潛伏於這塊九十九里海域的……核子潛艇諾契勒斯。N的三艘艦之一。

——妳會理解我的想法吧，尼莫。

註2「乗りかかった船」係日本諺語，意似騎虎難下。

4彈 MOBILIS IN MOBILI

諾契勒斯——原本為隸屬德國海軍的核子潛艇・摩訶婆羅多號。取名自描述兩個民族之間鬥爭的長篇史詩・摩訶婆羅多，是一艘威風凜凜的戰略飛彈搭載型核子潛艇。

將甲板上側部分些微浮出海面的諾契勒斯，現在無聲無息地靜止在原地。

像一座塔般突出於艦體上部的結構物——指揮室圍殼上，可以看見換上一套舊式法國海軍服的尼莫。看來她用卡車把我們送到戰場後，自己靠視野外瞬間移動轉移到諾契勒斯上了。

頭上戴著大概是備用軍帽的尼莫手握廣播麥克風，似乎正在對艦內下達各種細節指示。在旁邊還有另一名和尼莫同樣穿著軍服的女性。塊頭雖然比尼莫大但依然算嬌小，是肌膚呈現褐色，有著一頭縱捲銀髮的少女。她正用帶著驚訝……以及不少警戒心的眼神看著我們。

尼莫將一塊折疊起來的巨大黑布交給那位銀髮少女。對方敬禮收下後，把那塊布繫到指揮室圍殼上較低的桅杆。那是……一面旗。

「諾契勒斯……居然能夠如此光明正大地潛航於日本領海中，真是驚人。」

亞莉亞說著，從左右雙馬尾的結髮處各拿出一發——哇！她竟然在那裡藏了備份——的隱藏子彈，直接從拋彈殼孔裝入Government，於是我趕緊用手對她比了個『別衝動』的動作。

「那部分或許也有什麼政治上的理由吧。哦哦，亞莉亞，妳可別忽然發動強襲喔。只靠手槍跟日本刀就單槍匹馬攻堅軍艦這種亂來的戲碼，別再幹了吧。」

「只靠手槍跟短刀就攻擊過伊・U跟哈巴谷號的你沒資格講那種話吧？而且你上次連護衛艦都襲擊過對不對？我聽武藤講的。」

「不管核子潛艇還是空母，我都是兩人攻堅的。護衛艦那次更是三個人。」

「但戰艦（納維加托利亞）那次就是一個人單獨強襲不是嗎？」

「那次是誰害的啦……」

我如此嘀咕埋怨的同時……讓亞莉亞把槍口放下，並與浮在半空中的路西菲莉亞牽起手。

路西菲莉亞看到我用腳勾住加布林的握把，於是緩緩把我的手拉向諾契勒斯的方向……連同宛如變成一艘小船的加布林以及站在上面的亞莉亞一起，引導向潛艇的指揮室圍殼下方。

「尼莫，謝謝妳剛才的干擾箔。多虧如此讓我們獲勝了。」

「——金次，你們講的話我都聽見了。」

尼莫摸著似乎與諾契勒斯的天線互相連接的對講耳機，用軍帽帽舌下的眼睛俯瞰我們。

接著，她把手伸向背後抓住銀髮少女剛才繫到桅杆上的旗子，「啪！」一聲讓它隨風展開。

彷彿是對我剛才的『門派』宣言做出回應。

「……尼、尼莫大倫，這旗子是什麼滴呢……？」

用有點咬字不清，而且口音相當重的英語如此詢問的銀髮少女——看著自己掛起的旗子明顯感到困惑。

——在諾契勒斯的指揮室圍殼上飄盪的那面旗子刺繡有一個巨大的N字，但不是以前看過那面三把鑰匙組成的N字旗。這個N字以十字符號為背景，周圍被一圈拉丁文『MOBILIS IN MOBILI（動中之動）』圍繞。是一面古色古香的古老旗子，不過或許因為細心保管的緣故，狀態保存得很好。

「這是初代諾契勒斯號的艦旗，也就是我的曾祖父，海洋中的革命家——初代尼莫的旗幟。雖然字母一樣，但這個N是諾契勒斯的N，同時也是尼莫的N。如今我揚起這面旗，代表諾契勒斯已經是尼莫的船艦。換言之，這是對教授舉旗造反的意思。埃莉薩，我們要脫離N了。」

聽到尼莫如此宣告，被稱作埃莉薩的銀髮少女頓時用畫有幾何學圖案紅妝的雙手摀住嘴巴。接著全身搖晃，差點順勢暈倒……不過大概是比起對莫里亞蒂更對尼莫懷抱忠誠心的緣故，她又立刻挺直背脊向尼莫敬禮。

一如我的預測，而且就結果來說也一如亞莉亞的計畫，尼莫對N發動巨大的內部分裂後——

「來吧，『Kinji the Enable（哿的金次）』、『Aria the Scarlet Ammo（緋彈的亞莉亞）』。另外或許有立場上的問題，不過路西菲莉亞如果也願意登艦，諾契勒斯同樣歡迎妳。」

她背對著尼莫旗對我們如此表示。

「——就是這樣，我會登艦。為了完全解決N的問題。而且事情發展成這樣，莫里亞蒂搞不好會來殺掉尼莫。我也有話要跟那個莫里亞蒂談談啊。」

我對亞莉亞這麼說後，從斜上方傳來路西菲莉亞的聲音：

「既然家主大人要去，我也會跟去。雖然跟來自列庫忒亞的各位見面很丟臉，但反正我已經一死洗禮過了。更何況如果家主大人要跟那位人物談話，想必也需要我居中搭橋吧。」

她說著，降落到諾契勒斯的露天甲板上。

至於依然握著槍、雙手交抱的亞莉亞則是——

「路西菲莉亞目前是由我負責監護……而且如果金次要跟尼莫她們在一起，在各種意義上假如不好好監視就會很危險。所以我也跟你去。」

她這麼說著，轉轉手槍收進大腿槍套中。

加布林靠電池把機翼下的滑橇切換為輪胎……開上有如黑色海岸的諾契勒斯露天

甲板。我和亞莉亞接著便踏到諾契勒斯上。

尼莫與銀髮少女縮回那座像是黑塔的指揮室圍殼裡之後，從圍殼後方的甲板——喀鏘！嘰嘰嘰嘰——地傳來聲響。是甲板上的出入口艙門從內側透過手動與油壓解鎖打開的聲音。

我望向聲音傳來的地方，便看到從打開的艙門中……有一名圍著讓人聯想到鬃毛的圍巾、身穿黑領巾水手服的船員。她完全不把像獅子的獸耳隱藏起來，眼眸也在月光照耀下淡淡發光，是列庫忒亞人。手中雖然像擰毛巾一樣抱著一把裝有刺刀（M6）的春田M14步槍，但絕沒有把槍口舉向我們。那是儀隊兵行軍禮的時候使用的握槍方式。

在艙門旁「喀！」一聲併攏腳跟，側面朝著我們的獅子娘接著——

「——請入內。諾契勒斯對各位來賓、大大歡迎、登艦！」

將似乎對登艦的我們保持戒備的眼神看向斜上方，用同樣口音非常重的英語如此說道。那明顯不是她的母語，而是經過學習……不，應該說正在學習中的英文。

以核能為動力的核子潛艇最初是在第二次世界大戰時德國開始構想。到了戰後，美國海軍迷上其革新性而接棒進行開發。就這樣建造出來的全世界第一艘核子潛艇名字跟這艘艦一樣叫諾契勒斯（Nautilus，鸚鵡螺號），於一九五四年下水。換言之，核子動力潛艇其實並不是什麼最新兵器，而是已經存在了五十年以上，技術上早已老舊的兵器。

在這艘核子潛艇——對我來說是上次搭伊・U以來了——的艦內，我、亞莉亞與路西菲莉亞從艙門沿著梯子往下爬。最後是那位獅子娘，用手關起那扇沉重艙門的門鎖。從這個部分必須透過手動也能知道，這是一艘比伊・U還要古老的船艦。

「剛才我偷偷數了一下甲板上的發射口，諾契勒斯最多能夠同時搭載十六枚潛艇用彈道飛彈。」

沿梯子往下爬的同時，我用日文小聲對在我上方的亞莉亞如此確認。畢竟假設諾契勒斯搭載有十六枚法國海軍從前用過的M20彈道飛彈……如果是熱核彈頭，其威力將會是第一、第二次世界大戰使用過的所有炸彈總和的八倍啊。

「核子潛艇能搭載的不只是彈道飛彈而已。艦對空飛彈、魚雷，什麼都能裝。既然難得受邀進到內部，我們等一下就好好調查吧。」

「德國海軍也真讓人傷腦筋呢，竟然讓這種玩意被流放出來。」

「管理很麻煩的核子潛艇，老實講現在已經是燙手山芋啦。畢竟冷戰都結束了，全面核武戰爭也變得一點都沒有現實性。更何況這艘艦看就知道是舊型，艦體大小也不上不下……我看德國應該是著眼於第三次接軌可能發生後的狀況，把這艘棘手的潛艇利用在對N的投資上了吧。」

正如亞莉亞所說，諾契勒斯跟前蘇聯製的超阿庫拉級潛艇（伊・U）相比起來整小了兩圈。或許也因為這樣，我們下了梯子來到的大廳也頂多只有小公司的進門大廳左右的大小。這種面積根本無法奢望像伊・U那樣宛如博物館的展示廳，約五坪大的空間中只有地面上鋪了一塊鸚鵡螺標誌的腳踏墊而已。鋼鐵牆壁上都是管線到處延伸，氣氛感覺就像什麼工廠或發電廠。地板也好，牆壁也好，都給人一種用到很舊的感覺。比起夏洛克大規模重新裝潢過的伊・U，諾契勒斯還比較接近我們從古老戰爭電影中得到對於潛水艇的印象。

艦內溼度約百分之四十左右，二氧化碳濃度跟室外一樣在四〇〇ppm上下。兩者都給人一種為了讓船員們生活舒適而經過管理的感覺。艦內溫度大約體感十七度，稍冷。但畢竟是搭載各種精密儀器的核子潛艇，為了保護那些儀器也不能停止空調冷卻吧。

「雖然以前在納維加托利亞上很涼，不過諾契勒斯也是一樣呢。」

或許為了適應艦內狹小的空間，路西菲莉亞不知不覺間已經從第二形態恢復成原本的模樣。犄角縮到原本的大小，翅膀也大概是縮回身體裡看不見了。雖然那套像泳裝一樣的華美裝扮光看都讓人覺得冷，不過關於這點，她可能以前在那艘海底戰艦中已經習慣了吧。

對我來說，這些狹小、老舊、寒冷的感覺其實都不怎麼值得在意。但——

（氣……氣味啊……！）

通常潛水艇的艦內空間是以充滿機油與柴油燃料等臭味而出名，不過那僅限於一般動力潛艇的狀況，核子潛艇則沒有這種問題。像以前在伊・U上就沒那些味道。結果我因此鬆懈大意，毫不警戒地把空氣吸進鼻內了——這股濃密而香到不能再香的氣味。

——在諾契勒斯中，充滿各種像是洗髮精又像是香水，類似水果、鮮花、糖果、巧克力等等，又香又甜的混合女生氣味。而且這氣味還被密封在潛水艇這樣一個巨大密閉空間中，簡直教人受不了啊。

（這個……如果不趁我還在爆發模式的時候趕快習慣，等一下可是會很辛苦的。）

為了不要一回到普通狀態又立刻爆發，我偷偷反覆深呼吸讓自己的鼻子習慣氣味。

相對地，那些如夢境般芳香的源頭們……則是帶著畏怯又好奇的眼神，陸陸續續聚集到從大廳通往艦艏與艦尾兩方向的狹窄走道。

她們全都穿著海軍服——也就是跟日本女高中生們一樣的水手服，而領巾的顏色似乎代表階級的樣子。從各種顏色的穿著人數來看，階級從低而高應該是藍色、深藍色、黑色吧。大家左手中指都配戴有同種N的指環，是最低階的鐵指環。形狀各式各樣的獸耳、犄角或尾巴都沒有特別隱藏起來，外觀樣貌上看起來各個都很年輕。但實際年齡如何就不得而知。

或許由於尼莫不太嚴苛的緣故，艦內紀律似乎管得很鬆。有人嘴上還咬著甜甜圈現身，是個頭上有老鼠耳朵的女生。另一個伸出長舌頭把那甜甜圈搶走的女生，肌膚有一部分被像蛇一樣的鱗片覆蓋。教人驚訝的是，甚至還有跟玉藻、九九藻、伏見很像的狐狸女。牙齒尖銳、肌肉發達，感覺像是老虎的女生。長有鹿角的女生。跟佩特拉長得有點像的妹妹頭女生則是有一對豺狼耳朵。

陸陸續續現身在走道上、看著我們的這些船員們——

「全員大集合呢。」

「一次看到這麼多人，讓人一點都不驚訝啦。」

讓亞莉亞不禁交抱胳膊，我則忍不住苦笑的是……她們全都是列庫忒亞人。而且不是像公會看到那些後代子孫，明顯全都是第一世代。例外大概只有尼莫，以及剛才見到那位埃莉薩而已——雖然埃莉薩也有一對感覺像退化的獸耳，所以應該是第二代或第三代啦。

這些列庫忒亞人之中……許多人見到列庫忒亞的大偶像路西菲莉亞，就當場開心起來。

相對地，大家對我則是表現得不太敢靠近的樣子。畢竟我是現在這艘艦上唯一的男性嘛。

但有個人比我更受到大家害怕，那就是亞莉亞。有些人甚至一見到亞莉亞就趕緊躲到其他同伴背後。不過這也是當然的，因為亞莉亞上次在鄂霍次克海戰時可是單槍匹馬闖進這艘諾契勒斯，追著尼莫大鬧了一場啊。

就在這時——從大廳正面的螺旋階梯上……

「路西菲莉亞大人，登艦——！乘客三名，登艦——！」

褐色肌膚、銀色縱捲髮的埃莉薩一邊如此高喊，一邊走下來。

「恭迎尼莫艦長！全體——立正！」

在站到大廳的埃莉薩這號令聲中，尼莫也從螺旋階梯走下來了。把莫辛·納干背在肩上的麗莎也跟在後面。看來她跟著尼莫的瞬間移動一起過來啦。

「主人，亞莉亞大人，路西菲莉亞大人……很高興各位都平安無事……！」

雖然麗莎見到我們表現得很開心，但既然她跟到這裡來——就代表今後必須繼續陪我們戰鬥了。身為她的主人，我要負起責任保護她才行呢。

尼莫一現身後……原本在走道上表情不安地看著我和亞莉亞的船員們都明顯恢復冷靜。可見大家對尼莫的信賴有多深。

就這樣，所有人立正站好後——一組大概是軍樂隊的三胞胎列庫忒亞女生從走道深處跑到大廳來，開始吹奏起軍隊喇叭（軍號）。TO、TO、TA、TE、TI——雖然我沒聽過這旋律，但應該是在表示歡迎之意。主要歡迎路西菲莉亞。

船員們接著挺起胸膛，「唰！」地整齊敬禮。是將併攏指頭的右手掌朝向前方的法國海軍式敬禮動作。在走道與大廳牆邊，排列著各式各樣擺出那個動作的船員們。

再度仔細觀察她們可以看到——

有的尖有的圓、長在頭頂上的各種獸耳，有的直有的彎、有長有短的犄角，有的粗有的細、有些毛茸茸也有些毛不多的尾巴。

膚色同樣從白色、黃色、褐色到黑色各自不同，眼睛更有如寶石圖鑑般呈現五顏六色。或許因為尼莫沒有硬性規定的緣故，大家髮型也都不一樣。有長直髮、短髮、馬尾、雙馬尾、辮子……髮色更別說是沒有任何一人重複，甚至還有呈現雙色的人。頭髮上的裝飾品也從鍛帶、髮箍、花飾到羽毛都有，多彩繽紛。雖然有規定制服，但腳部似乎可以自由穿搭的樣子——鞋子和襪子也都形形色色，有帆布鞋、皮鞋、靴子、高跟鞋，更讓人驚訝的還有穿直排輪鞋或光腳丫的。

另外……幾乎所有人身上都帶著槍械或刀劍。不過那與其說是武裝，比較像『武器是服裝的一部分』的感覺。既然如此，我們也保持武裝應該沒關係吧。

「即日起，路西菲莉亞將成為諾契勒斯的船員，遠山金次、神崎・福爾摩斯・亞莉亞、麗莎・艾薇・杜・安克為乘客。Moult voit qui vit（只要活著總會遇到很多事情）——忘掉在鄂霍次克海的爭執，各位要禮貌招待我在東京講和的這幾位貴賓。」

尼莫如此命令後，船員們齊聲回應「Entendu!（遵命！）」……但也很難講。這一聲命令下雖然大家似乎有緩和對亞莉亞的敵愾心，然而對於『男人』這樣的異質存在或許還沒辦法馬上適應吧。我有這樣的感覺。

「——解散！全體自由活動，但不可以製造混亂滴喔！」

埃莉薩讓縱捲的銀髮彈跳一下，用口音很重的英文如此號令——接著船員們等待她走上螺旋階梯之後……

「路西菲莉亞大人！」「歡迎來到諾契勒斯！」「真高興您還活著！」

大家紛紛圍到路西菲莉亞身邊了。興奮開心的模樣完全就像一群年輕女生。有的人講英文，有的講日文，也有人講著大概是列庫忒亞的語言。

從那樣子看起來，一般的列庫忒亞人該說是天真無邪嗎……總給人一種精神上遠比外觀還年幼的印象。即便是路西菲莉亞那樣的人格，跟在場其他人比起來都顯得像個大姊姊。或許一方面也由於這個精神年齡上的差異，讓路西菲莉亞一族與生俱來就是『大家的姊姊』，天生站在比大家高的地位，被認定為王族血統的吧。

路西菲莉亞一下摸摸頭一下抱抱船員們的同時……

「呃～站在那裡的家主大人——遠山金次如今是我的**配偶**，大家可別對他失禮喔。」

她如此對諾契勒斯的船員們隱約暗示以前那套『配偶就是自己本身，所以在納維加托利亞那一戰只是我自己輸給自己而已，不算什麼恥辱』的理論。雖然大家因為都處於興奮狀態，好像沒怎麼聽進耳朵的樣子……不過還是有幾個人聽到那句話，對我投以嫉妒的視線。好恐怖啊。

由於只要女生們聚集到路西菲莉亞身邊，我周圍的女生密度也會隨之升高，於是我稍微遠離現場……為了告知關於丁的事情已經告一段落而走向麗莎。

結果我看到在那裡依然露出狼耳朵的麗莎——把狼尾巴翹高到紅色水手服的裙子都被掀起來的程度，表現得非常驚訝。

究竟發生什麼事？感到奇怪的我沿著她的視線看過去……嗚喔！

「哎呦……」

「哇……」

那裡竟然有另一個麗莎。正確來講，應該是與麗莎非常酷似的野狼類列庫忒亞人。

這兩人無論膚色、髮色甚至臉蛋長相都有如同一個模子印出來的。另一名麗莎在身上的藍色水手服外面還增設一條圍裙，就連這部分都跟麗莎很像。雖然髮型是馬尾……不過跟這邊的麗莎同樣豎起狼耳朵與狼尾巴，有如鏡像似地眨著眼睛。

「嗚嚕嚕？」

「……！嗚嚕嚕嚕！」

「嗚嚕嚕……！」

麗莎和只有水手服顏色不同的麗莎，用某種只靠舌頭震盪發音的語言交談起來。嗚嚕嚕、嗚嚕嚕、嚕嚕……真虧她們光靠這樣就能溝通啊。

「麗莎，這女孩……是妳的親戚嗎？」

亞莉亞也交互看著一模一樣的兩個人，露出呆住的表情。

「嚕、嚕嚕。是、是的。她聽得懂以前母親大人教我的古代禿狼語言。米莎小姐似乎是我的遠親。沒想到除了荷蘭的艾薇・杜・安克家與捷克的馮・德・亞格家以外，還有其他禿狼存在，真是不敢相信呢……」

麗莎，米莎——連名字都很像。

換言之，熱沃當的禿狼看來也是源自於列庫忒亞的血統。畢竟像是以月光為契機變身，或是侍奉強者藉此獲得遺傳基因的習性等等，都確實很有列庫忒亞的感覺嘛。

米莎似乎也會講法文的樣子，於是和麗莎跟亞莉亞開始寒暄起來，但聽在我耳中就跟禿狼語同樣意義不明。頂多從講話方式可以知道，她應該是個比較男孩子氣的類型。

麗莎和米莎兩人都開心得一直擺動尾巴，讓她們的裙底風光若隱若現得很危險……而且像是『男孩子氣的麗莎』的米莎，也讓人莫名感受到某種爆發性的魅力，於是我決定跟路西菲莉亞、麗莎與米莎都保持距離了。

就在這時，我的袖子忽然被尼莫拉了兩下。

「……金次，剛開始為了保險起見，你別離我太遠。亞莉亞也是一樣。你們跟我一起到艦橋來。」

她為了不讓周圍人察覺而小聲如此表示後，把路西菲莉亞與麗莎留在大廳，將我和亞莉亞誘導向螺旋階梯。

「……諾契勒斯上有很多船員甚至完全沒出去過外面的世界。所以你們最好明白，列庫忒亞人的常識在這裡可以說有一半是通用的。尤其金次是異質的『男性』，難以保證誰會對你抱有什麼想法。雖然我會叫副艦長埃莉薩嚴加管控，但你自己還是要多注意。」

帶我們走上螺旋階梯的尼莫，看起來似乎在警戒自己艦上的船員們。

……在外面世界屬於異質存在的列庫忒亞人們，在這艘艦上反而是多數派。

在艦外與艦內時立場顛倒，也就是說既非女性又非超能力者的我在這裡是少數派的意思。

話雖如此，但我也不希望從一開始就用懷疑的眼光看待周圍的多數派。畢竟要是那麼做，對方會反過來懷疑我，最後搞不好會從偶發性的衝突演變成戰事。因此我首先要表現出信任大家的態度，期望大家也會以信任回報。這應該才是正確的選擇才對。

我如此思考著，並跟隨尼莫與亞莉亞來到螺旋階梯上方——進入潛水艇的甲板上結構物（圍殼）內部的艦橋，也就是諾契勒斯的指揮室。

所謂指揮室，就是戰艦的中樞，也就是身為艦長的尼莫工作的地點。到這種地方打擾，莫名有種像是到認識的女生打工地點露臉似的害臊感呢。雖然說這個工作場所不是什麼速食店或便利商店，而是戰力足以在一夜間毀滅一國的核子潛艇內的司令室就是了。

諾契勒斯原本是一艘舊式的核子潛艇，因此這間指揮室也大致上跟電影或網路動畫中看過的印象一樣。光學潛望鏡、聲納與火器管制用的螢幕、導航用的電腦等等儀器，全部都在這個空間中。每臺儀器各自都配置有身穿黑色水手服的上級士兵——階級上來講應該是尉官吧。

黑水手服的士兵們看到我和亞莉亞進到這裡都多多少少露出驚訝的眼神，但我們這很明顯是獲得尼莫許可的行為，因此並沒有引起騷動。

（尼莫剛才對麗莎似乎也是一樣……她這是想藉由首先把我和亞莉亞招待到船艦的心臟部分，向大家表示我們並非敵人啊。）

就在我內心感謝著尼莫的時候，站在指揮室中央偏右位置的副艦長埃莉薩敬禮迎接尼莫，而尼莫也簡短對她回禮。

設置在指揮室左側的控制臺是機械操縱面板，有一名狗耳朵的黑髮女生在那裡。右舷側的控制臺則是注排水管制面板，同樣有一名像黑狗的女生。大概是雙胞胎的那兩人看著顯示控制狀況與作業管理的螢幕，同時操作著各種開關與鍵盤。看來這裡已經開始在操控諾契勒斯的主要機構了。

「……嗚喔……！」

我這時忍不住小聲驚叫，因為有個和我以前在地下品川為了爭奪恩蒂米菈而交手過的龍女——拉斯普丁納長得很像，有一條龍尾巴的女生坐在火器管制面板前的座位上。然而從她跟周圍人的對話中可以知道她的名字叫列諾艾爾，和那個俄籍奴隸商人是不同人物，讓我鬆了一口氣。這女生或許跟那傢伙有什麼親緣關係吧。

「慣性航行系統，正常。」

指揮室的左側最前方是操舵手席，有個宛如異色版瓦爾基麗雅的女生坐在那裡如此報告，並握著像是飛機操縱桿的玩意待命。既然一個人就能進行操舵，代表諾契勒斯應該是一艘電腦操控艦——不過要在大海中操縱一艘有如巨無霸客機尺寸的巨大船艦，果然還是交給三次元立體方向感應該很優秀的鳥類列庫忒亞人負責比較適合吧。

「艦艏圓頂艙內陣列聲納，沒有捕捉到異常聲音。」

我聽到這聲音而轉過頭去，忍不住小聲噴笑了一下——然後辛苦地拚命憋笑。因為在諾契勒斯中扮演耳朵功能的聲納站前坐著一名聲納手，是長有兔耳朵的列庫忒亞女生。用蹲坐姿勢坐在聲納席上、個頭非常嬌小的那名女生雖然應該只是偶然，但髮色、髮型都酷似蕾姬。自從上次在台場金字塔錯過以來，我一直夢寐以求——其實也不至於啦——的兔耳蕾姬，這下終於讓我拜見到啦。雖然說那女生的耳朵好像真的很敏銳，聽見我在笑而小聲嘀咕一句「去死」很恐怖就是了。

尼莫、埃莉薩、雙胞胎黑狗娘、拉斯普丁納亞種、瓦爾基麗雅亞種、兔耳蕾姬——指揮室中這七個人，就是這艘艦的大腦、神經。關於這些成員，感覺尼莫是不問種族，量才錄用的。列庫忒亞人雖然給我一種相異種族間容易發生爭執的印象，不過在尼莫的指揮之下似乎就能好好合作的樣子。

「目前位置，北緯三十五度三十八分三十五秒，東經一四〇度三十六分三十秒。」

「現在時刻，ＪＳＴ（日本標準時間）００時29分。」

瓦爾基麗雅亞種報告座標，埃莉薩拿著懷錶報告時刻後——

「本艦即刻起將沿日本列島於西太平洋南下，通過台灣海域、呂宋海峽、麻六甲海峽、安達曼海、孟加拉灣進入阿拉伯海，前往孟買進行補給。」

站立於司令室中央的尼莫如此告知概略航線。孟買，也就是這艘諾契勒斯——摩訶婆羅多號的誕生國度——印度嗎？跑得可真遠呢。不過跟紐約或倫敦比起來近得多了，而且我以前可是搭太空梭去過太空的近地球軌道呢。如今只是搭核子潛艇到印度這點小事，嚇不倒我的。就抱著武偵憲章第八條：任務必須徹底完成的精神，不管跟著我們造反到這地步的尼莫打算要去哪裡，都奉陪到底吧。

指揮室雖然有一張折疊式的座椅——艦長席，然而尼莫似乎是不用椅子、站著進行指揮的類型。她從有點過長的長袖中露出戴在手腕內側的寶璣玫瑰金色Marine手錶看著……就在指針指向0時30分的同時……

「諾契勒斯，潛航！」

用凜然的聲音如此下令後，指揮室中的七個人便紛紛「艙門關閉，確認！」「引擎，低速。」「沉浮箱注水口開放。」「深度二、三、四……」「左舵，○－九－○。」「未達九十分貝。」「請指示姿勢角。」「潛舵下降，一點五。」「太快，硬水櫃排水。」——開始接連不斷地進行各種命令、確認、報告。

……滋滋滋滋……有如低沉浪聲的注排水噴射泵的聲響極為小聲。剛才兔耳所報告的九十分貝，是讓被動聲納可能連是否為海浪聲都難以區別的靜謐程度。

一邊下潛一邊行進的諾契勒斯這時開始傾斜。這是搭飛機或潛水艇時特有的感覺。然而不必在海面上受波浪翻弄的潛水艇其實是船艦之中最不會搖晃的艦種。據說在海軍自衛隊中容易暈船的人多半會自願分配到潛水艇工作的樣子。

「已經潛下去了呢。」

「上次在伊・U時也是一樣，沒什麼實際的感覺啊。」

正如在傾斜的指揮室中稍微靠到我身上的亞莉亞所說，現在潛艇深度為五公尺。假如是觀光用潛艇或深海調查船或許還有窗戶可看，但主要以聲納為感覺器官，光學性的眼睛頂多只有潛望鏡的核子潛艇，基本上就像個與外界完全隔絕的巨大膠囊物。視野比太空船還要少。這下我也終於理解尼莫明明自稱是大海的女兒，卻對魚類一無所知的原因了。

諾契勒斯似乎暫時先往正東方航行一段距離後再轉向西南方，一邊增加深度的同時一邊航向西日本海域。隨後尼莫便命令副艦長埃莉薩為我和亞莉亞帶路……將我們帶到大廳樓下的醫務室，要我們首先在這裡接受身體檢查。

船員眾多的諾契勒斯上也有專業的船醫，是個長有一對熊耳朵、由於雙峰過於雄偉讓白衣變得像披風一樣的肉體派女醫。據說她以前在列庫忒亞同樣是當醫生，而到了這邊的世界後也向支持N的女醫學習過醫術。

「在潛水艇中很容易感受到氣壓的變化，因此檢查耳鼻、眼睛、牙齒有沒有異常是很重要的喔。」

正如船醫用口音相當重的英文如此向我們說明的，光是從剛才到現在這一小段時間內，我的確就感受到諾契勒斯艦內驚人的氣壓變化。這是以前搭乘相較上屬於新型艦的伊・U時沒有經驗過的感覺。看來古老的潛艇在這部分的調節功能上難免較差的樣子。

除此之外，船醫又一下測量我們的體溫，一下診察我們的喉嚨，檢查得非常仔細。甚至還抽了少量的血，讓我都忍不住訝異詢問：「為什麼連血液都要檢查？」

「畢竟在這樣的封閉空間中要是發生傳染病就完蛋啦。船員們雖然都姑且有施打過風疹、麻疹、流感等等的疫苗，但疫苗也不是絕對的呀。」

聽船醫這麼說明後，我便理解了。列庫忒亞人對於這邊世界的病原體缺乏抗性，因此萬一我們把疾病帶進來就會全滅吧。

為了避免那樣的悲劇發生，她才會如此仔細檢查我們的身體……我本來是這麼想的，但現在怎麼回事？

女醫對脫掉上衣的我開始亂摸起胸膛之類的部位。明明她對亞莉亞只有把聽診器伸進上衣底下確認心跳呼吸而已地說。

「……嗯～這就是男人。實在不可思議。明明已經是成體，卻沒有乳房……」

她嘴上還講起這種話，根本已經不是檢查了吧這個。

「大致上的疫苗我都有施打過啦。已經可以了吧？」

如果被一個美女大姊到處亂摸身體，我好不容易平靜下來的爆發性血流搞不好又會再度飆升。於是我趕緊把身體往後縮，可是……

「不，再一下下……」

她接著竟然試圖解開我的褲子腰帶！就這樣，我和列庫忒亞人一下子就爆發了偶發性衝突。一方面也為了不讓男生的自尊心隨便被大姊姊暴露出來，我被迫用腰帶拔河起來。話說亞莉亞跟埃莉薩，妳們為什麼都一臉認真地觀望著我下半身的事態發展啦！快來救我啊！噫！大姊妳力氣好大！

正當我們上演著這齣鬧劇的時候，ＴＯ、ＴＯ、ＴＥ、ＴＥ、ＴＡ──從走廊上傳來軍號的聲音。

結果女醫忽然「啪」地放開手起身，害我從圓凳子上往後摔得四腳朝天了。

「那是什麼聲音？」

「是報時滴。」

「因為用餐和就寢都是輪流制，所以不時會聽到樂隊吹奏。」

就在亞莉亞、埃莉薩與女醫如此交談的時候，頭部位置剛好可以看見她們全部人裙底風光的我，趕緊翻身變成趴在地上的姿勢後……

「潛水艇不是應該盡量不發出太大的聲音嗎……？」

用伏地挺身的動作撐起身體的我，把露出半個屁股的褲子重新穿好。

我記得在戰爭電影中，為了避免被敵艦發現——潛水艇中應該嚴禁發出聲響才對。難道這艘艦不需要擔心那種問題嗎？

「你在講哪個時代的潛水艇啦？諾契勒斯配備有完整的吸音磚與消音殼，因此不管是演唱會還是放映怪獸電影，想做都可以做滴。」

埃莉薩甩動著縱捲的銀髮，擺出「真受不了」的動作。接著目送讓白衣像披風一樣飄盪起來的女醫唸著「吃飯啦吃飯」並腳步輕盈地走出醫務室後，她親切地對我們說道：

「要不，亞莉亞跟金次也去吃點什麼吧。反正現在糧食很充裕滴。」

那真是感激不盡呢。畢竟我們雖然已經在列庫忒亞公會用過晚餐，但站著吃的派對總讓人沒什麼吃過飯的感覺啊，而且後來戰鬥也消耗了熱量嘛。

我們走出醫務室，來到狹窄的走道上。這走道之所以如此狹小，除了因為兩側牆邊配置有各種戰鬥與航海裝置之外——也是由於艦內為了養活上百名的船員而設置有好幾間糧食保管庫的緣故。

核子潛艇即便擁有無限的續航力也沒辦法無止盡航行的最大理由，便是因為必須補給糧食。尤其諾契勒斯可以光明正大停靠的港口肯定很少，所以要盡可能囤積更多的糧食。就連牆壁的管線上都掛著裝在網子裡的洋蔥、甜椒、乾香腸、形狀像葫蘆的馬背起司（**Caciocavallo**）等等，幾乎找不到什麼沒被利用的空間。

我看著那樣的景象，走到潛艇中央稍微偏艦尾的區塊……

「這裡是船員餐廳——讓船員們用餐或工作之餘的時間休憩用的場所。雖然為了避免人多擁擠，姑且有排一套輪流使用的時間表，不過只要肚子餓了，隨時都可以來吃東西滴。」

在埃莉薩如此帶路下，我和亞莉亞進入一間有如古典餐廳般的場所。這裡就像一間狹小的家庭餐廳，但以潛水艇中的空間來講，甚至可以說很寬敞而開放。餐廳內可以看到幾名船員，有的享用著義大利麵或沙拉，有的一邊喝紅茶一邊打牌。冰淇淋機器旁還有一群穿藍色水手服的船員們嘻嘻哈哈聊著天，景象簡直有如在網咖的女高中生們。差別在於她們有像馬的尾巴與耳朵就是了。

這地方同樣可以看到各種潛水艇特有的空間節省術。例如微波爐和保溫壺都埋設在牆壁中，椅子的坐墊為開閉式，底下當成米、麵粉或蔬菜等等的保存庫。

「諾契勒斯有三名伙房兵，負責製作所有船員的餐食滴。現在由於排班的關係只有一名——咦？有兩名滴呢。」

埃莉薩說著，指向緊連著餐廳的廚房……在那裡有大大小小各種廚具，以及似乎負責在這裡工作的米莎，還有在一旁幫忙米莎的麗莎。

「啊！主人、亞莉亞大人，歡迎光臨！」

麗莎在狹窄的廚房裡拿下了莫辛．納干，還把頭髮綁到後面變成馬尾——雖然讓人感覺非常新鮮，不過這下與原本就是那個髮型的米莎更加相似了呢。

「呵呵呵，麗莎，妳感覺如魚得水呢。」

「是的！麗莎從小的夢想就是在餐廳工作呀。Mooi……！」

正如亞莉亞所說，麗莎看起來精神煥發，套著隔熱手套從烤箱中拿出剛出爐的貝果。攪拌著湯鍋的米莎似乎也跟麗莎在一起很幸福的樣子。

那兩人一道接著一道做出來的料理——滿滿地陳列在熟食店常見那種用玻璃與不鏽鋼製成的保溫櫃以及百貨公司食品區常見的冷藏櫃中。看來諾契勒斯的餐廳是採用隨時準備各式各樣的料理，無論何時有誰來想吃什麼都能滿足所求的方式。

排列在櫃中的料理有義大利麵與披薩、小籠包與燒賣、肉卷與漢堡排、粥品與麵包、墨西哥夾餅與打抛肉飯等等，種類繁多又國際色彩豐富。而且每一道都做得很出色。雖然麗莎本身就是職業女僕，不過米莎也明顯是個專門學過料理的人。

「……薯條、炒飯，這是押壽司嗎？各國料理都有呢。」

「反而沒有看起來像列庫忒亞料理的東西啊。」

我和亞莉亞如此交談的同時，隱約察覺了。

這應該是……為了讓艦上的列庫忒亞人們習慣這邊世界的料理，也就是為了讓大家學習的菜單吧。我可以感受出這樣的意圖。

「如果想吃這裡沒有的東西也可以另外點餐滴。米莎什麼都會做，而且還有透過函授教育獲得營養師證照滴。」

埃莉薩這麼表示後，用褐色皮膚上畫有紅妝的手比著幾道料理，向米莎透過法文點了些什麼菜。於是我和亞莉亞也決定點各自想吃的東西了。

就這樣，我們後來被帶到餐廳最裡面的士官專用桌，結果在那裡——

「埃莉薩，辛苦妳了。」

「哦哦，家主大人！來來來，這邊。坐到我旁邊吧。」

是軍服打扮的尼莫，以及只有一個人穿著像泳衣的民族服裝、所以看起來有如變態女的路西菲莉亞。

順道一提，士官用的餐桌據說只是在餐廳人多的時候，士官可以優先使用的座位而已，除了椅背有鸚鵡螺標誌及裝餐巾紙的盒子是銀製以外，跟其他座位沒什麼差別。

（呃，這點倒沒什麼關係啦。可是……）

對我個人來說有其他的問題，而且我坐下來之後才注意到。

由於潛水艇中的空間終究很窄，因此這餐桌旁邊就是從上層甲板通往這間餐廳用的梯子。然後從我的座位可以很～清楚地看到利用那道梯子上下樓的列庫忒亞女生們的背面，而且從斜下方，或者說根本已經讓我看見了。剛才爬下來的貓類女生的白色三角，還有爬上去的鳥類女生的紅色蕾絲。太糟糕了吧？把那種景象當成配菜享用餐食，這是什麼頹廢貴族的遊戲啦？嗚嗚，又看見了。藍色高衩還真是少見呢，企鵝小姐。

桌子左右兩邊尼莫和埃莉薩坐的位子似乎是艦長與副艦長的指定席，而如今既然已經看見三條，我也沒辦法拜託坐在對面座位、背對梯子的亞莉亞跟我換位子。要是我那麼做，亞莉亞肯定會說「你就是抱著那種目的，一開始坐到那個位子的對不對！」然後把僅剩兩發的子彈都毫不吝嗇地賞給我吧。就算我提出「假如是抱著那種目的，我就不會要求跟妳換座位了吧！」這樣極具邏輯性的主張，對發飆的亞莉亞適用嗎？答案是不可能。但我如果明顯把視線別開又會被覺得奇怪。必須找出什麼可以自然把視線從梯子移開的藉口才行。加油啊，金次。萬一在這種自己以外都是女生，而且那些女生無處可逃的密閉空間中讓爆發模式的血流全開……嗚嗚，光想像起來我的頭就……！

這時，坐在我左邊的路西菲莉亞忽然趴到桌子上——

「唉，我偶爾也想吃吃姆歐亞呀。」

「很抱歉，沒有滴。雖然在列庫忒亞到處可以看到，但這邊的世界沒有姆歐亞滴。」

來啦！好一個掩護！

「嗯？姆歐亞是什麼？好讓人感興趣的名字啊。哦哦，這裡剛好有餐巾紙，然後我又變出這支自動鉛筆。路西菲莉亞，這是妳送我的東西呢。謝謝妳。好啦，紙和筆都湊齊了。既然如此，不就可以畫姆歐亞的圖嗎？路西菲莉亞畫圖，然後我看。嗯，就是這樣。現在就開始畫吧。」

「你、你怎麼啦，金次……？」

「這奇怪的講話方式是因為英文不好滴嗎？」

「不，他是腦袋不好。」

「好～！我就畫圖告訴家主大人！」

我的發言明明邏輯如此完美，亞莉亞、埃莉薩與尼莫頭上卻都冒出問號。不過對我的事情完全不會懷疑的路西菲莉亞則是精神十足地回應我的要求，也多虧如此沒有人出面揭穿我了。

如此一來，我成功將視線自然地從梯子轉移到桌面——路西菲莉亞開始在餐巾紙上畫起的圖上，華麗擺脫了困境。

「姆歐亞是一種鳥，像這樣的感覺……是很大的鳥。不過沒有翅膀。把姆歐亞的絞肉用姆歐亞的皮包起來炸，就會外酥內軟非常美味呢。」

路西菲莉亞畫出一隻像粗腿鴕鳥似的鳥類……還算畫得不錯。

然而讓我在意的是，她為了表示鳥的大小而在旁邊又畫了個火柴人，可是高度卻連鳥的一半都不到。換言之，這鳥類的身高足足有三到四公尺的意思囉？等等喔……

（……姆歐亞……）

這跟十九世紀在紐西蘭絕種的一種叫摩亞（moa）的鳥類很像……或者根本是同種生物吧？名字也幾乎一樣。原來在列庫忒亞也有那種鳥類嗎？

話說我從以前就有點在意，像恩蒂米菈也講過列庫忒亞有類似玉米的東西。這個世界和列庫忒亞雖然不同，但也有很多共通點。說到底，光是列庫忒亞人能夠在這邊的世界正常呼吸，就代表兩邊大氣成分很相似了。

（……啊……）

啊啊，我明明好像快要搞清楚什麼很重要的事情！可是不經意把眼睛轉回梯子，又看見一位松鼠女生穿的乳白色底搭配背面松鼠拿核桃圖案的印花，害我思緒中斷了。

而且就在這時……

「各位～餐點上桌囉～」

「讓大家久等了～」

麗莎與米莎用推車送料理過來，讓我重要的發現不知飛到哪兒去啦。

我和亞莉亞由麗莎配餐，尼莫、埃莉薩與路西菲莉亞則由米莎配餐……仔細一看，餐具類也是分成船員用鋁製，而士官和乘客用純銀製的。

亞莉亞的餐點是牛奶、麵包與烤牛肉，另外還有水果潘趣飲品當甜點，而她看見浮在糖水上的櫻桃似乎很開心的樣子。甜食從以前就是全世界海軍用來舒緩船員壓力的重要物資，甚至有謠言說萬一甜食缺貨，就連那個紀律嚴謹的海上自衛隊都會發生艦內暴動，不知是真是假。因此在軍艦上，對於甜食的庫存必須跟燃料彈藥的庫存同樣注意管控。不過諾契勒斯看來還很充裕的樣子。

烤牛肉是由麗莎直接現場切片，然而在重視節省空間的艦內，就連那塊切肉板都很小。還沒習慣之前，感覺用切片刀切起來也有點難的樣子。

「亞莉亞，把妳的砧板借給人家用嘛，妳胸——咕嗚！嗚！——咕啊……請、請妳快點喝一口水果潘趣緩和壓力，放鬆心情……吧……」

我還沒講完「妳胸部那塊」，亞莉亞就坐在椅子上用剷球動作使出一記腳尖踢，當場命中我的下腹部，害我必須用遠山家的整復術把位移的腸子擠回原處了。

「這是您點的餐點。但由於我是第一次做，沒有什麼自信……」

米莎說著，端到路西菲莉亞面前的——是在盤子上堆疊得漂漂亮亮的好幾個咖哩麵包。

路西菲莉亞用手抓起那些還熱騰騰的麵包吃起來後……

「好吃，好吃！對，就是這個！之前家主大人給我吃的時候我就在想這味道好～像什麼吃過的東西，就是跟包炸姆歐亞的外觀和口感一樣呀！」

她滿臉喜悅地如此說著……咦咦咦……？原來咖哩麵包跟摩亞鳥的口感很像嗎……？這下可讓我知道了好厲害的知識，雖然應該一輩子都派不上用場啦。

「這裡使用的蔬菜與肉類，是來自日本的新鮮食材喔。」

麗莎端到我面前的，是豬排咖哩飯、水煮蛋與生菜沙拉。埃莉薩剛才說過目前糧食很充裕，原來就是這麼回事。諾契勒斯在尼莫為了處理路西菲莉亞的問題而登陸的這段期間，順便在日本也補充了生鮮食品是吧。可能是搭小船非法入境購買，或者透過跟日本的N支持者在海上進行交貨之類的手法。

「咖哩和咖哩，咱們真有緣呢，家主大人。」

路西菲莉亞嘻嘻笑著把身體靠過來，於是我趕緊跟她裸露的肌膚拉開距離的同時，忽然想起一項危險情報，而招招手把麗莎叫過來……

「呃～……麗莎，要是路西菲莉亞說什麼她想到廚房幫忙，妳也別讓她幫忙喔。尤其她如果講說要做什麼東西給我吃，妳就算來硬的也要阻止她。」

我為了不要被路西菲莉亞聽見，悄聲用義大利語對麗莎這麼指示。

「這、這樣呀。為什麼呢？」

「這傢伙的身體不知從什麼地方會變出容易讓人上癮的美味汁液……」

「汁……汁液……？」

「呃、不，總之妳別讓她進廚房幫忙就對了。」

我如此表示後，為了表明不會再多說什麼而抓起外型像阿拉丁神燈的醬料船，把咖哩醬淋到豬排與白飯上。

關於豬排咖哩的吃法，通常分為不要讓豬排麵衣被咖哩淋到而保持酥脆口感享用的派系，以及讓麵衣被咖哩汁浸得軟綿綿之後再吃的派系……而我是中庸派。雖然在女生們面前用這種吃法不太好意思，不過把咖哩醬淋滿豬排之後馬上扒進嘴裡，就是中庸派的吃法。

如此這般，我一口接著一口扒進口中的豬排咖哩——太美味了！當然一方面也是因為出自麗莎的廚藝，但這使用的肉也很棒。切得稍微比較大塊，讓人可以享受到口感的蔬菜同樣品質出色。畢竟接下來應該好一段時間會吃不到日本國產食品，我就趁現在好好享用吧。

搭乘空間狹小而限制繁多的潛艇長期航海的時候，每天最大的樂趣就是用餐了。據說無論哪個國家的海軍，潛艇上的餐食都特別美味。而一如傳聞，諾契勒斯似乎同樣非常注重吃食的樣子。真是太感激了。

「哦！家主大人，你臉頰都沾到咖哩了呢。像個小孩子一樣，哈哈！」

路西菲莉亞說著，把手伸向餐巾紙——於是我把銀製餐具當成鏡子一瞧，啊，真的耶。於是……

「看來我有點太狼吞虎嚥了。」

我「唰！」地抽出一張餐巾紙，擦拭自己臉頰……結果路西菲莉亞竟「轟！」地忽然生氣起來了。

「為什麼家主大人一下子就自己擦掉了！」

「呃、妳幹麼生氣啦？就算妳想**刮過去**吃，沾在臉上的咖哩也沒多少啊。別那麼貪吃行不行？」

「才不是那樣。我是做為家主大人的新娘子，想要幫你擦掉呀！你再給我沾一次！」

「喂！不要把咖哩往我臉上塗！印度人看到可是會發飆啊！」

「你們兩個還在玩那個新婚夫妻家家酒遊戲嗎？真是幼稚。」

路西菲莉亞用犄角夾住我的頭部固定起來，用湯匙挖起咖哩醬想塗到我臉上。亞莉亞則是表現出莫名其妙的從容態度，一點都沒有要救我的意思，害我在餐桌前上演起一齣有失禮儀的胡鬧劇……結果很端莊地享用著魚肉料理的埃莉薩深深嘆了一口氣。

「就算看到那東西，印度人也不會認為那是咖哩滴。說到底，在印度只有外國人餐廳才看得到像日本人吃的那種咖哩飯滴。」

「呃，是這樣喔？我都不曉得……話說妳對印度很了解嘛。」

「我是印度出身滴呀。」

啊，原來如此。怪不得她的英語口音那麼重。

另外我這下終於知道了，埃莉薩手背上的幾何學圖案叫作曼海蒂（mehndi）——是印度的未婚女性用指甲花色素畫的紅妝。聽說是為了祈求幸福，當成護身符畫在手上的。我想起以前在TBS的《發現世界奧祕！》節目中有介紹過。

我接著伸手抓住路西菲莉亞的尾巴，被她說了一聲「哎呦家主大人好色！」並逃出她的犄角固定技之後，好不容易把中庸派豬排咖哩飯灌進嘴裡吃光了。

大家都用完餐後……

「亞莉亞，金次，還有麗莎也是——謝謝你們願意陪同我們這趟又急又遠的航行。我接下來必須先去處理艦上累積下來的工作，不過等結束後，讓我們好好來討論關於今後的事情吧。」

尼莫一邊啜飲著餐後的歐蕾咖啡，一邊如此向我們致謝。

「別在意。就算說遠，從孟買如果想回日本，搭個飛機也花不到半天的時間。對我來說，也不想錯過妳願意做出行動的這個好機會呀。」

「是啊，待會我們好好談一談吧。我也認為現在是勝負的關鍵時刻。」

亞莉亞和我也都這麼認真回應……

與N的這場戰役，今後將與尼莫和路西菲莉亞一起進入全新局面。這樣的現實感頓時湧上我的心頭。

……湧上、我的心頭了、可是……

「關於我的行動——N與諾契勒斯今後的關係，我打算先一邊觀望狀況，等下次入港時再告知全體船員。畢竟為了避免讓今後的行動變得快而不精，我自己本身也想要先整理一下想法。所以在那之前，希望各位把這件事當成只有現在這些人知道的祕密。」

明明尼莫在講很重要的事情，抬起頭的我卻由於視野中看見梯子，讓她說的內容全部右耳進左耳出了。頭部側面有翅膀的鳥類女生或許有保持身體輕盈的習性，穿的是超細的高檔貨。啊啊，不要直接從梯子上跳下來啊。

這間船員餐廳，雖然給我的第一印象是類似家庭餐廳——但是就五花八門的某種玩意不斷在眼前穿梭的這點來講，或許比較像迴轉壽司店吧。不過要是真的有壽司店迴轉這種東西給人看，應該會立刻遭人舉發就是了。

5彈　假如能辦到

後來尼莫返回指揮室——路西菲莉亞則是受到船員們的邀請留在餐廳，和大家愉快地玩起桌遊。

而我們其他人走出餐廳後……

「我們想要學習一下關於列庫忒亞人的事情。可以讓我們在艦內到處繞繞嗎？」

亞莉亞為了檢查諾契勒斯內部，立刻如此直率地詢問埃莉薩。真笨啊，這種事情應該要偷偷摸摸進行吧？就算我們是客人，諾契勒斯好歹也是一艘戰鬥艦，怎麼可能答應那種——

「好滴，在本艦上，『學習』是受到獎勵的行為。而且尼莫大倫也有命令我可以讓兩位自由行動滴。」

——竟然答應了。不只這樣，埃莉薩還丟下我和亞莉亞，逕自走到下層甲板去了。

就這樣，我和亞莉亞決定一方面當作餐後散步……分頭進行艦內調查了。最重要的是，我們希望能親自確認這艘艦上到底有沒有配備核武。畢竟要是去問尼莫這種事情，搞不好會掀起不必要的風波啊。

粗略來講，核子潛艇的內部是由『飛彈發射基地』與『核能發電廠』兩個部分所組成。而我要前往其中的飛彈基地部分，並不是什麼太困難的事情。因為牆壁上到處貼有艦內的平面圖，走廊地板也隨處有用法文、英文與未知語言——應該是列庫忒亞的文字——標示往哪裡走有什麼設施。或許由於艦長尼莫是個路痴，所以在這類的標記上做得很徹底吧。

諾契勒斯從最上層往下分別有像座塔一樣突出於甲板的指揮室圍殼、上層甲板、中層甲板與下層甲板，整體呈現四層構造。中層甲板有我們剛才去過的醫務室與船員餐廳，以及各種倉庫、作業室、辦公室之類的房間，感覺像公司一樣。下層甲板則有核子反應爐，看來是對反應爐進行管制的區域。

由於在結構上必須從甲板上的艙門朝上空發射的緣故，核子潛艇內的大型飛彈通常都是以柱狀方式垂直搭載。而我抵達的諾契勒斯中央部分的飛彈機庫也是一塊將上中下層甲板垂直貫通的廣大空間……從懸空走道上首先可以看見這裡保管了艦對艦飛彈（魚叉）以及艦對空飛彈（海麻雀），數量多得嚇人。要是尼莫發飆起來，恐怕可以對付一整隊的航空母艦打擊群呢。然而這些通常都是搭載一般彈頭的飛彈，並非戰略核武。

相對地，通常會搭載核彈頭的，是潛射彈道飛彈（ＳＬＭＢ）——在這裡也可以看見一枚呢。

話雖如此，但那枚白色飛彈看起來卻很奇妙。全高約十公尺左右，應該是短程彈道飛彈。然而既非美國、法國，也非蘇聯或俄國、中國……不是任何一個保有國家的ＳＬＭＢ。八九不離十，那應該只是個空架子。畢竟周圍看不到管控飛彈的船員，也沒有任何輻射警告的標示。

（——換言之，這艦上只是搭載了核武的『可能性』而已。）

即便這樣，依然無法百分之百完全斷定那玩意是假的。也就是說，諾契勒斯擁有一枚**或許**能夠發射，而且**或許**搭載有核彈頭的ＳＬＭＢ。而站在諾契勒斯的立場來說，這樣就很足夠了。光是如此，任何國家都沒辦法對諾契勒斯出手了。因為那玩意**假如真的**能飛，**假如真的**具備核彈攻擊力，自己國家就會完蛋。

諾契勒斯便是靠著這樣的『可能性』逍遙於所有法規之外。

就跟伊·Ｕ、諾亞與納維加托利亞一樣。

我為了順便確認其他武裝，在中層甲板的走道上走向艦艏方向——一路上看見幾名船員一邊清掃，一邊仔細檢查各處的糧食保存庫。據說是萬一發現害蟲或老鼠就要徹底驅除的樣子。另外我也看到具備美容師技能的船員在盥洗室幫其他女生理髮。只是所有船員一見到我都會露出有點驚訝的表情，並態度冷淡地與我錯身而過。另外不曉得為什麼，中層甲板竟然有三處淋浴室，而且其中一處被封閉了……但我同樣不明白理由。

在中層甲板還有一處叫『艦內牢』、令人很在意的空間——在沒有上鎖而半開的鐵條門內，有兩名身穿藍色水手服的船員蹲坐在那裡。她們大概是闖了什麼禍，在這裡接受公開示眾的羞恥刑吧。

仔細一看，那兩人在狹窄的房間中手牽著手，因此……

「妳們為什麼要牽手？」

我一方面為了確認對方的反應，用英文如此詢問。結果……

「……刑罰。」

「艦上規定如果吵架，就要暫時牽著手讓關係和好。」

對於我的提問，她們都好好回答了。用英文。哦～聽起來這應該是基於列庫忒亞的文化規定出來的刑罰，或許要稱作親密接觸刑吧？

而她們回答時的氣氛讓我再度感受到，諾契勒斯的船員們——也就是第一世代的列庫忒亞人們，果然對於身為『男人』的我很冷淡。

如果考慮到爆發模式的問題，其實她們主動跟我拉開距離是件好事啦。然而我現在已經選擇走上『門派』之路。如今我應該為這邊世界的人類打頭陣，率先理解列庫忒亞人的事情才對，因此照這樣下去可不行啊。

就在我如此交抱胳膊繼續走著……發現走道前方有一道往上下層移動的梯子。這是必須提高警戒的區域。為了不要又看見剛才在船員餐廳接二連三看到的那些玩意，我把視線固定朝著前方。不看上方，專注於前方通過那塊區域。結果竟然從我前方——「唰——！」地伴隨一陣滾輪聲響，有個耳朵和尾巴像銀狐的女生滑著滑板衝過來。因為艦身很長，所以在移動時也可以使用滑板是嗎！諾契勒斯可真自由啊！

「呃、喂……！」

「呀——！」

差點要撞上我的銀狐小妹妹趕緊把滑板前側提高，利用後端摩擦地板的板尾煞車技巧緊急煞停。結果因為這樣，她的裙子基於慣性朝前方「嘩！」地全開，害我完全目擊到一條白底上刺繡有深藍色花朵圖樣的內褲正面了。這裡難道不是什麼潛水艇而是內褲艇嗎！該死啊……！

眼角上挑的雙眼魅力十足的銀狐女孩，在滿是美少女的諾契勒斯艦內也屬上級的可愛程度，再加上相遇零點四秒就讓祕密花園全開的爆發性情境，害我的血流都差點聚集到中央來。為了驅散血流，我趕緊原地實施激烈的深蹲運動。過關。接著重振精神後，不想再看見任何東西的我決定閉著眼睛摸牆行走，卻又從通往下層甲板的梯子孔掉下去摔痛膝蓋，因而作罷。

我就這麼拖著疼痛的腳，抓著艦內到處像扶手的管線，一邊休息一邊走向艦艄——總算抵達保管有大量導向魚雷（劍魚）及反魚雷用魚雷（海蜘蛛）的魚雷室。我本來還想說如果這裡有從日本把中子魚雷（ＮＤＤ）偷過來就要好好教訓尼莫一頓的，不過從保管方式看起來應該沒有核彈魚雷之類的玩意。

（但是也真奇怪，這間魚雷室竟然看不到負責的船員……？）

正當我這麼疑惑的時候，發現艦艄方向好像有幾個人的氣息。雖然被彷彿大量木材般堆積的魚雷擋住看不見，但這裡似乎還是有魚雷手的樣子。

即便我因為是男人而一直受到列庫忒亞的女生們冷漠對待，然而為了促進兩邊世界的和平交流，還是應該由我首先努力敞開心胸，積極嘗試交談吧。

（值得感謝的是在這艦內講英文姑且可以溝通，希望她們的英文很流利……）

另外雖然對於列庫忒亞的女生們無法抱太多期待，但希望是不太可愛的女生們啊。畢竟現在非爆發模式的我面對美女就會慌張失措，緊張得把視線別開，沒辦法好好講話。相對地爆發模式的我則會毫不在意地把美女逼到牆邊，窺視對方的眼眸深處，冷不防地開始求愛。難道就沒有個中間帶嗎？

我繞過堆積得像牆壁一樣的魚雷……發現在魚雷室中有個角落沒有擺放魚雷。大概是之前在鄂霍次克海以及北太平洋對伊．U發射的魚雷空出來，形成了一塊像細長房間的空間吧。

那地方似乎被當成魚雷手小組的起居室，在牆上的掛鉤與魚雷之間掛有三張吊床——於是我撥開那些吊床，說了一聲「打擾囉」，並入侵到裡面……

（……嗚……！）

身材嬌小而臉蛋看起來很淘氣的女中學生、運動型而眼神銳利的女高中生、巨乳而感覺個性溫和的女大學生，三種印象的女生所組成的魚雷小隊——隱約可以看出海豚、虎鯨與鯨魚特徵的這三位美女，正在換衣服……！

淡藍、深藍與黑色的三套水手服都掉落在地上，害我以為她們是全裸而差點心跳停止了。不過那三人身上分別還穿著淡藍色運動胸罩配小鬼內褲、深藍色一般胸罩&內褲、整套的黑色高級內衣褲。換言之她們只是半裸，因此我心臟的心房、心室之中也只有心房停止而已。連我自己都覺得這停止方式可真有技術呢。加油啊，心室！快施行捶胸復甦術！

「嗚喔喔喔喔喔！」

砰砰砰砰！我瞄準心房用拳頭持續捶打自己的胸口，進行自我心臟按摩。結果看著彷彿變成猩猩類列庫忒亞人似的我──

「「「……？」」」

髮色與眼睛顏色都呈現海藍色，讓人知道是姊妹的三個人卻都只愣在那裡而已，既不逃也不躲。正常狀況下應該會一邊尖叫一邊用雙手遮住自己身體的，但她們也沒那麼做。在身為男性的我眼前，她們都光明正大地亮出自己的內衣褲打扮。

這個反應──就跟玉藻和霸美，以及白雪的六個妹妹之中年紀最小的兩人──淡雪與小雪以前在浴室跟我不小心遭遇時的反應一樣。明明我嚇得要死，對方卻完全不當一回事。是女童的心態。畢竟第一世代的列庫忒亞人是來自沒有男性存在的世界，所以當然也就沒想過自己裸露的身體會是讓男性產生性亢奮的東西了。怪不得每個傢伙都不懂得注意自己的裙子，對於我這個男性的目光一點都不在乎啊……！

令人驚訝地，我竟然輕鬆獲准進入設置有核子反應爐控制房的下層甲板了。

那裡是一間像核能發電廠控制室的房間——實際上真的就是那種場所吧——而根據艦內平面圖看起來，動力傳導裝置及其他艦艇可動部位也全都集中在這個下層甲板的樣子。

在控制房中像是河狸和鴨嘴獸類的列庫忒亞女生們，由於對我害怕不敢講話的緣故，只讓我翻閱了一下英文的文件資料……從中可以得知諾契勒斯的構造是從核子反應爐透過巨大的絕緣管將高壓蒸氣送到渦輪，讓渦輪旋轉帶動減速機獲得動力。另外也有備用的柴油引擎，如果連它都不動了還能靠油壓運轉。是一艘冗餘性很高，實戰性很強的船艦。

（但話說回來……）

不曉得是不是尼莫流的管理方式，這間控制房的紀律也很鬆。似乎把這裡當成起居室的核子反應爐小組正用埋設在牆上的電視欣賞著《魔戒》電影哈哈大笑。核子反應爐這種東西就算再怎麼舊型也是透過電腦進行管理，所以她們這樣是沒啥關係啦，但拜託妳們好歹也監視一下反應爐的狀況啊。還有，魔戒是那種爆笑作品嗎？

看來在這裡也沒辦法跟列庫忒亞人們打成一片的樣子，於是我準備離開的時候……嗚喔……！

又再度讓我心臟受虐的是，在控制房的角落有個很大的塑膠充氣泳池——而且有個身穿白色泳裝、膚色也很白的列庫忒亞女生浸泡在裡面。由於她連頭都泡在水裡，害我一時以為是屍體嚇了一跳。但我戰戰兢兢仔細觀察的時候，她竟然在水中打了個呵欠。在睡覺啊。從她側頭部像外鰓的器官形狀看起來……大概是六角恐龍類的女生吧。水槽用加熱器的電線貼著一張紙條，上面寫著『Keep the water temp at 59°F until the end of hibernation（冬眠結束前保持水溫為十五度）』的字樣。真厲害，居然連這種人都有。和列庫忒亞人之間的相互理解看來是前途多難呢。

在各種意義上巡過諾契勒斯的重要地點造成的疲累……再加上剛才看到有人在冬眠，讓我也變得有點想睡了。然而在這艘人口過密的艦內應該難以期待像之前搭美軍空母卡爾・文森號時那樣分配到客房吧。我為了找尼莫問問看這件事而來到指揮室——卻發現尼莫不在那裡。或者說，諾契勒斯現在正處於自動航行狀態的樣子，在指揮室中只有見到聲納站的那位兔類列庫忒亞人的身影。

兔耳女孩蹲坐在聲納席上，正莫名專心地讀著書。畢竟潛水艇船員不像戰艦船員，連艦上運動都沒辦法做，所以只能靠那樣打發時間吧。

話說……她似乎一邊讀書的同時也有一邊在監聽聲納的樣子，不過她戴的那頂頭戴式耳機是將一般耳機改造後，把增設的耳罩戴在頭頂的兩隻兔耳朵上。那麼她側頭部的耳朵又是什麼樣子？總覺得那好像是什麼不應該知道的事情……

然而我還是感到好奇而從背後觀察著她的耳朵周圍，結果……

「——哇，別忽然冒出來呀。去死。」

兔耳女孩嚇得從聲納席上輕輕彈了一下，用紅色的眼睛朝我瞪過來。她接著把旋轉椅轉過來朝向我，可是卻繼續保持蹲坐的姿勢一點也不遮掩……讓裙底風光又全部被我看見了。不過一方面由於我多少已經習慣，再加上兔耳女孩大概喜歡化學纖維的觸感而穿著布魯馬，讓我不至於太過驚慌了。

好，畢竟這女孩的英文很好，我就嘗試跟她交談看看吧。而且她臉蛋有點像蕾姬，所以我只要把她想成蕾姬就能比較習慣，即使面對美少女也應該可以正常講話才對。

「很抱歉我的存在感就是這麼稀薄。妳在讀什麼書？」

「教科書啦，別打擾我，去死。」

「什麼教科書啊？」

「政治經濟。明天要考試呀。去死。」

她雖然嘴上說著去死去死，對我的問題倒是都會好好回答。不過蕾姬的嘴巴可沒那麼壞，妳這樣對蕾姬太失禮了。我要求改進。

「考試……政經的？原來還有考試嗎？」

「米希莉茲選擇了這門課在學習。諾契勒斯是一艘戰鬥艦，同時也是一艘學習艦。就叫你不要打擾我了，這個下等生物，快滾。去死。」

砰！砰！兔子女孩米希莉茲坐在椅子上朝我腹部使出前踢。即使外觀上看起來跟普通女生的腳一樣，但她的腿似乎隱藏著兔子般的腳力，踢得我超痛的。就這樣，我只好快快撤退了。話說，米希莉茲的米希和米菲兔的發音有點像，感覺真好記呢。雖然再怎麼說應該都只是偶然啦。

……我真的睏到撐不住了。雖然我一直刻意不看手錶，但以日本時間來說我現在應該是處於徹夜未寢的狀態。再不睡不行啦。

——諾契勒斯的睡床根本連找都不需要找。在成為居住區的上層甲板中，牆邊只要有空隙的地方都會被造成床位。然而那些床位都窄得像棺材一樣，甚至讓人覺得一般的膠囊飯店根本是天堂的程度。而且提供的用品只有墊子、枕頭與毛毯而已。雖然可以拉起布簾讓裡面變暗……不過一點隱私都沒有呢。但據說大戰時的德國U艇上都只能像剛才的魚雷室那樣睡吊床的樣子，相較起來這樣算很好了吧。

至於說到為什麼必須如此狹窄克難，原因就在於諾契勒斯的船員數量太多，艦內設備也很多的緣故。相對於上百人的船員，床鋪卻只有三十五張。也就是說全部船員無法同時就寢，必須分成三輪交替使用床鋪。這也是我想睡卻沒辦法睡的苦惱原因。

由於數量上的因素，床鋪一直都是睡滿的狀態——只要有誰起床，立刻會有下個人睡進去。諾契勒斯的床鋪永遠都會有前面睡過的女生殘留下來的體溫，也就是所謂的溫床狀態。話說，我光是走過任何一張床鋪近處都會聞到超香的氣味，就爆發方面來講同樣問題嚴重。各種美少女們的氣味調製出來的三十五種魔性雞尾酒，無論進入哪一張床肯定都難以避免爆發吧。像現在我眼前就有一張床的布簾半開，裡面有個鹿類女生呼呼大睡。而且這傢伙睡相很差，讓充滿肉感的一邊裸足都垂到床鋪外面，楓葉圖案的內衣褲更是展露無遺。即便我已經逐漸感到麻痺，變得只是看到也不至於動搖，但我有辦法進入一個那樣活生生的妖豔存在睡過的空間嗎？難度也太高了吧……

（要不要乾脆找個感覺不會太硬……有鋪墊子之類的地方席地而睡算了……？）

煩惱到差點引發對卒的可憐人我，在艦內到處徘徊——不知不覺間回到了最初登艦時的那間大廳。

我已經到極限了，就在這裡睡吧。反正鸚鵡螺圖案的擦腳墊很軟，只要把頭放在上面，即使背部躺在鋼鐵上應該還是可以睡吧。

為了不要被女生們踩到，我把身體躺進通往上層指揮室的那道螺旋階梯下面的空隙……嗯～螺旋階梯的踏板是格子鋼板，我躺在這裡角度上會從正下方看見上下樓梯的女生們的裙底……但仔細想想我睡覺的時候會閉起眼睛，而且諾契勒斯的女生們具有即使被人看見裙底也不會生氣的文化，因此不會有引發麻煩事件的風險。沒有問題。

（好，晚安啦。世上無事樂過眠……）

——鏘、鏘、鏘——

什麼人從螺旋階梯走下來的腳步聲，讓快要睡著的我又被吵醒了。對，還有聲音的問題啊。到船員餐廳拿餐巾紙過來做成耳塞吧。於是我睜開眼睛——嗯嗯……又看見了。今天應該是我人生中看過第二多女生內褲的日子吧。現在已經嚇不到我啦，而且我睏得要命。話說這花紋可真稀奇，是撲克牌圖案。跟亞莉亞一樣呢。正當我這麼想的時候……

「變……變態！你在那種地方玩什麼特殊遊戲！就因為這裡的女孩們穿的裙子很短嗎！」

——呀哇！竟然是從被人看見裙底就會生氣的文化圈來的人物——亞莉亞！光看見裙襬是深紅色我就應該要察覺了！

發現有男人躺在階梯下方仰望偷窺裙底的亞莉亞當場全身顫抖，讓雙馬尾都被震到飄浮起來——然後用手將裙襬壓到大腿內側，衝下階梯。我要被殺了！

「——怎麼可以死在這裡啊！」

「噫嗚！」

然而戰鬥開始時的相對位置讓我獲得了優勢。原本就躺在地上的我成功把雙手伸進朝我撲來的亞莉亞裙下，靠臨死之際的專注力將白銀與漆黑兩把 Government 都搶奪過來，創下了大爆冷門的戰績。

而且這裡是階梯底下的狹小空間，讓我占有地利。我從 Government 中拔出僅存的兩發子彈，但萬一又被對方搶回去就完蛋了，於是我學丁的手法將它們吞進肚子。接著有如跳地板舞一樣轉換方向，讓頭部滑進階梯下方隱藏起來，然後躺著對亞莉亞的腳發動阿里踢！這是上個世紀的職業摔角手安東尼奧．豬木用來痛擊過拳王穆罕默德．阿里的戰鬥方式。一、二、三、喝啊！

「嗚！明明是金次竟然這麼行。看我的，嘿呀！」

「嘎啊啊啊啊！痛啊！痛啊！我的膝蓋剛剛才摔過，快住手！」

仔細想想，亞莉亞並不是對地板招式一竅不通的拳擊手，而是投摔打鎖無所不能的巴流術高手啊。結果她自己也趴到地上，用上下顛倒的姿勢抱住我左腳，施展膝蓋十字固定。由於這是施招者會把屁股朝向被施招者的招式，因此強襲科教過遇到被人施展這招的時候就反擊對手的睪丸，但亞莉亞根本沒有那種玩意。武偵高中教的東西一點都派不上用場嘛！

「你這個人只要一找到機會就幹蠢事，這個笨蛋金次！真是對喜歡上你的自己感到火大！」

——喀嘰！雖然我好像聽到什麼很不得了的發言，可是噫啊啊啊！膝蓋脫臼的衝擊讓所有事情都從腦中飛出去了！

「嗚嘎啊啊啊啊！」

「主、主人，請問你還好嗎！」

似乎和亞莉亞在一起的麗莎也慌慌張張從螺旋階梯跑下來，但裝飾於她裙底的吊襪帶以及純白色荷葉邊的某種物體同樣被看光光了。拜託，饒了我吧……！

沒有機會交換彼此調查諾契勒斯獲得的情報——亞莉亞便氣呼呼地離開了。後來，我靠遠山家的整復術「喀嘰」一聲把膝蓋扳回原位，搖搖晃晃站起身子……視野忽然隨著「啪！」的聲響變得昏暗——或者應該說變紅了。

我一時以為是吞下去的點45ACP子彈在我體內爆炸，趕緊施展人肉幫浦術。結果兩發子彈都好端端地從口中跑出來，所以應該不是那麼一回事。只是艦內的照明燈光變紅了而已。

（這是……代表『夜晚』的意思嗎？）

我以前在書上讀過，在幾乎與太陽無緣，而且來往於各種時區的潛水艇中，船員們很容易喪失時間感覺。這樣到了目的地會由於身體時差對行動造成影響，因此艦內會適時表現夜晚的感覺。但如果變得一片漆黑，負責輪班的船員也會傷腦筋，所以是採用切換為紅色燈光的方式。雖然遇到緊急狀況或演習的時候也會使用紅色燈光，不過身為副艦長的埃莉薩正一臉悠哉地吃著Ｐｏｃｋｙ巧克力棒走過我面前，所以應該沒事。

「呃～埃莉薩，我現在很想睡覺……這裡有沒有乘客用的床位，或個別房間之類的？」

我想說碰碰運氣如此詢問，然而……

「很抱歉，沒有滴。只有艦長才有個別房間和專用床鋪滴。」

果然沒有的樣子。但我如果睡地板，亞莉亞又會擅自跑來然後擅自發飆。真沒轍，還是找張床睡吧。男人要有膽啊。

於是我把注意力全部集中到嗅覺，盡可能尋找女生氣味比較淡的床鋪。雖然空床位本身就很少，選項應該有限……唔唔！這裡幾乎沒有氣味喔。沒想到居然讓我找到了床單跟毛毯都剛洗好沒多久的床位。凡祈求的，就得到；尋找的，就找到。聖經講得一點都沒錯呢。

很好很好。雖然三層床的上面兩層都有女生在睡讓我不太能接受，但如今只要她們別從上面尿床滴下來我也不會抱怨了。打擾囉～

我躺橫身子鑽進的這張床位，上下空間大約只有我身體厚度的兩倍左右。雖然局促，不過只要把布簾一拉上就暗得剛剛好。

（……好啦，這下真的晚安了。睡覺乃極樂，無需花錢……）

正當這麼想的時候……

「……家主大人……」

我聽到路西菲莉亞的聲音，又差點心跳停止了。這、這三層床的中間那一層，睡的竟然就是路西菲莉亞。簡直太不幸了！不過剛才那聲音聽起來應該不是在叫我，而是她自言自語。她還沒注意到我。

「……家主大人……家主大人、家主大人……」

路西菲莉亞在上層一邊自言自語，一邊「呼、呼」地喘著氣。而且還一直蠢動，讓床鋪的框架都軋軋作響。躺在下面的我都好害怕那床鋪會不會「砰！」一聲掉下來啊。

「……很好很好，就讓我好好處罰妳……」

她甚至還一人分飾兩角，模仿起我的講話方式。

呃，說真的她到底在搞啥……？我真的搞不懂，太恐怖了。

「……嗚嗚，這麼厲害的處罰……但對我來說是獎賞呢……」

雖然我完全不明白路西菲莉亞為何要做這種事，但她似乎非常沉浸於那段獨角戲中。

好——我就趁她專注於那個神祕行為的時候脫逃出去吧。畢竟要是被她發現我在這裡，總覺得好像會很不妙。

結果，就在我悄悄拉開布簾，把半個身體爬出床鋪的時候——在一片紅色燈光之中……

「……！……」

以前在明治神宮與我交手過的長槍手——瓦爾基麗雅竟然就站在床前，害我差點叫出聲音。但仔細一看不對，她雖然在水手服外面套有簡略式鎧甲，綁成麻花辮的紅髮頭上也戴著一頂尖頭盔，不過和瓦爾基麗雅是不同人。剛剛我在指揮室也見過同類型的列庫忒亞人，而從年齡看起來這應該是那個人的妹妹。也就是『瓦爾基麗雅亞種・妹』的意思嗎？

瓦爾基麗雅亞種・妹抱著一個裝滿洗滌衣物的特大籃子，似乎對她腳邊的我完全不在意的樣子……

「路西菲莉亞大人，我把換穿衣物拿來了。」

為什麼要現在叫她啦！這不是會害我被發現嗎！

「……嗯！……哦、哦哦，有勞妳了，嗯。」

中層床位的布簾「唰」一聲拉開後，路西菲莉亞從我上面鑽出——垂下來的縱捲頭髮碰到我兩邊臉頰，像彈簧般彈了一下。嗚哇，熱帶水果系的甘甜香氣都飄來了。

路西菲莉亞身上穿著大概是跟諾契勒斯船員借來的黑色水手服，似乎感覺到有誰在下面碰到自己的頭髮的樣子……

「——家主大人？」

結果她低頭看向我愣了一下後，忽然把像是小鹿斑比的尾巴翹起來，爬出床鋪……

「什麼嘛，原來你躲在下面偷聽我的聲音呀。家主大人可真壞！害我羞恥得心兒怦怦跳呢。真是的！真是的！」

面露賊笑的路西菲莉亞把我推回下層床位中。走、走投無路了！

「什、什麼偷聽……嗚哇嗚哇，別進來！這裡沒有空間擠得下兩個人啦！」

由於就結果來看我剛才的確像在偷聽，讓我沒辦法擺出強勢的態度。路西菲莉亞就趁這時候從頭上的犄角開始試圖鑽進我的床位——

「梅洛基麗亞，妳就在旁邊看看我和家主大人接下來要做的事情吧，嘻嘻嘻！」

「呃、嗯？好的，我會好好看。」

「居然想表演給別人看什麼的，路西菲莉亞妳興趣也太低級了吧！」

正當我用雙手抓住路西菲莉亞的左右兩根犄角，拚命想要把她推出去的時候……

TOTOTE~TOTETITETOTE~！明明現在姑且算是夜晚時間，艦內卻響起吵鬧的軍號聲音。緊接著，嗶——！嗶——！嗶——！從擴音器也發出刺耳的電子蜂鳴聲。

這不是報時——應該是某種警報。

軍號不斷反覆TOTOTE~的旋律。看來那是用來傳達目前發生狀況的音調。瓦爾基麗雅亞種・妹——梅洛基麗亞聽到那聲音，立刻把洗衣籃抱到左手，用右手抓住像攀爬棒的扶手桿。

（……？）

諾契勒斯這時忽然開始傾斜。從行進方向來看，是左轉舵。艦體呈現激烈的傾斜角度，朝左方緊急轉舵。

一片紅色燈光之中，眼前所見的東西全都如惡夢般變得傾斜。掛在牆上的糧食袋與櫃子裡的東西都發出沙沙聲，牆壁、地板與天花板也軋軋作響，簡直像是發生地震時的聲音。

「咪呀！」

路西菲莉亞也有如前滾翻的倒轉影像般，甩起修長的雙腳朝外面滾了出去。

我則是從床位深處滑了出來，用半蹲的姿勢試圖站穩腳步。可是……

「嗚……！」

——不行。我還是朝著用鋼管舞者般的姿勢抓著桿子的梅洛基麗亞摔了過去。

「呀——！」

梅洛基麗亞似乎也沒辦法躲開我的樣子。這樣下去兩人必定相撞。可是萬一她的頭盔或鎧甲——穿戴在身上的東西被我撞掉，她搞不好會跟以前瓦爾基麗雅的時候一樣，按照列庫忒亞規則逼我殺她愛她什麼的。畢竟她看起來應該是那傢伙的相近種族。

因此我調整摔倒的角度，不是朝梅洛基麗亞本體，而是選擇朝她抱在手上的籃子撞過去。用棒球選手撲壘似的動作，讓自己的上半身撲進洗衣籃中滿滿的水手服上衣與裙子，以及雖然我隱約可以猜到是什麼玩意但一點都不想知道的五顏六色小布料。結果那裡面居然還有大概是梅洛基麗亞她姊姊的鎧甲零件，敲到我的眉間似痛非痛的。

「剛、剛才的警報是什麼？敵襲嗎？」

我將臉部與手臂從籃子裡鑽出來如此詢問後，抓著桿子的梅洛基麗亞把頭連同麻花辮一起搖了幾下告訴我：

「那聲音是前方觀測到內波。進行迴避。全體船員注意搖盪——的意思。」

雖然我聽不太懂，但總之不是敵人的樣子。這下安心多——

「家主大人，沒事吧~？如果有撞到哪裡，我可以幫你敷敷喔♡」

——一點也不能安心啊！艦體的傾斜角度恢復後，身穿黑色水手服的妖豔路西菲莉亞又想壓到我身上了。裝作一副關心我的樣子，但她明顯抱著其他意圖想摸我的身體。休想得逞！於是我把雙手往前伸，做出要把她推回去的動作。

結果我發現自己的左右手指之間似乎被什麼東西像手銬一樣拉在一起……讓左右

雙手沒辦法分開到一定距離以上。這個有如絲絹又有如尼龍般觸感滑順，非常有延展性的黑色細長布料——啊！是剛才大概放在籃子裡的最上面，路西菲莉亞那套華美裝扮！而且還是下半身的。呃，也就是說現在路西菲莉亞是光著身體、只套上水手服的狀態嗎！好險啊！

「居、居然把我崇高的貼身衣物當成翻花繩玩耍，真不愧是家主大人，想像力真厲害。看到你那麼做，讓人有種被玩弄的感覺呢。嗚嗚、嗚嗚嗚。好棒……」

「為什麼妳會知道翻花繩啦……？話說，瓦爾基麗雅！潛水艇必須閃避才行的內波是什麼東西！既然妳也搭乘過海底軍艦（納維加托利亞）應該知道吧？快告訴我！」

不管怎麼說，我現在的當務之急是阻止路西菲莉亞前進，因此我決定靠提問、回答的對話拖延時間，嘗試窺探逃亡機會。雙手保持著龜派氣功的動作。

「就是海中莫名很硬的地方。」

該死！變態女的回答時間太短了！我都還沒想出逃跑路徑啊……！

順道一提，抱著桿子蹲下身體的梅洛基麗亞則是……

「海中存在有因為溫度差異造成的水層。尤其到水深五百公尺以上的深度，由於太陽熱度無法抵達而有一塊急遽變冷的區域。在那塊區域的上下則會出現對流漩渦，就叫作內波。潛水艇如果被捲入其中將會很危險。」

對於我的問題如此仔細說明，害我也不能重新提問拖延時間了。

就在這時——TOTOTE～TOTETETITOTE～！再度傳來軍號的警

報之後……艦體又急速傾斜。這次換成右轉舵。我不禁把翻著內褲花繩的手往上一擺，一屁股跌坐到地上……路西菲莉亞則是有如上體育課般往前翻滾，把她似乎躺到床上也會穿著的高跟鞋鞋跟用力壓到我的臉頰上了。就像使出一招腳跟下踢。

痛痛痛痛……！等等，喂！這個爆發性的脈動是怎麼回事？不要因為被長腿美女的高跟鞋壓到臉上就湧起血流啊金次！以前被亞莉亞踹到爆發的時候我就在擔心了，如果才十幾歲就對女生的什麼鞋子或腳部覺醒，可是會留下一輩子的怪癖！另一邊的我現在都搞出什麼香氣追蹤還是啥的，已經算危險邊緣了啊……！

「嘿啊！」

我用路西菲莉亞的裝束勾住路西菲莉亞修長的美腿，讓黑色布料一邊延展一邊把高跟鞋往上抬高。接著當我為了逃跑準備站起身子的時候，被我推開的腳反而高高舉起，路西菲莉亞在我眼前秀出一招低空抱腿後空翻。用高跟鞋著地後，她又把我推倒在地板上使出縱向四方固定。今晚我第二度中招的地板招式不是關節技，而是壓制技。路西菲莉亞徹底蓋在我身體上，讓我仰躺在地上無法脫身……！

「不要這樣——！誰來救救我——！」

對於我發出男女顛倒似的尖叫聲，路西菲莉亞熱情地不斷磨蹭我的臉頰——

「不是那樣，家主大人。你仔細看，我這是對你擺出服從的姿勢呀。我剛才不小心用腳踹到家主大人的臉，請處罰我吧。在梅洛基麗亞眼前。」

妳明明把家主大人壓在下面還講這什麼鬼話？我本來這麼想，不過路西菲莉亞現在的確是擺出五體投地的動作沒錯。但這個服從的姿勢……不管我像現在這樣被壓在下面，或者像上次那樣站在後面，到頭來都是妳占便宜吧？

「家主大人，快命令我。什麼事情都可以。我會乖乖聽你的話呀……」

「那妳讓開！」

「除此之外。」

「……這混蛋……！」

就在我被路西菲莉亞壓在底下拚命掙扎的時候……

「真不愧是路西菲莉亞大人……居然能夠和男人這種生物靠得這麼近。是何等博愛、何等仁慈的心呀……咕嚕……」

用女童蹲的姿勢蹲到我旁邊的梅洛基麗亞則是像這樣嚥著口水，準備鉅細靡遺地觀察兩邊世界融合的整個過程。

該死，這傢伙同樣腦袋莫名其妙，一點都幫不上忙。簡直糟透了！

「……吵死人了……而且又搖來搖去的……話說我好像聽到金次的聲音？」

嗚哇嗚哇嗚哇！糟透的狀況變得更糟啦！從三層床鋪的最上層床位，竟露出了神崎・H・亞莉亞小姐的尊容！剛才也好現在也好，妳在我周圍現身得可真勤啊！

亞莉亞低頭看見我好像準備當著別人的面前，跟路西菲莉亞幹出什麼誇張事件的樣子……

「──金～～～次～～～～！」

但她卻只是把上半身從布簾中探出來，讓雙馬尾垂到下面，用眼睛瞪著我而已。因為已經沒子彈可用所以不開槍的意思嗎？可是那樣她應該會祭出鐵拳或小太刀才對——呀啊！更強烈的一招要來了！由於周圍燈光都是紅色害我發現得晚了，她的右眼正在蓄積雷射啊！

「妳、妳敢射妳就試試看！在這下面可是有核子反應爐喔！」

我為了自保而講出史上最差勁的威脅臺詞，並且把身體一縮——更差勁地把全身都藏到用五體投地姿勢蓋著我的路西菲莉亞身體下面。雖然如此一來，路西菲莉亞G罩杯的雙峰剛好會在我眼前，但現在顧不得那麼多了！忍耐，男人要懂得忍耐！男人的價值就決定於能夠忍耐多少難以忍耐的事情啊！

「嗚……明明是金次，竟然這麼會動腦筋……！」

亞莉亞或許因為意識到路西菲莉亞現在依然是自己負責監護的俘虜，即使咬牙切齒也沒有放出雷射。然而照她的個性，如果繼續看著我被路西菲莉亞包覆的景象肯定遲早會發飆，搞不好真的會用雷射把路西菲莉亞、我和核子反應爐都貫穿。因此……

「路西菲莉亞，保持這個姿勢往後退下！」

「知道了，家主大人！」

我讓路西菲莉亞維持著五體投地的姿勢往後退，自己也縮著仰天的身體靠雙腳背面匍匐後退。兩人化為一體「沙沙沙」地退下，成功逃到走廊上了。

然後即使逃出了亞莉亞的魔眼，艦體依然一左一右地不斷搖晃……

「嘿嘿嘿，家主大人如此喜歡我呢。真是開心。很好很好。」

路西菲莉亞忽然如此說著，對壓在底下的我摸摸頭。

「為什麼會得出那種結論啦……？」

「因為家主大人命令我，利用我了呀。這就表示家主大人認同我的價值不是嗎？我對家主大人來說是派得上用場的女人，所以很喜歡我呀……」

那是什麼超理論啦？簡直就跟無論我做了什麼事，都能像一休和尚一樣構築出『也就是說小金喜歡我的意思』這種創意回答的白雪是同類嘛。話說梅洛基麗亞，妳究竟要跟著我們觀察到什麼時候？

「家主大人，家主大人♡」

再度變成床鋪難民的我，拖著掛在背後的路西菲莉亞疲憊走著。話說回來，真的不管哪張床上都有女生在睡，而且在紅燈下看著那樣的景象，就讓我回想起荷蘭的運河邊那些只穿著內衣褲招客的大姊們，對血流很不好。

「路西菲莉亞，妳現在已經沒有腳戒封印，應該可以使用魔法吧？只要暫時一段時間就好，到我稍微更習慣這裡之前……如果有什麼讓人把女性看成男性的魔法，拜託妳施在我身上。列庫忒亞有沒有那種法術？」

「根本連男人都沒有的列庫忒亞怎麼可能會有那種東西嘛。家主大人真笨。不過那笨笨的地方也好可愛，我很喜歡喔。家主大人～」

即使罵我笨也依然對我完全表示肯定的路西菲莉亞，從剛才就一直把她的雙峰壓在我背上。雖然視覺可以靠瞇眼，嗅覺可以靠嘴巴呼吸多多少少防堵，但觸覺除非在背部打麻醉針否則根本防不住。當然我身上並沒有帶那種東西，因此只能繼續毫無防備地讓有如生麵團般柔軟中帶有彈性的無罩雙峰在我背上又擠又彈了。

舒服得感到難受，淚水讓視野都變得扭曲模糊的我……想說既然沒床可睡就乾脆睡在船員餐廳的椅子上，於是往下來到中層甲板。結果——哦？在餐廳更裡面有一間點著白色燈光的房間呢。

我正覺得在到處是女生的空間中點著紅燈光會讓氣氛有點猥褻，而感到不知如何是好呢。就到那裡稍微讓腦袋冷卻一下吧。

於是我走過去一看……發現那是一間遠比餐廳還要大間，有如教室的場所。不對，不是「有如」，這真的是一間教室。明明艦內連睡床都要精簡縮小，這裡卻占了這麼大的空間——甚至給人一種諾契勒斯是為了這間教室而存在的印象。

（……她們在學習……）

教室牆邊有附玻璃門的書櫃，各處桌上也有配備電腦，而列庫忒亞人們就在那些地方有的讀書有的看影片，進行學習。而且不只自習，也有人面對面坐著進行一對一教學，或幾個人聚在一起講課。

——諾契勒斯是一艘戰鬥艦，同時也是一艘學習艦——

我回想起剛才米希莉茲的這句話並走進房內，結果掛在我背後的路西菲莉亞忽然全身顫抖起來……

「──我不喜歡這裡！我才不要念什麼書！說不念就是不念！」

她接著「啪！」一聲放開我，轉身逃走了。哦哦！原來這裡同時也是路西菲莉亞無法進入的「驅路結界」啊。雖然有如女校教室般的景象同樣令人感到難受，但今後如果又被路西菲莉亞黏著不放的時候，我就到這裡來避難吧。

即使我入侵其中，教室裡的女生們也只會不時偷瞄我幾眼，沒有人對我講什麼話。感覺她們果然對於男人這個種族還很不習慣，不知該如何做出反應的樣子。雖然我同樣不擅長對待女性，可謂半斤八兩──但這邊的世界與列庫忒亞之間可不能一直這樣下去。就算沒辦法馬上變得感情融洽，現在也至少先習慣在同一個房間度過同樣的時光吧。

就這樣，我也決定在這裡念書準備大學考試了。要睡覺等之後再睡也行。

我利用教室裡的印表機，把自己原本下載存到手機裡的習題ｐｄｆ檔案印出來。將這檔案寄給我的松丘館茶常老師，肯定也沒料到我居然會在一艘核子潛艇中念書吧。

（另外我也有點在意諾契勒斯的船員們究竟在學習什麼東西呢？）

……於是我一邊念自己的書，一邊趁休息時間窺探周圍狀況……

這些列庫忒亞人們正在學習的，是這邊世界的知識。

大家的學習程度各不相同，其中也有負責當老師的女生拿著硬幣與鈔票給女學生們看，從零開始向她們解釋金錢的概念。像恩蒂米菈以前同樣花了些時間才理解那些觀念，在列庫忒亞採行原始共產制的種族似乎不在少數的樣子。另外，所謂的身分階級在這邊世界已經大致上變得形式化的事情，對列庫忒亞人來說好像也是不教就難以理解。與此相關的自由民主主義，更是不好好學習就連概念上都無法明白的樣子。

而她們尤其拚命學習的東西，是語言。從英文、法文到印度文、中文……也有人在學習日文。不過稍微聽一下就能發現，她們的學習速度非常快。這可能因為分支為無數種族的列庫忒亞人的大腦，本身就進化得容易學習其他種族的語言吧。一個人會講三、四國語言，對她們來說是很理所當然的事情。

另外從對話中還能聽出來，列庫忒亞與這邊世界的共通常識其實也不少。像「殺人是重罪」、「不可以擅自進入別人家中」之類的規矩、法律是一樣的。雖然由於魔法很普遍，導致科學水準大幅落後於這邊的世界，不過列庫特亞似乎也有相當於這邊世界中世紀的水準——例如縫合手術、齒輪、活版引刷、投石機之類的文明。然而還沒達到疫苗、引擎、廣播、槍砲的水準。那些東西只有來到這邊世界的人，從頭開始學習理解才會使用。

（而那些學習的極致，就是這艘核子潛艇嗎……）

就算來自科學技術水準較低的世界，也不表示她們腦袋就不好。包含列庫忒亞人在內，人們都可以在短短幾年內學習從前人類花上數千年累積下來的知識。政治、經濟、語言學也好，法律、醫學、工學、ＩＴ也好——軍事技術也好。

除此之外，那大概同樣是學習的一環吧，在教室的一角還擺放有老舊的日本製遊戲機，像PS2和超任等等。然後有一群人在那裡玩著Final Fantasy或Dungeon Master等奇幻類的遊戲。只不過大家都一邊玩一邊大笑吐槽，感覺享受樂趣的方式好像跟一般玩家不太一樣。

那氣氛……就跟日本人看到『對於日本知識一知半解的外國人，創作出來以日本為舞臺的作品』而感到好笑的樣子非常類似。奇怪的日文，誇大表現的日本文化，錯誤的歷史、服裝、風景描寫雖然有時候也會引人不悅，但大致上都會讓日本人反而覺得有趣。像最近理子就非常喜歡一部叫忍者殺手的美國作品。

（果然是這麼一回事。）

正如以前我在鎌倉的阿尼亞斯學院所感受到，而亞莉亞也透過直覺同意的假說——

我們起初以為列庫忒亞人們像是從奇幻作品的故事中跑出來的，然而那個印象的順序其實剛好相反。

這邊世界的人們早從遠古時代就知道了關於列庫忒亞的事情。人們見到斷斷續續現身於這邊世界的列庫忒亞人，或聽到她們親口描述各種內容。而這些情報在世界各地對民間故事或神話造成影響，後來又以這些故事與神話為基礎描繪出了所謂的奇幻世界。阿斯庫勒庇歐斯之所以會盤踞於阿尼亞斯學院，也是由於那間學校的裝飾品味類似列庫忒亞文化的後裔——也就是奇幻遊戲的風格，所以讓她覺得住起來很舒適啊。

我一邊念書一邊聽那些女生們的對話，也知道了白金在列庫忒亞是被定位成『高級版的銀』。終究只被當成銀的一種，價值不如金。原來N的戒指階級就是因為這樣被定為金、白金、銀、鐵的順序啊。關於這個階級順序之謎，就連梅露愛特都沒能推理出來，不過『因為是與這個世界不同的另一個世界定義的金屬排序』這種答案，再怎麼說都太異想天開了，她猜不出來也是沒辦法的事情。

我用路西菲莉亞送的自動鉛筆寫完補習班的作業，同時在腦海的角落思考著。

（恩蒂米菈以前好像也是諾契勒斯的船員……）

那麼她肯定也在這間教室當過老師吧。

只不過她的知識相當偏向語言與系統工程學，所以其他領域的知識或許也反過來當學生請別人教過吧。說不定就坐在我現在這個座位上。

於是我對桌面輕撫一下後——離開這間讓我獲得了許多重要發現的教室。

現在我的睡意已經到達高峰，而且床位問題依然沒有得到解決。事到如今只能使出最終手段了，去找這艘艦的最高權力者——尼莫，靠關係請她幫我安排一個睡覺場所吧。

我重新回到指揮室偷瞄，發現這次換成只有那個像拉斯普丁納的龍女坐在裡面吃著袋裝點心，看不到尼莫的身影。於是我決定到剛才到處巡的時候已經知道位置的艦長室瞧瞧了。

艦長室門上掛個一塊『休息中』的牌子，因此我輕輕敲門後……

「我是金次，想跟妳商量一點事情。」

我用假如對方在睡覺也不至於吵醒她的細小聲音報上名字……結果房門倒是很快就微微打開了。然後戴著眼鏡的尼莫探出頭，抬起眼珠看向我。太好啦，她還醒著。

「──進、進來吧。」

講得有點害臊的尼莫讓我進入了艦長室。這房內點的不是紅色燈光，而是有溫暖感覺的燈泡色照明。雖然空間不算大，不過深褐色的木紋地板搭配高雅的壁紙，看起來有如什麼品味雅致的咖啡廳，讓人幾乎忘了這裡是潛水艇中呢。

話說，由於尼莫那股像櫻桃的酸甜香氣非常濃密，這才讓我想到一件事……這裡是艦長室，而艦長是尼莫。換言之，這裡是尼莫的房間啊。

意思是說，我竟然在姑且算夜晚的時間……來到了女生房間中。

這樣一想，總覺得就尷尬起來啦。

「我去拿椅子出來。」

慌慌張張搬出兩張木頭折疊椅的尼莫現在沒戴軍帽，上半身也換成了一套吊帶背心式的便服……讓左右嫩肩都完全露在外面。從那少女風格的無袖上衣腋下與胸前看起來，她、她現在同樣沒穿胸罩啊。雖然我認為應該不至於像路西菲莉亞那樣連下面都沒穿啦，不過看來她真的就如門上牌子所寫，正在放鬆休息中的樣子。

而且用鉸鏈鎖在牆上應該可以豎立起來的艦長專用床，現在也呈現放下的狀態，可見尼莫大概正準備就寢吧。我卻在這種時候跑來打擾，真是對她不好意思。

因為從吊帶背心的腋下縫隙好像差點讓我看到尼莫的裸胸頂端，心臟頓時用力跳了一下的我，趕緊表示「我、我也幫忙」，並幫她展開折疊椅——接著兩人就在書桌前一塊狹小的空間面對面坐了下來。

用手梳理著自己天藍色雙馬尾的尼莫，看起來果然也抱著讓我進入了自己私人空間的意識，散發出難以平靜的氛圍。

看起來觸感應該很舒適的酒紅色燈芯絨短裙雖然長度很短，不過尼莫很端莊地併攏雙腿坐下，真是幫了我很大的忙。她就是在這樣的地方，不時會展露出名家千金的感覺呢。

「賽風壺裡還有一點咖啡，我幫你重新加熱。」

尼莫把手伸向桌上一個座臺式酒精燈點燃後，推進一個拆掉漏斗的燒瓶下面……氣氛上感覺要好好招待我一番的樣子。我其實只是來找她商量床位問題而已的，這下變得有點難以啟齒啦。

（那就稍微跟她講講話吧……）

畢竟應該談談的事情也很多嘛。雖然由於時機很難掌握，所以沒辦法一口氣全部搬出來講就是了。

「……」

穿著單薄的尼莫扭扭捏捏地朝著側面，臉蛋有點泛紅地……緊盯著其實不需要顧得那麼小心的咖啡。但又偶爾會瞥眼偷瞄我，露出思考著『金次究竟是來做什麼的呢？』的表情等待我做出行動。

「……」

這下害我也覺得看著尼莫是教人很害羞的事情，而忍不住把視線轉向房間各處。

用銀行家桌燈照亮的書桌上放有手冊、航海日誌、萬寶龍鋼筆、海圖、地球儀、量角器與指南針……櫃子上則有個古老的座鐘、鸚鵡螺的化石標本、像白雪般的結晶沉澱在下部的淚滴狀天氣瓶。另外還有個用玻璃與蠶絲絹製作的專用展示盒，裡面非常寶貝地保管著一顆青瑪瑙的吊墜，是我以前在無人島上送給她的東西。雖然搞不太懂她為什麼會如此慎重保管，但也許是當成告誡自己別再遇難的教訓吧。

「……」

「……」

一旦沉默下來，就變得更難開口了。而尼莫似乎也一樣，看起來有點緊張。

就在這兩個膽小鬼都不講話的時候，咖啡已經加熱完——於是尼莫起身從餐具架上拿出兩組白瓷的咖啡杯與杯碟。

在我的杯碟上多放一顆白巧克力後，尼莫為我倒了一杯，為自己倒了半杯的咖啡……再從鑲在牆壁內的小冰箱中拿出牛奶，倒入自己的咖啡裡攪拌。

她接著抬起眼珠看向我……

「……恩蒂米菈，給我杯咖啡歐蕾……」

小聲如此說道，彷彿在問我『你記得嗎？』的樣子。

這是她在那座無人島上吃到毒菇被我急救後，她醒來時講過的話。

自己還記得那件事，也心懷感激——尼莫沒有直接把這種話講出口，而是透過這樣泡咖啡歐蕾向我表達。像她以前寄壓花附上羅密歐與茱麗葉的臺詞給我時，也被柯林斯稱讚過，尼莫這個人就是很懂得情趣。這下讓我也想重現在島上發生過的事情，回應她一下了呢。

我笑著啜飲一口咖啡，代替『我記得。』的回答後……

「真是抱歉，讓妳背叛了N和教授。」

雖然很沒情趣，但我首先對於這點向她道歉了。

畢竟在我必須跟尼莫談談的事情之中，我認為這是必須最先講的話。

「——沒關係。我一直以來認為，如果要創造一個超自然的存在能夠自由生活的世界，與教授合作引發第三次接軌也是有必要的一帖劇藥……但你所說的『讓列庫忒亞人與這個世界的人類不爆發衝突的融合之路』——假如能辦到那種事，當然那樣比較好。假如能辦到那種事，我們這些超能力者們肯定也能在和平之中活得像自己吧……假如、能辦到那種事……」

尼莫說著，把視線放到自己用雙手包住的咖啡杯。

對於自己反覆講出口的『假如能辦到那種事』，帶著似乎無法抱持確信的表情。

「總會有辦法實現啦，別擔心。妳又不是不曉得我的稱號。」

「你有什麼計畫？」

「讓丁去想吧。我剛剛才委託她的。」

「喂，我揍你喔。」

「呃，開開玩笑啦。要說計畫我是有想到，但那也要取決於教授的行動。因此首先必須跟教授見個面才行。」

「會有生命危險喔，金次。」

「我早就習慣了。」

我露出苦笑後，尼莫也跟著苦笑回應。由於坐在椅子上依然有身高差距的關係，她抬著眼珠看向我。

亞莉亞和我面對面坐下的時候，多半會一副高高在上地仰著身子露出睥睨我的眼神……因此像這樣有個嬌小的女生坐在眼前抬起眼珠，而且還隔著眼鏡看向我的情境，對我個人來說破壞力真強啊。尼莫看起來好小……

「諾亞和納維加托利亞目前正一同前往白令海，下次與諾契勒斯會合的日子是下個月。會合地點還沒決定，不過預定會在西半球。到時候應該也能見到教授吧。」

尼莫用手抓住眼鏡，把臉朝另一側輕輕轉開的同時摘下眼鏡。接著用手指轉動桌上的地球儀，告訴我這些事情……但由於她把手臂舉起來的緣故，讓她的腋下還有吊帶背心式居家服的空隙處都亮在我眼前，讓人不知如何是好。房間的橘黃色燈光溫暖地照耀著白皙的肌膚，使外觀年幼的尼莫散發出妖豔的魅力。

「我知道了，在那之前就請妳多多關照啦。話說，我們也必須防止夏洛克先跑去把教授幹掉才行啊。在這點上會藉助於妳力量的可能性非常高。畢竟老實講，要說到對付夏洛克的勝算，妳或許比我還高。」

「嗯～這很難說。我不太想靠單艦與伊・U交戰呢。」

「是啊，那種事我也不想幹。像上次那種魚雷戰跟飛彈戰，我已經受夠了……」

後來兩個人都沉默了好一段時間……因此我只能一直看著尼莫可愛到不行的臉蛋與身體，結果……

不、不妙，嘴巴裡都流出口水來了。為什麼啦！難得現在的狀況可以跟尼莫談談各種事情的說，但冒出來的卻不是話題而是口水，搞屁啊！呃～話題、話題……

「剛、剛才我在艦內到處看的時候發現……原來諾契勒斯具備學校的功能啊。艦體表面覆蓋純金的諾亞則是負責把列庫忒亞人運送過來的船艦，而把技能點數全點到戰鬥力上的納維加托利亞就是它的護衛嗎？」

「大致上就是那樣沒錯。列庫忒亞人們首先會搭乘諾亞來到這邊，在諾契勒斯上接受教育之後，登陸到世界各國並滲透其中。在陸地上的生活以及與N相關的活動，則是由先登陸的N出身者或這邊世界的支持者提供協助。而為了使這些流程進行順利，另外會讓這邊世界的人搭乘於這三艘艦中的任何一艘。我也可以算是其中一人。」

尼莫如此說著，把手放到自己左胸上──使得單薄的居家服緊貼到她身體上。雖然因此讓她胸口的衣服空隙暫時閉起來是好事，但這下又換成衣服布料被拉扯導致右胸的形狀完全浮現出來了。嗚嗚，她果然沒穿胸罩～……

「N從以前就給人一種分成兩個派系的印象。假如以船艦來劃分，就是諾亞派與諾契勒斯派嗎？滋嚕嚕～」

我端起咖啡啜飲，露出品嘗味道似的表情自然地閉起眼睛。如此一來不但可以將尼莫的胸部阻隔於視野之外，同時也能把口中的唾液吞下去。我真是太聰明了。不過仔細想想，我也不能一直閉著眼睛假裝品嘗味道啊。頂多五秒鐘就是極限了。看來我果然沒那麼聰明的樣子。

「拜託你喝得優雅一點吧。嗯，諾亞上有些成員才剛從列庫忒亞來到這邊沒多久，其中也有不少人被一些從這邊世界的角度看起來是反社會性的文化薰染得腦袋僵硬。將居住於肥沃土地上的人們趕走創造自己的領土，靠武力使他人屈服成為自己的奴隸——對執著於這類自我傳統風俗的人，教授也會篩選，不讓她們到諾契勒斯就學。至於無論經過多久都不願展現柔軟態度學習這邊世界文化的人，也有很多到最後就是以就職的形式被移轉到納維加托利亞上。」

我原本猜想的莫里亞蒂派與尼莫派兩個派系……原來雖不中亦不遠矣。N整體分成保持著列庫忒亞那種如戰國時代般文化的人，以及有意願學習這邊世界文化的人，兩種派系——分別由莫里亞蒂與尼莫率領。

——然而……多虧我快要進入輕微爆發而察覺到，她這段話中蘊含著某項重大的危險性。而且根據剛才這些內容，也讓我在腦中一步接著一步連鎖性地明白莫里亞蒂可怕的企圖了。

但關於這點，似乎不應該現在立刻單刀直入地告訴尼莫。

畢竟那當中也包含了會深深傷害到尼莫的內容。

雖然總有一天必須巧妙順著話題，把這些事都告訴她就是了……

正當我如此思考的時候，尼莫將喝完的咖啡杯放到桌上，因此再度把側面朝向我……又做出要熄滅酒精燈的動作，結果這次好像真的從她腋下空隙中露出了粉紅色的小櫻桃——

我於是不得不中斷嚴肅的思考，趕緊把視線往下移開……

（……嗚……！）

這、這樣不可以啊！剛才尼莫明明併攏的雙腿……現在居然微微打開了！

雖然她應該是因為坐在椅子上把身體傾向桌子的緣故，為了保持平衡才把腳打開的——但這下她那條短裙深處、呈現一條縱線的白色與櫻桃花紋的——

「路西菲莉亞不是很想跟你生小孩嗎？」

——為什麼？為何現在要提起這個話題——！

「哦、哦哦，我是搞不太懂那項理論啦，但那傢伙似乎認為繁衍子孫是一種侵略手段的樣子。」

「關於這點，我也認為應該遲早跟你談談才行。實際上，她說的那種侵略手法可以算獲得成功了。你看看列庫忒亞公會應該就能知道，如果把僅含極少部分基因的人也算進去，甚至有種說法認為這邊世界的人類每二十人就有一人以上繼承了列庫忒亞人的血統。雖然主要應該只會遺傳給女性就是了。」

每二十人就有一人以上——也就是百分之五以上嗎！真是高到令人一時無法置信的比率啊。

不過這跟以前白雪說過具備最低限度魔力的女性——『每九人中有一人』的比率是相符的。畢竟女性之中占百分之十一的話，就等於占全體人口的百分之五以上了。

而有如在呼應我這項發現似的——

「我本身支持所謂魔力與超能力是來自於列庫忒亞基因的說法。雖然也有像你妹妹——遠山金天所使用的那種，被認為是這邊世界特有的超能力……但我認為那可能就像路西菲莉亞一樣，來到這邊世界的種族個體數本身太少，所以成為了某種缺失之環吧。」

尼莫接著又如此說明，讓我加深對超能力者的理解。

「我如今也總算能夠明白……正如妳以前在無人島上說過，這件事將會成為人類歷史的一次思考轉向。列庫忒亞不只是對遺傳基因而已，對這邊世界的神話也有造成影響。像瓦爾基麗雅是女武神華爾裘蓮，路西菲莉亞是路西法，獸人類的列庫忒亞人在日本或埃及的古老故事中也是耳熟能詳的存在。哈比鳥和飛龍我更是親眼見過，所以我已經能接受……但如果第三次接軌讓那樣的存在們大舉入侵到這邊，對於社會的刺激未免太強烈了。」

「可是，這個世界應當要明白。一方面也為了如今依然畏懼遭受不當待遇而躲藏起來的魔女和超能力者們。既然遲早要明白，就應該現在明白。即使過程中必須跨越衝突也在所不惜。我以前一直是這麼想的——」

如此主張的尼莫……眼神看起來有如冒著生命危險與種族歧視問題奮戰的許多領導者們，或不惜與教會對立鬥爭，也要將地動說傳達給世人的天文學家。

嗯～……就我的想法來說，我倒覺得她太過正經八百，把事物推動得過於急促了。總覺得歐美人好像經常有這樣的傾向呢。雖然也因為這樣，讓他們的文化進步發展得比其他地區快速就是了啦。

不過如今她好不容易脫離了激進派的莫里亞蒂，願意向我們靠攏了。

我還是別胡亂對她說教，現在先稍微再錯開話題，讓彼此多共享一些情報比較好。

「雖然都講這個世界，但其實各國政府對於列庫忒亞和第三次接軌的態度想法似乎不盡相同。這邊世界的大家立場不一致也是個問題。我也多少有所耳聞，不過實際上目前究竟哪些國家是『門派』，哪些國家是『砦派』啊？」

我把剩下的咖啡喝完，吃著白巧克力如此詢問後——

「中國、俄羅斯和印度是『門派』。它們各自都抱著試圖從列庫忒亞獲得超自然力量，進而爭奪地區霸權的野心。對於N的船艦也是只要付錢就願意提供補給。至於美國和西歐則是『砦派』，試圖阻止來自列庫忒亞的移民。這是超能力者們為了不讓自己的既得利益，受到新來的列庫忒亞人侵犯而進行政治遊說的結果。」

「雖然我之前就聽說過類似的內容了，不過這分裂方式感覺可真麻煩啊……」

「日本大概因為對美中雙方的臉色都必須顧慮，所以立場曖昧。由於稍微偏向『呰派』的緣故不願向我們提供補給，但即使我們在近海航行也不會派出軍艦追蹤。」

「怪不得諾契勒斯明明出現在千葉海域，海上保安廳跟海上自衛隊卻都沒有動作啊。」

「雖然他們也不會允許我們光明正大地停靠到橫須賀港，或者在東京灣浮上海面就是了。就我個人來講，我其實本來很希望能夠從你住的台場登陸的，如此一來就不需要像之前那樣搭電車迷路了。啊，不過要是這樣，我也就不能跟你……有那段Rendezvous了……」

尼莫講出Rendezvous這個除了『會合』之外——也代表情侶間幽會的法語詞彙，並扭扭捏捏地……抬著眼珠試探我的反應。臉上還浮現出彷彿在向我確認『把那當作一場幽會，沒問題吧？』的淡淡苦笑。

搞、搞啥啦？明明我想把注意力重新集中到嚴肅話題的，她卻冷不防地插入了這樣一個誘惑的單字。

我因此一時措手不及，沒能馬上回應『那只是把妳從東京車站帶回台場而已』……一秒鐘、兩秒鐘，僵在椅子上什麼反應都沒有。

結果這兩秒鐘使狀況變得對尼莫有利——讓她有點開心地靦腆一笑，雙腳像盪鞦韆般輕輕搖盪起來，有如滴答滴答地數著最終時限的鐘擺。

『既然你不否定剛才那句「Rendezvous」，我心中就認定那是一場情侶幽會囉？』她的言外之意完全是這個意思。但氣氛上又已經讓我講不出『那才不是什麼約會之類的行為，我要求訂正。』之類的話了。

帶有薄薄一層脂肪但不會過粗的白皙小腿肚不斷搖盪，連帶使得椅子上的大腿也跟著蠢動。我的視線因此被誘導過去，這才重新注意到尼莫的雙腳分開……或者說從剛才她熄滅酒精燈讓房間稍微變暗的時候開始，她的雙腳就一直分開著。明明她剛開始還雙腳併攏，坐得很端莊的說！

尼莫的吊帶背心空隙內側也好，酒紅色短裙底下也好……明明起初都是『好像看得見卻看不見』，但總覺得似乎隨著交談過程中悄悄地被切換成『好像看不見卻看得見』了。不妙，這……難不成是她故意的？

（剛才尼莫給了我一個巧克力，不過聽說……從前巧克力在法國被當成是一種媚藥的樣子……）

就在我想起這個根本無關緊要的小知識時……

「呵呵！金次，你臉頰沾到巧克力囉。」

時間到，你沒否定我的『Rendezvous』呢——尼莫彷彿這麼說著並從椅子起身。

「呃、哦、哦哦。」

不知所措的我用手摸了一下臉，發現那裡的確有沾到剛才吃的白巧克力。

糟了。這狀況就跟剛才路西菲莉亞想要幫我擦掉臉頰上的咖哩時一樣，可能有尼莫想幫我擦臉的風險。要是她藉著這個理由靠近到零距離，我可不知道爆發血流會幹出什麼事情來。然而這裡又沒有放什麼餐巾紙，我就用自己的手帕擦掉吧。

「諾、諾契勒斯的食物都太美味了，所以我總會忍不住吃太快啊。」

我說著，從胸前口袋掏出手帕——咦？我的手帕應該是素色才對，怎麼不知不覺間印有圖案了？櫻桃的圖案。而且還變得觸感好舒服，彷彿百分之百純棉的柔軟布料一樣。明明應該是不織布的防塵布料才對啊。

（等等、這……我好像在哪裡看過……？）

我這麼想著，把擦掉臉頰上巧克力的手帕攤開一看。結果……

「——呀啊——！」

尼莫一看到我的手帕，忽然驚訝得連水藍色雙馬尾都翻過來，原地全身彈起。而且從臉蛋、脖子到肩膀都一口氣充血變成粉紅色了。

（……？——嗚……！）

呃、這、這、這個……不是手帕……是內褲啊！尼莫小妹妹的內褲！為什麼你會跑到我口袋裡！啊！難道是剛才我一頭栽進瓦爾基麗雅亞種・妹——梅洛基麗亞手中的洗衣籃時，不小心掉進來的嗎！

「之前在島上的水泉邊也是一樣，為、為、為什麼你老是要偷我內褲！」

一反剛才尼莫充滿情趣的演出——我竟然用超級沒情趣的方式，無意間重現了以前在無人島上的一幕啦！

「……不、不對，這是不幸的偶然造成的產物……！」

完全沒有意思要聽我辯解的尼莫提督閣下撲向掛在艦長室掛衣架的一把劍鞘——

「鏘！」一聲拔出來啦！那把刃長三十五公分、在狹小的艦內也能方便揮舞的、高貴的尼莫家之劍！

我逃出艦長室的同時，把揉成球狀的櫻桃布全力擲向走廊遠方，趁尼莫跑過去撿的時候朝著相反方向拔腿衝刺。藉由這項誘餌作戰贏得生存權的我，接著躲進諾契勒斯的廁所間……就在我哭哭啼啼的時候，有人進到隔壁的廁所間了。

真討厭啊。畢竟我屬於想像力非常豐富的類型，因此為了不要聽到水聲而準備塞住耳朵——的時候，忽然發現有個銀髮縱捲雙馬尾的頭從上面看下來，害我差點被嚇死了。

「遠山金次，你在哭什麼滴？都有人跑來抗議說廁所傳出像幽靈一樣的聲音啦。這裡是女生廁所，你快出去滴。」

靠畫紅妝的手引體上升到門上如此對我表示的，是副艦長埃莉薩。

「諾契勒斯只有女生廁所，我有什麼辦法？話說，雖然妳剛才已經說過沒有……但我還是希望有間個人房啊。要是沒個地方讓我躲——呃不，讓我睡覺，我會撐不住的。」

埃莉薩聽到我這麼說，便結束引體上升動作放下身體……

「那就特別為你準備一間個人房間吧。跟我過來滴。」

她隔著門板對我這麼說道。呃、有個人房喔？好耶！既然有，拜託妳一開始就提供給我嘛。太好啦……這下總算可以安心睡覺了。

後來埃莉薩不知為何還把聲納手的兔耳朵‧米希莉茲也帶過來——

兩個人帶著莫名像在憋笑的表情，領我來到艦艄的右舷側。那裡有一間深度頗深的房間，可以看到大量紙箱雜亂堆疊到深處。與房門相對的另一邊還可以看到人形靶，房內也有些許古老的火藥氣味。進入房間後……我發現這裡由於管線配置的緣故容易積熱，讓房內有點悶熱。腳下地板則鋪有柔軟的吸音磚。

「雖然現在當成倉庫，不過這裡原本是手槍的練習室。再之前還曾經裝設過高頻聲納的輔助裝置，因此是一間完全隔音室滴。」

「你在這裡想哭就盡情哭吧。不管你發出多大的聲音，外面都聽不見的。」

在幽暗的燈泡光線中，站在房門外的埃莉薩與米希莉茲對我這麼說明後……

「謝謝妳們。但房內有點熱，可以讓我把房門開著嗎？」

我如此說著，並轉回頭——房門卻反而「砰！」一聲被關上。

……搞什麼？真沒禮貌。

「喂。」

我上前伸手開門……咦！居然被上鎖了。

「呀哈哈哈！——你可是把美麗的瓦爾基麗雅大人以及偉大的阿斯庫勒庇歐斯大人殺死的仇敵呀。去死。」

米希莉茲的笑聲聽起來彷彿莫名遙遠——這是隔音門——緊接著……

「你就在那裡面變得下落不明，化作一具乾屍吧。男人這種生物，根本不配搭乘諾契勒斯滴。」

——不妙，我被關住了……！

就在我察覺這點的瞬間，房門發出「噗嘶！」一聲，然後就完全聽不見門外的聲音了。諾契勒斯是一艘隔音艦，而我現在還被監禁到裡面的隔音房。太糟糕了。這艦上的船員們的確都對我態度冷漠沒錯，不過由於她們大致上表現中立，讓我疏忽大意了——！

姑且不談原委如何，我至今確實和好幾位列庫忒亞人交手並打倒過對方。雖然我不記得有殺害過任何人，但也許根據列庫忒亞的文化會理所當然地認為在戰鬥中失去消息的人就是被殺掉了。瓦爾基麗雅與阿斯庫勒庇歐斯都是N的大人物，因此會有人想瞞著尼莫把我這個殺掉她們的仇人抹消掉其實也不奇怪。

然而萬萬沒想到的是，副艦長埃莉薩居然會成為這項復仇行動的犯人。她之所以對我保持還算友善的態度，原來是為了讓我鬆懈的演技。然後刻意營造出使我容易找她講話的氛圍，知道我正在尋找床位的事情後，特地準備了這個房間。

（……該死……被騙了……！）

騙人沒有錯，被騙的才是傻子。這是武偵界的不成文規定——但我也太常被女人騙了吧？由於體質的緣故讓我一直都在迴避女性，結果就總是搞不懂女人心中在盤算什麼了。

話雖如此，不過遇上這種時候，生存力很高同樣是武偵的特質，也是我這個男人的特質。雖然因為是軍用艦的門，光靠解鎖鑰匙（撞匙）應該很難解鎖，但門板的這一側也有鑰匙孔。立刻開始解鎖吧。反正不管我怎麼叫外面都聽不見，也不會有人來救我吧。更重要的是既然這房間完全隔音，就代表這是個沒有通風的空間。從狹窄程度估算搞不好只能撐一小時，再怎麼久頂多也兩小時就會缺氧了。

於是我從武偵手冊拿出撞匙，準備開始解鎖的時候……

「……呃，主人……」

從我背後的紙箱後面忽然傳來聲音，害我嚇了一跳。對方背著一把莫辛・納干，身穿水手服套圍裙——這不是麗莎嗎！

「呃、喂，為什麼妳會在這裡？」

「因為路西菲莉亞大人委託我製作大量咖哩麵包，說是要發給艦上的各位，宣揚其美味……而我在找咖哩粉的時候聞到這裡有味道，所以就進來了。」

如此表示的麗莎，手上拿著大概是從紙箱中找到的咖哩粉罐。

「那妳運氣可真差，跟我一起被關起來啦。這艦上似乎有些人對我懷恨在心的樣子。我正要試試看能不能打開這個門。」

「是、是這樣嗎？」

這麼狹小的密閉空間中，現在關了兩個人。

也就是說——到缺氧前剩下的時間必須估算得更短了。要加快行動才行。

在昏暗又悶熱的密室裡，我觀察著房門。該死！這門居然有三道鎖。雖然正中間只是一般的彈簧鎖……但靠近地板與天花板兩側的鎖卻是我沒見過的類型，而且位置也很差。

假設到我缺氧而喪失專注力之前還剩五十分鐘，三道鎖的限定時間就暫定為中段十分鐘、下面二十分鐘、上面二十分鐘吧。雖然這樣分配已經算非常急迫——也只能拚啦。

「……麗莎，這房間有些什麼東西？」

我把解鎖鑰匙插入中段的鎖孔，朝旋轉方向持續施力的同時用撞針前後擦碰鎖芯內部。彷彿在證明這房間不通風似的，室溫逐漸升高，讓我很快就滿身大汗了。

「有很多種類的東西，全都是罐頭。但沒有開罐器……」

「反正現在不是要開來吃。妳去打開一個罐頭，然後把蓋子拿來給我。就算沒有開罐器也沒關係。房間深處不是有個射擊靶嗎？妳把那拿掉，我想後面應該會有堅硬的牆壁。然後妳用像是要把罐頭邊緣的突起部分磨平的角度在牆上磨罐頭。小心別磨到自己的手指了。」

麗莎聽到我一邊開鎖一邊如此說明後，跑去把人形靶拆下來——便發現後面是防止子彈貫穿用的水泥牆。接著有如磨蘿蔔泥一樣用力在牆上摩擦鳳梨罐頭。由於罐頭在構造上只要削掉邊緣的接合處就能打開……

「哇！開了。」

「很好，我這邊也快好了。妳把蓋子拿過來。」

我將麗莎遞給我的罐頭蓋子夾入暫時解開的中段鎖的固定門部分。畢竟要是對方發現門鎖被解開，又從外面重新上鎖，可教人吃不消啊。我看了一下手錶，從我被關進房內經過了十二分鐘。雖然呼吸還沒問題，但已經熱得讓我把外套脫掉了。

接著是下面，靠近地板的門鎖——但這高度光蹲下還不夠，必須全身躺在地板上進行作業才行。手臂就算了，但一直把頭懸在半空中可真吃力啊，脖子都開始發抖了。

結果麗莎看到我這樣子後……

「那個，主人——如果您不介意，請用麗莎吧。雖然麗莎只能在這種小事上幫得上忙而已……」

她拿掉莫辛．納干與圍裙，在我旁邊跪坐下來。是讓我躺大腿的姿勢。雖然就爆發方面來講很不好……但現在也不是講那種話的時候了。我就借她的大腿一下吧。

於是我把頭放到麗莎有如棉花糖般柔軟，又散發出楓糖般香氣的大腿上——繼續與分隔生死交界的這道門縫搏鬥。

就在這時，一滴水珠落到我臉頰上……

「啊啊！主人，非常抱歉！」

容易出汗的麗莎趕緊用真正的手帕幫我擦掉那滴汗水。我瞥眼一瞄，發現她已經冒汗到顏色很淡的金髮瀏海都貼附在她額頭上了。這麼說來，以前我和麗莎在倫敦寄宿的那間鍋爐室旁的閣樓房也是熱得要命。當時麗莎那對雄偉的雙峰下面也有冒出汗珠……

（……不、不妙……！）

必須講些什麼話冷靜下來，否則我無法專心解鎖了。而且就算沒有這段回想，甘甜的汗水氣味現在也有如水蒸氣般不斷從麗莎身體散發出來啊。早知道我剛才就不讓她去做什麼磨蘿蔔泥運動了。

「……妳遇到了米莎開心嗎？」

「是的。」

「這下知道自己的起源是來自另一個世界，會不會讓妳感到很衝擊？」

「不，完全不會。發現新的真相，是讓人生走得更正確的第一步。更何況，引導麗莎到達這第一步的——是主人。只要是主人所指引的路，對女僕來說全部都是正確的。無論要前往什麼樣的場所、什麼樣的地方，麗莎都會追隨主人的。」

「就連這種像監獄一樣的房間也是嗎？真的很抱歉啊，居然把妳也捲進來了……以前在遠山武偵事務所也好、在羅馬也好、在平流層也好……」

現在已經超過按照原本預定應該已經把下面的鎖也解開的三十分鐘——除了悶熱的室溫之外，也逐漸開始缺氧。我還是趁能夠道歉的時候先道歉吧。

「……請問您還記得布爾坦赫嗎？」

「那當然。在布爾坦赫那段日子，是我這幾年中最和平的時光啊。」

布爾坦赫，外觀呈現星星形狀的古老堡壘小鎮。在極東戰役中遭到師團、眷屬雙方追緝的我和麗莎，選擇潛伏躲藏的荷蘭邊境鄉村。

那段閒適、平靜又安寧的日子——

「……麗莎有時不禁會想，如果那時候時間停止下來該有多好……」

麗莎露出柔和的微笑，輕輕閉上眼睛。

彷彿在那修長的睫毛底下、眼皮的內側回憶、懷念著那段時光。

「也許吧。」

「啊啊，主人……能夠聽到您這麼說，麗莎由衷感到幸福。」

「——呃、喂，別露出那種好像『這下已了無遺憾』的表情啊。放心，我會把門打開。不過確實，那時候多虧有妳，讓我過得很愉快。謝謝啦。」

雖然嘴上逞強——但我還是趁活著的時候，除了道歉之外也向麗莎表達謝意。

這個鎖很複雜，即使我已經掌握了構造，但恐怕光用撞匙是無法解鎖的。麗莎似乎也有隱約察覺，到我們窒息死亡之前都無法把鎖解開的可能性很大。在鎖的深處有個如果不破壞就無法打開的部分，假如有其他工具或許還能靠蠻力解決……但光靠這把解鎖鑰匙根本碰不到那部分。該怎麼辦？

「當初能夠在布魯塞爾的地下道與主人相遇……麗莎真的非常幸運。因為在當時那種狀況下如果手中有一把槍，麗莎恐怕早就舉槍自盡了……」

「那可真慶幸事情沒有變成那樣。畢竟假如真的發生那種事，我也會在布魯塞爾完蛋，沒辦法活到今天啦。」

不妙。我和麗莎的對話正階段性地往過去回溯。我以前在強襲科學過，這是被逼到生死邊緣的人們常幹的事情。也就是盡可能閒聊往事，藉此讓心境遠離現在所處的狀況，進而淡化對生存的執著與對死亡的恐懼。

而蘭豹說過若要抵抗這樣的精神狀態，可以創造新規則的猜拳，或者互相取新的綽號……內容不拘，總之做些新的事情就對了。因為如此一來等於在暗示宣告，自己今後還要繼續活下去。

——對了，有件事情我一直以來都希望麗莎能改掉，就趁這機會拜託她吧。

「麗莎，呃～……妳跟我是同年對吧？拜託妳差不多也改掉對我用敬語講話的習慣啦。還有那個『主人』的稱呼也是。」

「不，關於這點即便是主人您的命令……」

「我就是在講妳這點。拜託妳用對待平輩的口吻，用什麼新的稱呼叫我看看吧。」

我一邊「喀鏘喀鏘」地嘗試解鎖，一邊如此強迫對方——結果麗莎有點無奈地垂下她形狀優美的眉梢……或許也由於悶熱的緣故，臉蛋越來越紅。然後在我的頭上彷彿把臉伏下到自己胸口似地……

「……怎麼這樣……麗、麗莎很為難呀……金次……同學……」

隔著胸前的雙峰，她翠綠色的眼眸泛出水光，一如我的命令改為對待平輩的口吻，用加上同學的稱呼叫了我一聲——

（……！）

這、這是怎麼回事？好像有種我和麗莎的心一口氣貼在一起似的感覺……！至今我與麗莎之間透過敬語口吻保持的距離，竟然光因為剛才那樣一句話就被拉近到一般我們這個年紀的男女生之間的感覺。簡直就像原本被對方用名字稱呼的男人結婚之後被稱為「親愛的」一樣，感受到兩人之間的關係大幅靠近——撲通！——來、來啦——……！

……真不愧是麗莎，居然光用一、兩句話就喚醒了我的血流呢……！

「——妳還是保持敬語就好。我永遠都是麗莎的主人啊。」

「……是、是的，主人！請原諒麗莎失禮了！」

麗莎在我頭上鞠躬敬禮，讓一滴滴閃耀的汗珠跟著灑落下來。哈哈！看來我真的太過勉強她了。另外，我也學到一課。主人、Master、家主大人——男性雖然光是被女性如此稱呼就會滿足支配慾望，在爆發方面是很危險的事情……不過被女性用對等的立場稱呼則會有種親密的感覺，同樣很危險。那麼被稱為奴隸或豬就不爆發嗎？並不是。我至今被包含亞莉亞大小姐、貝瑞塔大小姐在內的那些高高在上的女生們，觸發覺醒的血流便是最好的證明。雖然如今我才總算有足夠的度量承認這件事，不過其實高一的時候，蘭豹老師也讓我爆發過好幾次呢。

那麼究竟該怎麼辦才好？答案是一點辦法都沒有。女性無論站在下中上哪個立場，都是會讓我胸膛發熱的存在。換言之就是：大家不一樣，大家都很棒。

唉呀，該回到開鎖上了。現在已經經過四十五分鐘。雖然一方面也由於缺氧的緣故讓另一個我好像沒想到，不過只要用手槍應該有辦法破壞鎖芯深處。

於是我把槍口靠在解鎖到一半、撞匙還插在裡面的鎖孔上——蓋上防彈夾克防止跳彈或碎片飛散。

「麗莎，妳退後。」

「是，主人。」

——貝瑞塔「砰！」一聲噴出火光——成功破壞了下面的門鎖。接下來必須解決上面的門鎖，但這次反而換成位置太高，讓我握槍的手伸不到鎖孔。

「麗莎，幫我穿上夾克。」

「是，主人。」

「另外把莫辛・納干借我一下。子彈只要一發就好。然後妳躲到房間裡面去。」

「是，主人！」

因為麗莎好像對於能夠重新叫我主人的事情感到很開心，所以我不斷對她講話，讓她可以叫我好幾次之後……

我首先拔出光影，切下一小段腰帶的繩索。然後用那繩索把解鎖鑰匙綁在借來的莫辛・納干槍口附近。把解鎖鑰匙插入上面的鑰匙孔，花五秒鐘處理掉鎖芯與鎖門——

如果是爆發模式，我閉著眼睛也能辦到——接著計算跳彈的角度……

只靠手感拉開莫辛・納干的槍機，裝入7.62×54R子彈，把槍機往前推，再往下退四十五度，伴隨「砰鏘——！」的獨特金屬聲響，開槍。然後扳起槍機拉柄，往下一推，排出彈殼。把用完的莫辛・納干・麗莎型交還給從裝罐頭的紙箱後面走出來的麗莎後……

我再用一點秋水的力道一推，房門便「磅——！」地猛然打開。如此一來，事件就落幕啦。

「……嗚……！」

「——呀……！」

在走道上，以為成功幹掉我的埃莉薩與米希莉茲正拿著果汁在乾杯……不過當她們一發現我，就當場腳軟癱坐下去了，臉上還露出擔心被我報復殺掉的表情。

「剛才麗莎也在房間裡喔。這鳳梨給妳們，好好享用吧。」

我不會殺掉什麼人的——雖然我沒如此明講，不過相對地，將剛才麗莎打開的罐頭交給她們兩人當成暗示。

接著……

「我會把『門』打開。只要門的另一側有女性。我不會怨恨的。」

用爆發模式的磁性嗓音如此表示後，我帶著麗莎一起離開現場。感受著背後那兩人依舊瞪向我的視線。

——讓我們互相理解吧——

我雖然對丁這麼說過，但其實言易行難。

艦上的女生們都排擠身為男性的我——埃莉薩與米希莉茲甚至想把我殺掉。但我能責怪她們嗎？這就跟在外面的世界，我們人類對她們做的事情是一樣的。列庫忒亞人，以及身為子孫的魔女、超能力者們——由於害怕遭受歧視，無法在人前展現自己的真面目。而我和展現那些力量的人們交戰過，也逮捕了好幾個人。

不只是列庫忒亞人與這邊世界的人類之間而已。即便同是這邊世界的人之間，也會做一樣的事情。多數派不斷欺負少數派。欺負不同的人種、不同的宗教、來自不同地方的對象。恐怕是類似本能的東西讓人類那麼做的吧。

然而人類差不多該結束這些行為了。應該要讓這段與列庫忒亞人的相遇成為跨越彼此差異、互相融合的成功案例。畢竟要是一直關在城砦中不把門打開，咖哩麵包就永遠不會誕生啊。

不過話說回來……期望接納只有女性存在的列庫忒亞人們，在這樣的思想中站在最前線的我綽號卻是『厭女男』，可真諷刺呢。關於這點，只能苦笑啦。

6彈　安達曼，深度零

——待在潛水艇中非常容易喪失時間感覺。雖然艦內會用燈光照明表現晝夜效果，但身體怎麼也無法接受那樣的演出。自從第一天徹夜通宵之後已經過了一個禮拜，我的生理時鐘至今依然處於混亂狀態。這一方面也由於通宵的隔天以後，我都是躲在糧食倉庫發現的一個空木桶中睡覺，導致睡眠品質很差的緣故。

另外，到現在我依舊因為是男人的關係，被排擠在列庫忒亞人的圈子之外。亞莉亞雖然在某種程度上嘗試過交流，但她也因為社交能力太差而依然和大家有段距離的樣子。

設備超級古老的諾契勒斯，是透過大廳海圖上的磁鐵告知船員們船艦現在位置，而根據那個標示，目前我們穿過麻六甲海峽，正準備進入安達曼海。

（也就是說現在來到了印尼西北、泰國西南，印度的安達曼．尼科巴群島附近是嗎……即使難得來到這片常夏之海，待在艦內也一點感覺都沒有啊。）

我一邊在心中如此發牢騷，一邊在中層甲板的教室中用功念書。畢竟我好歹是個考生，而現在是決定考試成敗與否的關鍵冬季，照理來講根本不是和什麼冰山空母或海底戰艦決勝負的時候啊。就這樣，正當我埋頭消化著一路累積下來的松丘館功課時——

……嘻嘻哈哈、嘰嘰喳喳……

怎麼走廊上好像很吵的樣子。船員們個個看起來開心期待，尾巴都不斷左右擺盪。

「……？難道要辦什麼活動嗎？」

我對在教室拖地板的麗莎與米莎這麼詢問後……

「諾契勒斯好像準備要浮上海面的樣子喔。雖然還沒要登陸就是了。」

「也就是要到海面上晒日光浴的意思。我也會去。」

她們如此向我說明。順道一提，米莎由於把我當成麗莎的同伴，因此還算願意跟我講話。只不過她的講話方式非常男性化。明明胸部是麗莎等級地說。

（日光浴嗎……！）

那我也很想晒一晒呢。感覺應該能夠讓快要罹患自律神經失調症的生理時鐘，重新設定一下。

不用說，適度的陽光對於健康是必要的。畢竟人體就像進行光合作用的植物一樣，會透過晒太陽在體內生成需求量一半左右的維生素Ｄ，而且對精神衛生上也有好處。

我就這麼懷抱著登上諾契勒斯以來，可說是第一次湧現的期待感，順遂進行著今日預定的讀書進度……

——TE、TE、TE、TO——！一陣軍號吹奏聲之後，擴音器接著響起「嗶——！嗶——！」的蜂鳴聲。隨後傳來有如客機著陸時的震動，從剛才就好像有點把艦艏抬高的諾契勒斯又恢復到水平狀態。

「深度零！浮上海面了～！」「室外氣溫二十九度，放晴！」「是太陽呀～！」

船員們大為興奮的聲音在走廊上迴盪。果然大家都很想念外頭的空氣啊。

掃除完畢的麗莎與米莎也雀躍地離開教室……用功到一段落的我跟著從座位起身。好，去鬆口氣吧。

於是我來到走廊，卻連氣都還沒鬆、雙腳就先鬆軟了。

（——嗚——！）

在走廊上，有白色、膚色、褐色的裸體、裸體、裸體——一片光溜溜天堂，對我來說是光溜溜地獄在眼前展開！無論往右看、往左看，船員們不但都脫掉淺藍、深藍或黑色的水手服，就連顏色款式自由的內衣褲也被大家全力脫下來扔到一邊。為什麼！

腳軟站不住的我當場癱坐到地上，拖著屁股往後退回無人的教室中。接著關上教室門，用手緊緊固定。明明和麗莎一起被關進隔音室的時候那麼努力開門出去，這次卻反而拚命閉門不出。剛才那是怎麼回事？難道是快要自律神經失調的精神讓我看見的幻覺嗎？若真如此，拜託你選個稍微健全一點的幻覺行不行啦，我的精神！

就這樣，當我一邊躲藏一邊啜泣的時候……走廊逐漸變得安靜下來。大家似乎都到外面去了。

「……主、主人？怎麼好像聽到您很難受的聲音，請問您還好嗎？」

從門外傳來大概是再度經過教室前的麗莎的聲音——

「那、那裡還有其他人嗎？」

我也想要去晒晒日光浴，但那樣必須出去艦外，也就是必須先到走廊上才行。因此我為了確認狀況而如此詢問。

「不，這裡的走廊上已經沒有人了。」

「太好啦……啊！該不會連妳也是全裸吧？」

「咦？呃、不，麗莎並不是裸體，但只要您命令我脫掉——」

「不不不！不要脫！」

我徹底縮著身體……輕輕把門打開一看，嗚哇！是麗莎沒穿絲襪的光腳——她果然是全裸嘛！這個變態！正當我這麼想的時候，發現並非如此。她身上的關鍵部位都有用白色的貼身衣物遮掩。那不就是只穿內衣褲嗎！這個變態！我這麼想卻發現也不是如此。那是一套白色比基尼泳衣。而且腳下也套著一雙海灘拖鞋。

「妳、妳為什麼、要穿泳衣啦……」

「因為聽說要在甲板上舉辦游泳池派對的樣子。」

原、原來如此。換言之，大家剛才是在換泳衣啊。畢竟諾契勒斯艦上只有女人，所以也沒什麼更衣室嘛。

我踮著腳尖穿過到處是剛脫下來、還殘留體溫的水手服跟內衣褲，簡直有如一片地雷區的走廊——結果因此比麗莎慢了好幾步才抵達通往甲板的梯子。然後為了不要抬頭看見她在白色泳裝上呈現一道明顯凹溝的柔軟屁股，我閉著眼睛往上爬到艙門處。

接著——

「……嗚喔！好刺眼……」

我終於來到了果然跟電燈光線完全不一樣的耀眼陽光底下。

一片嗆鼻的海水氣味。明明現在十一月，這裡卻是盛夏的大海。

原本在艦內光是能看見前方十公尺處的地方都很少了，現在視野卻忽然變得無限大。周圍三百六十度，全都是水平線。即便是巨艦諾契勒斯，在這裡都讓人覺得渺小呢。

赤道附近由於太陽光的入射角以及海水成分都與日本不同的緣故，大海顏色也完全不一樣。這片安達曼海就好像全部是透明的綠柱石所構成似的，呈現一片海藍寶石色。幾乎無風，海面平靜，雲也很少，簡直像作夢一樣。這是——人生中最棒的日光浴……

……然而，甲板上的景象卻完全妨礙這份享受。

（嗚嗚……）

雖然比剛才的全裸天堂稍微好一些，但諾契勒斯這塊有如細長形廣場的甲板上，到處都是泳衣、泳衣、泳衣——只用一點點布料裝飾自己肢體的獸娘們正嘻嘻哈哈地發出興奮的笑聲。漂浮在碧藍大海上百花盛開的美少女花園，一路延伸到艦尾。全長約兩百公尺的甲板上，每幾十公尺就放著好幾個塑膠充氣泳池，女生們穿著比基尼泳裝、連身泳裝、荷葉邊和側線或有或無的各式泳衣，活像煮水餃般泡在池中戲水。如此揮霍水資源的行為，可說是只有能夠無限製造淡水的核子潛艇上才看得到的景象。啊！在核子反應爐控制房的那個像六角恐龍的女生也有醒來，連同她的充氣泳池一起被搬出來了呢。不過因為大家泡進原本只屬於她的泳池，讓她好像在水中鬧彆扭的樣子。

另外也可以看到女生們玩著海灘球或水槍，拍著照片，用喇叭吹奏著我沒聽過——應該是列庫忒亞的音樂，或者撐開遮陽傘睡著午覺……全力宣洩著艦內生活中累積下來的壓力。雖然包含麗莎在內的伙房兵們，好像還是忙著到處端送大量的熱帶飲料與水果就是了。

（啊……）

我這時忍不住「噗嗤！」一聲笑了出來。因為在相當遠的地方，我看見了亞莉亞穿泳衣的模樣。但由於她胸部有如平靜的海面般一片平坦，看起來就像遊走於剝削兒童行為邊緣的年少偶像泳裝照似的景象。亞莉亞腦中似乎有著一種『比基尼很成熟』的審美觀，所以像這種時候明明是幼兒體型卻總要硬穿比基尼。雖然那套泳裝應該是從諾契勒斯借來的，不過真虧艦上竟然可以找到這麼單薄的比基尼呢。

亞莉亞正在丟擲某種色彩鮮豔的環狀物，於是我朝她投擲的方向一看……發現路西菲莉亞像個稻草人一樣站在那裡，哈哈大笑著。雖然她同樣穿著比基尼泳裝，但是跟平常那套有如變態女的服裝比起來布料面積反而較多，對我來說是好事。從其他方向也有女生朝路西菲莉亞投擲圓環，路西菲莉亞則是用犄角接住後，再甩頭把圓環丟回去。原來犄角……還可以用來玩套環遊戲啊？看來列庫忒亞文化還有許多我不知道的事情呢。

就在船員們享受著泳池派對的時候，太陽緩緩傾斜——讓海藍寶石色的大海逐漸變化為有如黃玉或石榴石的玫瑰金色。

女生們全都彷彿不知疲倦地不停嬉戲，亞莉亞似乎也在不知不覺間透過路西菲莉亞結交到一些朋友的樣子。

……然而，至於我的狀況則是……抱膝坐在突出於甲板上，有如一座黑塔的指揮室圍殼前方，眺望著海面。在這個沒有其他人的艦艄側，一直坐著。

因為要我過去那個都是女人的泳池區也太難了吧！畢竟只有我一個人是男的，我又不是可以在那種地方跟大家玩成一片的開朗個性，而且我也沒泳褲可穿，所以穿著防彈制服啊。

其實本來應該要好好把握這個機會，和列庫忒亞人們培養情誼才對的……但所謂的交流可真難呢。話說我另外還有疾病（ＨＳＳ）的問題，所以要是走錯一步，搞不好會有把情誼培養過深的危險性啊。就算對方有一百人，另一個我還是可能全部應付得來。我好害怕我自己。

（嗯……？怎麼好像飄來很美味的香氣……）

今天大家似乎要在這裡吃晚餐的樣子，剛才麗莎那些伙房兵還把好幾套烤肉道具搬到甲板上，而現在大概開始烤了。真好啊，烤肉。我也鼓起勇氣過去參加好了。雖然那是潮咖才做的行為，不過像我這種陰咖其實也多多少少容易加入其中。

——然而還有另外一項問題。到了黃昏，陽光的照射角度會產生改變，從橫向強烈照耀女生們的泳衣。非常不好的是，這現象會使得泳衣相當容易透色。尤其浸溼的白色泳衣最容易透出底下的顏色，而我要是因此進入輕微爆發，眼睛就會變得如紅外線攝影機般高性能化，把緊接白色之下容易透色的暖色系泳衣也全部看光光。到時候我就會完全爆發，變得能夠透視所有顏色的泳衣，讓光溜溜的世界再度展開於眼前。

因此烤肉派對我同樣無法參加。

（等一下再去吃剩菜吧……）

在前方全部有如溜滑梯潛水艇艦艏附近，我獨自抱膝坐著，讓溫暖的夕陽照在身上……漸漸地……開始想睡了。

對啊，人類本來就應該日出而作，日落而息才對……

…………

……

——背後似乎有人靠近。

我因此清醒的瞬間，也察覺到那個人準備把我往前推的氣息。

我趕緊把身體閃開，結果試圖推我的人——身穿連身泳衣的埃莉薩就……

「嗚、嗚哇！哇哇哇哇——！」

雙手撲空，又停不下動作而被我的身體絆到腳——滾啊滾地——沿著諾契勒斯巨大艦艏的圓弧面往前滾去。

雖然她一邊翻滾一邊掙扎著想爬回來，但她腳下呈現半球面的斜坡越來越陡。就在掉落到幾公尺下方的時候，她銀髮雙馬尾的頭重重撞到艦體，變得不再吭聲也不動——像人偶般往下滑落。最後……

（……！）

——撲通！沉入海中了。在除了我以外，沒有任何人看見的地方。

不妙。她沒有立刻浮上海面，可見是昏厥落入海中的，必須下去救她。

我把氣囊彈裝入貝瑞塔中，同時沿著諾契勒斯光滑的艦體表面往下滑。途中把子彈射入海中，並「啪唰！」一聲跳進埃莉薩落海的地點附近。

往上游動的我首先回到海面，接著是在海中漲開的氣囊彈，最後背面朝上的埃莉薩才浮現……然而失去意識的她根本沒有伸手去抓就在旁邊的氣囊，更糟糕的是她臉部朝下浸在海水中。這樣會溺死啊。

我游到埃莉薩旁邊，抱住她的身體讓她抬起臉。雖然從她鼻子與嘴巴都流出水來，不過只有少量。她昏過去之後才落入海中，或許算是不幸中的大幸吧。畢竟當人落水陷入驚慌的時候，可能會自己把水吸入肺中，那樣就有引發誤嚥性肺炎的風險了。

「埃莉薩，喂，埃莉薩！」

我大聲呼喚，並搖動她褐色的肩膀——結果她「嗯……」地做出反應了。也就是說她雖然全身癱軟，不過昏迷指數還算沒問題（JCS 20）的意思。

話雖如此，但我這樣抱著她可沒辦法爬回去啊。畢竟潛水艇的側面沒有可以抓的地方，而且又滑，即使只有一個人也很難爬上去。因此我為了呼叫救援——將照明彈裝入貝瑞塔，朝天空發射。子彈在指揮室圍殼上方的晚霞空中炸開，一邊綻放白色光芒一邊朝艦尾方向掉落……可是烤肉派對那些人似乎以為那是什麼煙火，還開心地吹起口哨。不是那樣啦！

「——喂～！我們掉進海中了！誰來幫個忙啊！」

即使我這麼大喊，艦尾方向也熱鬧得沒人聽到。不妙，再這樣下去，等日落之後會變得一片黑暗，那就麻煩啦。

正當我這麼想的時候……

「……你們是怎麼啦？發生了什麼事？」

有人察覺到我們了。是亞莉亞。她來到我剛才坐的地方，驚訝地往下看著我們。

「呃～……剛才稍微玩鬧了一下，結果她摔下來。所以我下來救她了。拉我們上去吧。」

「真是的，搞什麼嘛，是在玩鬧什麼？跟埃莉薩兩個人。」

我隱瞞了『差點被殺』的事情——結果直覺敏銳的亞莉亞露出了感到懷疑的表情。

但我還是要裝傻到底。埃莉薩是諾契勒斯的副艦長。畢竟列庫忒亞的文化上比這邊世界更加重視名譽，要是有身分立場的人犯了罪被發現，肯定會很糟糕。搞不好會像古代的武士一樣，發展成埃莉薩必須切腹的事態。

因此關於上次被她關起來差點遭到殺害的事情，我同樣沒有對任何人說過。也下命令麗莎不可外傳。

更何況……埃莉薩是女性。就算差點被殺掉，只要是女性做的事情，另一邊的我肯定還是會全部原諒的。那邊的我被關之後也表示過『不會怨恨』，那麼這邊的我為了言行一致，也只能原諒她啦。

「不管怎麼說——妳能注意到我們真是太好啦，亞莉亞。」

「因為明明有東西可吃你卻沒現身，我就想說你絕對在什麼地方跟女生搞什麼事情，就到處找你呀。」

……真不愧是跟我當了這麼久搭檔的亞莉亞呢。

後來亞莉亞回到艦內，帶來幾個人垂下繩索。於是我把埃莉薩抱在左手臂中，用右手抓住繩索回到甲板上……對不知何時已經恢復清醒的埃莉薩笑著說了一句：「或許妳不記得，不過我妳剛撞到頭啦。可能會長包包喔。」

總算安心下來的我坐到甲板上，而亞莉亞也說著「這下事件就落幕了呢」，並用女童蹲的姿勢坐到我旁邊——雖然說我差點被殺的事件其實已經是第二樁就是了啦。我在心中如此想著，並轉頭看向她……

（……嗚……！）

——剛才我所擔心的事情，發生了……！此刻，就在我眼前……！

而且偏偏還是亞莉亞的白色比基尼，從正面被夕陽的光芒強烈照射著。

剛才似乎在游泳池玩過的亞莉亞單薄的泳衣含有大量水分，緊緊貼附在她平坦的胸部與某處肌膚上，讓身體線條清晰地浮現出來。再加上強烈的陽光一照，使布料透色——

「剛才你們在海面上的時候，我看埃莉薩好像癱軟不動，還以為她死了，嚇得胸口都彷彿要塌掉了呢。」

我也捏了一把冷汗啊。

「本來就是塌的吧？」

「你說什麼！」

——糟、糟糕，我因為看到亞莉亞的透色泳衣而一時驚慌，結果把心中想的話跟講出口的話搞反了！住手！請妳住手啊亞莉亞小姐！不要用那種打扮——就算不是那種打扮也一樣啦——別把我推倒並騎到我身上，朝我臉部灑下鐵拳豪雨好嗎！那樣讓我的後腦杓不斷敲撞到的地方可是潛水艇的甲板，是真的鐵板啊！

……到最後，我的後腦杓長出了好幾層遠比埃莉薩頭上長出的包包還要大顆的腫包，害我的頭都變得像雷利·史考特電影中的外星人了。

列庫忒亞女子們由於聽到亞莉亞的鐵拳地獄發出有如工地現場般的聲響，紛紛好奇地聚集到艦艏來了。也因為這樣，使得我和從剛才就跪坐在地上低著頭的埃莉薩被眾人圍繞……大家紛紛說著「究竟怎麼回事呢？」「埃莉薩大人看起來好沒精神。」「是跟遠山金次發生了什麼事嗎？」等等，讓我們成了話題焦點。

（話說這狀況……）

由於剛才的事件沒有其他目擊者，要是埃莉薩主張『我被遠山金次偷襲，雖然嘗試抵抗卻被他推了下去』——搞不好會被當真啊。畢竟在這裡，埃莉薩比我受到眾人支持，而且她地位也很高。

「——怎麼啦？發生了什麼事？」

從女生們聚成的人牆後面，比埃莉薩地位更高的存在……列庫忒亞的女神路西菲莉亞現身了。結果——啪噠！

埃莉薩立刻朝著路西菲莉亞的方向擺出跪地磕頭的動作，也就是以前路西菲莉亞說過『請砍我頭』的姿勢。船員們見到這一幕，當場騷動起來。

就在我跟亞莉亞都還搞不清楚狀況的時候……

「……路西菲莉亞大人，我……我剛才試圖把遠山金次推落海中殺掉他，可是卻失敗，自己調下去滴。其實這是我第二次企圖殺掉他滴。可是金次卻救了我滴。不只這樣，當亞莉亞問他狀況時……他還隱瞞自己差點被殺的事情，包庇了我滴。」

埃莉薩將事情的大致經過都老實講出來了。包含她剛才似乎早就恢復意識而聽見我和亞莉亞的對話在內——全部招供。

「……什麼？你竟然、想殺掉、家主大人？」

嘩沙……路西菲莉亞形狀像三叉戟的後髮逐漸往上升起。

在她穿著泳衣的身體周圍開始出現黑色的靈氣……犄角後面也淡淡浮現有如黑色天使環的力場。呃、喂，她準備要變身成發飆模式的第二形態啦。為了這種小事，在這種地方。

路西菲莉亞接著瞪大眼睛，讓船員們都嚇得遠離她……但我反而朝她撲了過去。

「喂，路西菲莉亞，放輕鬆、放輕鬆！我的工作本來就會跟人打打殺殺，差點被殺掉這種事根本是家常便飯了——如果把那種事情都一一搬出來告狀，可是會成為業界笑話啊。所以差點被殺掉對我來說只是平凡日常生活中的一幕罷了，妳冷靜下來！」

我說著連自己都會感到悲哀的話，並且用手掌壓住路西菲莉亞的兩根犄角中間——結果那裡似乎是弱點的路西菲莉亞便「噗嘶～」地洩出霸氣後……

「……埃莉薩，家主大人似乎沒在生妳的氣，但我可不一樣。家主大人和我之間正在進行一場漫長的戰鬥，雖然目前我三勝四敗，但總有一天會贏過家主大人的是我。而妳如果出手挑戰家主大人，等於是對這場神聖之戰潑冷水。今後妳不准再出手。若能遵守這點，我就饒妳一命——」

……哦哦！太好啦。路西菲莉亞的黑色靈氣消失了。

「家主大人過去也曾拯救本應殺掉性命的我。聽好，諾契勒斯的諸位。男人是會幫助女人的存在。假如受過幫助卻沒回報，乃羞恥之事。埃莉薩，既然妳也被拯救過，就要助家主大人一臂之力。女人要與男人相互幫助，傾聽內心最原始的聲音。如此一來，肯定能夠慢慢理解這個世界上所謂男性的存在。」

路西菲莉亞說著，彷彿要托起雙峰般將胳膊交抱在胸部下面。結果她的泳衣硬生生延展，不只變薄透色而已，甚至感覺隨時要爆開了。

萬一在眼前發生那種事情可就糟啦。就在我如此擔心不已的時候……

在場的船員們竟不知不覺間用莫名尊敬的眼神看向我了。從她們騷動交談的聲音聽起來，雖然對於我拯救了差點殺掉自己的埃莉薩確實也表示好評，但大家似乎更驚訝於我目前贏過路西菲莉亞的事情。

話說剛才路西菲莉亞難得講出如此有意義的話，拜託大家別把焦點全放在殺不殺或幾勝幾敗的事情上好嗎？

按照諾契勒斯的艦上法，埃莉薩被處罰和我強制牽手一小時之刑了。這雖然是假如有人吵架就要牽手一段時間讓關係和好的刑罰——可是單方面對人找碴也套用同樣的罰則會不會太奇怪了？因為把手牽住的話，連我也跟著不能動啦……

然而法律就是法律，因此我只好和埃莉薩手牽著手，並肩坐在艦艏側的甲板上。

現在已徹底入夜，艦尾側舉辦的派對也感覺漸漸要散會了。

滿天繁星之中，銀河燦爛耀眼，光線一點也不昏暗。即便到了晚上氣溫依然很高，讓衣服都乾了。微微開始吹起的海風清爽宜人，而且由於距離陸地很遠的緣故，連一隻蟲都沒有，真是舒適又享受的狀況啊。除了被迫和美女牽手的事情以外。

埃莉薩她……或許因為對自己的所作所為感到羞恥而低著頭，從剛才坐下來之後就一直保持沉默。

但既然必須一直牽著手坐一個小時，除了講話以外也沒別的事情可做。於是……

「我從登艦第一天就覺得很奇怪，為什麼諾契勒斯會有多達三處淋浴室啊？而且其中一處還被封閉了。」

我嘗試拋出一個閒聊話題，結果——

「……其實本來只有一處滴。但之前艦上來了三位體表必須隨時保持溼潤，否則會身體不適的凱爾里族姊妹。由於那三人一整天都要使用淋浴室，讓其他船員們傷透腦筋，所以設置了她們專用的淋浴室滴。不過那三姊妹後來畢業登陸到越南，因此為了減輕打掃負擔而封閉了其中一間滴。」

——埃莉薩依然低著頭，但還是認真回答我了。

不愧是副艦長，關於艦上的事情什麼都知道呢。另外，所謂的凱爾里族我猜大概是蛙類列庫忒亞人吧。總有那樣的感覺。

後來，埃莉薩抬起頭……

「……你跳下來救我的時候，都沒想過自己可能爬不上來滴嗎？」

她也主動向我搭話了。

「我是日本人。日本人有種看見南國海洋就會想游泳的習性。所以我的主要目的是下去游泳，救了妳只是順便而已。」

我講出這樣有點彆扭的發言，不過其實一方面也是為了保身。因為以前恩蒂米菈講過『既然救了命就要把自己收為奴隸』，路西菲莉亞則是講過『既然救了命就要成為配偶』之類的話。所以在救了列庫忒亞人之後，盡早施行反向事後處理是很重要的。

「這片海域到處都是鯊魚滴，會被吃掉滴喔。」

……好恐怖。所以她才會想把我推下去是嗎？畢竟只要給鯊魚吃掉就不會留下什麼證據了。

「日本人會反過來把鯊魚吃掉啦，做成魚板之類的。所以我才不怕。」

聽到我這麼說，埃莉薩輕輕笑了一下後……告訴我「印度人也會吃滴」這種話。哦～是這樣啊？

「另外，妳似乎有所誤解，因此我跟妳講清楚。我並沒有殺掉瓦爾基麗雅或阿斯庫勒庇歐斯。雖然因為她們違反了日本的法律，所以我有把她們逮捕起來。但我從事的這個叫『武偵』的工作，即使遇到自己快要被殺掉的狀況也不准殺死犯人，否則百分之百會被判死刑。而我現在還好端端地活著，也能算是我沒殺死她們的證據。」

「……原……原來是這樣滴。那真是、那個……對不起你滴……」

嗯……？埃莉薩跟我牽住的手好像稍微動了一下手指，感覺像在嘗試把自己的手指插入我的手指與手指之間。搞什麼啦？癢死了。

「……金次，你難道都不害怕我們滴嗎？總覺得你似乎從一開始就表現得頗鎮定滴。」

「畢竟我早就習慣啦。」

「這部分跟艦外的人們就不一樣滴。」

「大家遲早都會習慣啦。雖然現在看起來想走到那一步還需要努力，但總會有辦法的。我也會幫忙——對了，埃莉薩，妳有吃到咖哩麵包嗎？就是在路西菲莉亞的要求下，麗莎大量製作的那個東西。現在好像在艦內掀起一陣小流行的樣子吧？」

「嗯，非常美味滴。那東西我在印度也沒看過滴。」

「我們打算要做的，就是那種事情。將兩種不同的東西合在一起，創造出新的好東西。那就是這邊的世界和列庫忒亞之間今後應該做的事情。雖然說，我這些其實只是把路西菲莉亞講過的話拿來套用而已啦……」

就在我這麼說的時候——不知不覺間，埃莉薩竟把她畫紅妝的手完全跟我十指相扣了。也就是所謂的情侶牽手方式。

接著……

「嗯。」

她忽然把自己的喉頭伸到我面前。

「做、做啥啦？」

「看就知道吧？意思是你可以摸摸我喉嚨滴啦。多多少少做為賠罪。」

雖然她說看就知道，可是我完全搞不懂啊。但總之她似乎要我摸摸看的樣子，於是我用空出來的手摸了一下她的喉嚨。結果——咕嚕咕嚕咕嚕……嗚哇，發出像貓一樣的聲音了。

「……原來妳是貓類列庫忒亞人啊？因為妳耳朵或尾巴都不明顯，讓我現在才注意到。」

「你講的那個什麼什麼類是什麼意思滴啦？我是繼承了米里基米亞族血統的列庫忒亞人第二代。這可是身分很高貴的種族，只要跟別人說你有過獲准摸我喉嚨的經驗，其他種族的人都會尊敬你滴。雖然不到像路西菲莉亞大人那樣的王族，但也是天生的貴族滴。」

「貴族……所以妳會當上副艦長啊。」

看見我露出感到明白的表情，埃莉薩卻搖搖她的銀髮頭。

「尼莫大人不是個看血統或身分挑選人才的人。我並非來自列庫忒亞，而是在印度土生土長，看得懂印度文，因此才被提拔為副艦長滴。畢竟諾契勒斯原本叫摩訶婆羅多號，是印度的船艦——雖然艦內的各處標示都已經翻譯完成，但資料還是用印度文寫滴。」

「……原來如此。不過妳看起來好像也很能幹，我想應該非常適任吧。」

「我們接下來要去接受補給的地方也是印度，所以我很期待滴。金次知道關於印度的事情嗎？」

我被她這麼詢問，稍微想了一下後——

「人們會騎大象移動對吧？然後大家都會瑜伽術，手腳會伸長而且又會吐火。街上到處可以聽見西塔琴的音色……」

如此這般，把我所知關於印度的印象都試著講出來。然而……

「……這下我知道你什麼都不曉得了。什麼大象、瑜伽、西塔琴……哈哈哈！我勸你在登陸前最好稍微做點功課滴。」

埃莉薩卻這麼笑了我一番。

被她這麼一講我才發現，印度明明是很有名的國家，我卻對它一無所知呢。

（……）

話說，埃莉薩表現得如此開心的同時……

躲在背後的指揮室圍殼後面偷窺我們的路西菲莉亞，嘴巴一直嘀咕著「家主大人……家主大人竟然和我以外的女人這麼親密……嗚嗚……不過……這樣一來，等會用我的體溫覆蓋家主大人手掌上的記憶時……真、真令人期待呀……」之類我完全聽不懂的發言，而且喘息得越來越急促，感覺超恐怖的。拜託處罰時間快點過去吧。

牽手之刑總算結束後，因為路西菲莉亞也消失了蹤影——於是我就像隻鬣狗一樣吃著烤肉派對的剩菜，並稍微幫忙了一下由於在派對上服務大家而表情無比幸福的麗莎那些伙房兵們整理善後。

接著回到艦內之後，在中層甲板的走廊上……我發現路西菲莉亞換回原本那套華美裝扮，拿了張椅子坐在教室門前。而且連我的個人房（木桶）都被她搬到那裡去了。看來她應該是為了實行所謂用體溫覆蓋我手掌記憶之類莫名其妙的行為，所以坐在那裡等我的樣子。而且她正把看起來像香水膏的軟膏塗抹在那對雙峰之間的深谷以及豐腴的大腿內側，可見她打算把我的手夾進那些部位傳達體溫對吧？簡直不知羞恥。

與其把手伸進那種地方，我還寧願伸進鯊魚嘴巴中。因此我還是趁她沒發現之前趕快躲起來，等她累得去睡覺吧。

然而艦內無論上中下層甲板都有路西菲莉亞的手下（粉絲）在巡邏，很可能早已布下一旦發現我就把位置告知上級的聯絡網。既然如此，我的藏身之處——最好選在甲板上的那座塔，指揮室圍殼的上面。反正現在諾契勒斯浮在海面上停泊。我就到那個像瞭望臺的地方，去跟接下來潛航後又會看不見的外面世界道別吧。

於是我躡手躡腳爬上梯子……穿過無人的指揮室，繼續往上爬。

就這樣出來到圍殼上面——發現距離甲板高約十公尺左右的那地方，現在宛如圓頂天象儀似地被一整片星空包覆著。剛才接受牽手之刑的時候，視野的下半部是海面，然而從這裡看到的景象卻是無限遼闊的月亮與星星……以及尼莫嬌小的背影。

她站在有如一艘小船似的圍殼頂部，拿著傳統的六分儀與指南針正在測量。彷彿抱著滿心壯志要前往宇宙似地，那個模樣看起來凜然而神祕。不過……

「諾契勒斯應該有GPS之類的測量機器吧？」

由於忽然被我出聲搭話的緣故——尼莫當場「呀！」地嚇了一跳，睜大琉璃色的眼睛轉過頭來。她在這種反應上就像個普通的女孩子，還真可愛呢。

尼莫雖然戴著軍帽，披著軍服外套……外套裡穿的卻是附有蝴蝶結的泳衣。不過從那泳衣沒溼的樣子看起來，今天的泳池派對上她應該只有露個臉而已。

「……測量機器可以信任，但不可信仰。這是初代尼莫的訓示。」

或許因為對方穿普通衣服、自己卻穿泳衣的狀況而感到害羞的緣故，尼莫做出稍微把外套前襟收合的動作……但沒有把鈕釦扣上，只是扭扭捏捏地抬起眼珠看著我。

「真是不錯的訓示。那麼妳有測量出來了嗎？」

「當然，我們在正確的座標上。金次，我們那座島就在那個方向——這裡是安達曼海上距離那座島最近的海域。這次本來就有預定在航線上的某個地點要停船進行艦體檢查……而我希望能停在這裡，所以就以艦長權限如此決定了。」

尼莫隔著防止摔落的欄杆伸手指向南南東的方向，露出害臊的笑容。

——原來那座無人島距離這裡很近嗎？

於是我和尼莫一起眺望著那個方向，在心中回想起各種事情。這次沒有任何交談。

既不順道拜訪，連看都看不見——但這樣反而有種珍惜只屬於兩人間的祕密回憶般，不可思議的感覺。

尼莫對於像這種營造氣氛之類的行為真的很厲害。印象中貞德在巴黎的時候好像也很會搞這套。或許這是法國女性的拿手項目吧。

「——埃莉薩似乎對你做了非常失禮的事情，剛才我聽本人親口報告了。身為這艘艦的代表，我也向你致歉。」

「那種程度的事情對我來說根本算不上什麼失禮。她對我一槍都沒開過啊。」

「我勸你還是別用被開了幾槍當成評斷失禮程度的指標比較好吧。話說回來，你這人可真厲害。埃莉薩是個女性主義者，甚至比剛從列庫忒亞來到這裡的人還要更討厭男性的……但她在描述你的事情時，那眼神已經完全像個戀愛少女了呀。」

聽到尼莫話中帶刺地如此挖苦，我不禁「饒了我吧……」地搖搖頭。

「這下在諾契勒斯上——你也親身體會到讓這個世界與列庫忒亞融合有多困難了吧？必須跨越的障礙可不只有男性的存在而已，文化與文明的差異也很大。雖然在這艦上會教育列庫忒亞人，但這邊世界的人類也必須向列庫忒亞人靠攏才行。」

由於尼莫提出了這個話題……讓我做好覺悟，決定把上次因為櫻桃小布而沒能談到的想法講出來了。

——也就是那個恐怕會深深傷害尼莫的事情。

「……所以N才會試圖降低這邊世界的文明水準是嗎？藉由教授的條理蝴蝶效應。」

「我是這麼理解的。教授說過，這是讓雙方互相靠攏。」

「其實根本不用做那麼誇張的事情。像跳躍了七十年歲月的媽——雪花才短短幾天就習慣現代文明，還成為了YouTuber。恩蒂米菈也在跟我一起生活的兩個禮拜內熟悉了日本文化，還跑到大井賽馬場去賭馬呢。」

「那個正經八百的恩蒂米菈竟然會被毒害到那種程度……你這人真的很厲害……」

「不要一邊誇獎又一邊用傻眼至極的目光看我好嗎？話說尼莫，我從之前就想跟妳講——妳根本被騙啦。教授才不是為了讓列庫忒亞人易於共存，才讓這邊世界的時代倒退。那傢伙其實另有企圖。」

「……另有企圖？」

「戰爭——為了促使人們戰鬥，而且是把這邊世界的人類與列庫忒亞人都混在一起。」

我在爆發模式時看穿了莫里亞蒂打算利用兩個世界寫出來的『書』——實際上分成兩個篇章。

其中描述結局的第二章，是將這個世界與列庫忒亞融合之後，令人驚訝的新世界的開始。

而他只讓尼莫對第二章中美好的部分懷抱夢想，使尼莫提供協助。

不過在那之前的第一章中，必須創造從列庫忒亞到這邊世界的龐大人流，而戰爭是最能引發激烈人流的手段。在莫里亞蒂教授的腦中，所謂第三次接軌本身就意味著戰爭。在這點上，我也看出了許多證據。

「戰鬥只會發生在相同水準的兩者之間。這句話講的不只是武力，同時也在講好戰程度。這邊世界的文明隨著經濟全球化的推進，逐漸變得能夠預防戰爭了。畢竟沒有人會傻到想殺害自己的生意對象。然而教授卻試圖讓它退化到國粹主義、霸權主義、軍備競爭的水準。提高這邊人類的好戰程度，到了終於爆發鬥爭的時候——就讓諾亞與納維加托利亞加入戰局。」

「……」

尼莫認真聽著我這些由於在諾契勒斯上不愁沒有爆發血流而引導出的推理——

「妳之前不是說過——教授篩選出腦袋較靈活、願意學習這邊文化的列庫忒亞人，送到諾契勒斯來嗎？但實際上剛好相反。教授是篩選出**不願學習的傢伙**，即使派遣登陸也不會被這邊的文化所感化，到死都會戰鬥下去的類型，留在諾亞與納維加托利亞上。也就是把無法理解什麼尊重人命或和平主義，只懂得藉武力獲得領土、把他人抓為奴隸的**好戰分子們**留下來。像路西菲莉亞剛開始的時候，也是什麼都不願理解的石頭腦袋。而且莫里亞蒂也沒有把那些人送回列庫忒亞，甚至還給予她們納維加托利亞這個住處，讓她們繼續留在這邊的世界。」

——尼莫琉璃色的眼眸逐漸驚訝睜大。畢竟她腦袋那麼好，肯定已經漸漸明白我講的這些話恐怕就是真相了。

「到了最高等級甚至能夠毀滅世界的列庫忒亞魔術，與這邊世界的兵器，應該能打得不相上下吧？而戰爭中的當事國、紛爭的當事者們見到這狀況，想必會競相讓列庫忒亞人大量移動到這邊世界。至於召喚的方法，教授絕對會樂於散播。這就是——」

「……第三次接軌……」

尼莫聽著我的話，露出深受打擊的表情。而我對她點點頭後——

「然而事情還沒結束。純粹的列庫忒亞人們想必也會藉著這邊戰爭、紛爭頻繁爆發的機會——展開像是丁她們原本策劃的那種侵略戰爭。而且應該也會有這邊世界的人類反過來幫助那樣的行動。就像我之前阻止的那名叫蕾芬潔的納粹殘黨，就在進行那樣的準備工作。而在旁協助她的一名叫仙杜麗昂的傢伙，原本是納維加托利亞的鐵指環成員。」

以諾亞與納維加托利亞為導火線進入無止盡的戰亂時代，變得殘破不堪的世界……到了戰後，將會留下大量的列庫忒亞人。

到時候，這邊的人類與列庫忒亞人之間或許會找出一條融合之路吧。許許多多的男女們可能也會互相結合。然而，那絕不是什麼和平的故事結局。而是在鬥爭之中相互合作，鬥爭結束後成為夥伴，那種如果寫成『書』確實會令人熱血沸騰的——血腥的戰記故事結局。

「從諾契勒斯登陸的那些想法較為進步的列庫忒亞人們，只要進入戰爭時代——想必也會被當成口譯員、談判員或間諜加以利用。而且是強制性的。」

以前聽到尼莫描述她在受騙之中想像出的斷片性未來印象——我本來猜想教授是企圖讓這個世界的科學文明，倒退至跟列庫忒亞同等級的中世紀程度。類似科幻作品中所描寫的地景改造（Terraforming）一樣，將這邊的世界改造成列庫忒亞的環境。然而當時那些話不但聽起來缺乏現實感，而且我還認為應該有充裕的時間應對。

但假如實際上並非如此，那傢伙真正的目的不只在科學方面，甚至打算讓人類的精神水準也退化的話，又會如何？那樣光是倒退個一、兩步，就會出現跟中世紀沒有兩樣的好戰性價值觀。如此一來，我剛才講的那些莫里亞蒂的企圖，就會一口氣變得具有現實感了。

尼莫聽完我這些話，沉默一段時間後……

「……你講的這些，恐怕是真的……畢竟和我至今在N的所見所聞不相矛盾，可以講得通。我本來想說無論走哪一條路，都難免會發生讓這邊世界的人們爆發大大小小各種紛爭的未來……但沒想到讓列庫忒亞人們加入其中促使紛爭變得激烈，竟然就是所謂的第三次接軌……教授——莫里亞蒂到底想做出什麼事情來呀——」

她露出完成驗算似的表情，認同我的推理是正確的了。

雖然這讓我對自己的想法更有信心，但她的眼神卻沒什麼力氣……

「可是金次，我們無法阻止那樣的事情發生。既然莫里亞蒂如此策劃，事情就會這麼發展。這便是條理蝴蝶效應可怕的地方。莫里亞蒂推倒的命運骨牌，是無法停止的。骨牌早已從個人程度的『線』發展至全人類程度的『面』，即使擋下其中一、兩枚，其他依然會繼續倒下去。莫里亞蒂加速了人類全體心中原本就存在的——往後倒退的意向。我在這件事情上也幫助過他。所造成的結果，就是人類自身試圖讓世界如怒濤般劇烈改變……而如今已無法阻止了。今後的世界上將會有各種獨裁主義在不被人察覺之下逐漸擴展，原本普遍化的文化也會恢復為各自原本固有的色彩。世界已經無法改變往後倒退的潮流。即便是你，也無法改變……」

尼莫搖搖頭，讓她的短雙馬尾跟著擺盪，眼眶中還含著淚水。

「是啊，就算是我肯定也無法改變吧。但還是有個傢伙能夠改變它，就是莫里亞蒂本人。所以我們要改變那傢伙。」

「那種事情……莫里亞蒂不會聽任何人的話。不可能的。那種事情……是不可能的呀，金次……」

面對由於自己過去受騙成為幫兇的事情終於忍不住哭出來的尼莫——

「Enable（化不可能為可能）。」

我道出自己的稱號，暗示她：別擔心，我會想辦法。

不論有沒有被莫里亞蒂插手加速，我的確感受到人類在精神上已經有些部分開始緩緩倒退。這個世界正逐漸後退。

但後退又怎樣？

任何人都多多少少會往後退。世界整體也是一樣。

即使往後退，只要再前進就好。

這同樣是任何人都具備的力量。世界肯定也是！

「——我好害怕呀，金次。過去的我，只是坐在強大的存在……坐在莫里亞蒂這個巨人的肩膀上，假裝自己也很強大罷了……可是從那肩膀一下來，我就頓時看見自己的脆弱與渺小……忽然變得害怕起來了。我實際上根本沒有強大到能夠牽扯世界命運的程度呀……」

依偎到我身上，彷彿要鑽入我懷中似地將頭靠過來的尼莫……表現出她肯定從來沒有讓別人看過的軟弱一面。只讓我看到。

「我也一點都不強啊。但是我不會怕。」

「金次……」

「畢竟會感到害怕的思考回路，已經被我不久前還就讀的那所瘋狂學校搞到麻痺了。而且我並沒有打算做什麼對這個世界怎樣怎樣的大事情。這件事——我只是為了在哭泣的妳而做，當作之前在那座島上獨自霸占了椰子的賠罪。」

我看著縮在我胸口前的尼莫忍不住感到害臊，於是把視線朝南方大海別開，如此表示……結果尼莫在我胸膛上說著「Merci（謝謝）、merci，金次……」並哭了一場後……

「……可以抱抱我嗎……」

我聽到她用勉強可以聽見的微弱聲音這麼說道，於是……回應了她的要求。

尼莫對於自己受騙於莫里亞蒂，將這個世界的可能化為了不可能的事情感到後悔——但我會讓那個過程再倒回去。將不可能的事情化為可能。我緊緊抱住她，暗示這份想法。

結果尼莫擦拭掉眼淚，把嘴唇按在我胸口上之後——踮起腳尖——彷彿讓嘴脣往上滑動似的，在我頸部吻了一下。

然後俗話說讓人一步就會步步讓下去……

「金次……雖然我無法理解你為何想要……但你別再偷我內衣褲了。如果想要，你就老實說。我以後全部都會給你的……」

尼莫抬起臉，把她的小嘴朝向我——

靜靜地，閉起眼睛。

（……！……）

這、這也必須回應她才行嗎？話說，我的手腕現在抓得頗緊啊。我已經給妳抱抱，這樣不就足夠了嗎……！難道還必須親親才行嗎？

在沒人看見的圍殼凹陷處、一片銀河底下，尼莫把我的手往下拉……就在無路可退的我快要被她完全拉下去的時候——

「——金次，你愛偷內褲的毛病還沒改掉嗎！」

從腳下忽然響起厭惡感滿點的娃娃聲，讓我和尼莫都當場彈跳起來。我甚至差點從十公尺高的圍殼上摔下去了。

「——亞——亞莉亞妳這傢伙……妳、妳從什麼時候開始偷聽的！話說金次，原來你連亞莉亞的內褲也偷過嗎！雖然我聽過你把路西菲莉亞的內褲拿來玩翻花繩啦！」

徹底陷入驚慌狀態的尼莫上演起對亞莉亞和我同時發飆的憤怒特技。

「我從『你為何想要』的部分開始聽見的啦。順道一提，我可是認識第一天就被他偷內褲了。」

亞莉亞爬上狹小的圍殼頂部，逼到尼莫面前講出莫名其妙的發言。雖然從態度上看起來她似乎在炫耀的樣子，但她講的難道是那件事嗎？也就是亞莉亞擅自闖進我房間的那一天——我趁她擅自跑去洗澡的時候想沒收她的武器，結果拿起來的小太刀上不巧勾到她內褲的那件事嗎！原來那場誤會還沒解開啊！

「我、我可是被偷過兩次！是我贏！」

而尼莫也用讓人搞不懂的尼莫式勝負計算對亞莉亞如此大吼。接著和亞莉亞互相把臉逼得比剛才的尼莫跟我更近，幾乎要親到嘴的距離——氣呼呼地瞪著彼此，開始用頭推著對方。再這樣下去，搞不好會從圍殼上被推下去。

「妳們兩個快停止這種沒意義的爭執啊！」

我把雙手插入亞莉亞與尼莫的額頭之間，嘗試將她們兩人扳開，但雙方的推進力都強到不行。呀啊啊啊我的手被夾在額頭跟額頭中間，軋軋作響啦！這樣下去我的手掌還有手指還有全部都會粉碎性骨折啊！

比較喜歡待在房間的尼莫在艦上似乎也是個充滿神祕感的存在，也因此讓人覺得是個具有超凡魅力的艦長而受到大家尊敬。相對地，平時總會在各層甲板巡視並關照船員們的日常生活——對諾契勒斯的女生們來說比較親民的領導者，是身為副艦長的埃莉薩。

在重新潛航，沿著印度洋東北的孟加拉灣行進的諾契勒斯艦內……由於埃莉薩對我的態度變得友善的緣故，感覺其他船員們也變得對我比較友善了。就連聲納手米希莉茲都把對我的咒罵等級從「去死」降到「去見鬼」啦。多虧如此，我期待已久的個人房間……雖然沒能得到，不過也獲准把我當成床鋪的木桶移到封閉的第三淋浴室了。我原本洗澡都必須偷偷摸摸的，這下也能悠悠哉哉地淋浴，睡得舒舒服服啦。

開始萌生『金次＝好東西』這項共通認知的女生們，之前本來都只會偷偷瞄我，不過最近也變得會光明正大地把視線看過來了。我就趁這個機會，努力讓列庫忒亞的女生們對『男性』這個種族整體懷抱良好印象吧。雖然總覺得我好像在這點上是最不適任的人選，但畢竟這裡只有我一個男的，只能硬著頭皮做啦。

然而就算帶著這樣的抱負，我終究還是我。非爆發模式的平常狀態下根本不曉得該怎麼做才能讓女生們產生好印象。因此我只能當有船員在搬重物的時候，或是拿不到高處的東西時幫個小忙。結果每次被我幫忙的傢伙和周圍看到的傢伙們，都會「哦哦～」地騷動起來。然後……

「被金次溫柔對待果然會有某種特別開心的感覺呢。」「好想要被他再更溫柔對待。」「有種原始的喜悅。」「變得好想生小孩喔。」

「──不要為了這點小事就想生小孩啊！」

她們總是會接著如此吵吵鬧鬧，害我必須一一吐槽，真的有夠累。甚至讓我覺得像以前那樣被大家裝作沒看見還比較輕鬆。這下真希望能快點抵達印度啊。

其實也用不著我如此許願……到孟買的進港日越來越近了。

也因為這樣，諾契勒斯的船員們變得比平時更加注重打扮。負責理髮的船員忙得不可開交，麗莎她們那些伙房兵也忙著熨燙大家的制服。由於第一、第二淋浴室總是人滿為患，我要小心別經過那些地方才行。之所以會這樣的理由——似乎是因為尼莫雖然在航海途中會放鬆紀律，但靠港期間會嚴加整頓的管理方針。其實這也不難理解，畢竟到了港口就跟海上不同，會有外人的眼光嘛。

不過看著她們紛紛整理髮型隱藏獸耳朵，或者試穿斗篷隱藏尾巴的景象，就讓我再度體認到她們在這個世界是活得很辛苦的存在。

（……雖然說，在活得辛苦這點上，具有特殊〈爆發〉體質的我也是一樣啦……）

我因為害怕被那些外觀打理得越來越漂亮的女生們到處跟隨，決定窩在木桶中睡午覺了。這麼說來，以前在香港的藍幫城時，我也是躲進甕中逃過女生追殺。我幹的事情一點都沒成長呢。

就這樣，當我夢到自己變成木桶酒的時候……

「家主大人，我稍微挪開囉～」

我聽見路西菲莉亞的聲音，同時有種木桶被扛起來的感覺，頓時清醒過來。但木桶很快又被放到地板上，看來只是從第二淋浴室被搬出來到走廊上而已。

「搞什麼啦……嗚……嗚喔！」

被妨礙睡眠的我本想抱怨個幾句而打開木桶蓋——又嚇得立刻蓋回去了。因為路西菲莉亞、亞莉亞和麗莎竟然都來到了第三淋浴室……！她們因為其他淋浴室沒空位，就跑來使用平常沒在用的這裡了嗎？簡直給人添麻煩！

諾契勒斯利用無限的電力每小時會將二十噸的海水轉換成淡水，因此熱水也能盡情使用——而我聽到那三個人開始痛快淋浴的聲音了。換言之，她們現在都是全裸。我本來想學緋鬼的壺，讓木桶倒下去滾動逃跑。但據說這個木桶是初代尼莫在初代諾契勒斯上用來儲藏威士忌的老古董，萬一它在倒下去的瞬間就像雞蛋破開般分解，我搞不好會誕生在光溜溜的那三人旁邊。

然而即便我緊閉眼睛、塞住耳朵徹底防禦，依然會有路西菲莉亞忽然講什麼「家主大人也過來」，然後把我從木桶中拖出去的風險。因此還是事前好好交涉，拜託她們讓我安全撤退比較好。而為了進行交涉——我首先要從這個老舊木桶的隙縫間瞇眼窺探，偵察狀況。鼓起勇氣來吧！

順道一提，諾契勒斯的淋浴室並沒有設置門板，只有防止水花飛濺的浴簾。因此我可以看見那三個人映在簾子上的身影。

在沒有隔間的淋浴室中，麗莎似乎正在幫亞莉亞洗她很長的頭髮。路西菲莉亞則是一邊淋浴一邊看著她們……

「呵呵！亞莉亞果然很小呢。」

「那是遠近法啦。距離較遠的東西會看起來比較小。妳連這都不懂嗎？」

「就這點距離……？而且胸部也好小呢。」

「遠、近、法、啦！」

亞莉亞使出一招貫手，把路西菲莉亞的身體折成く字形。不妙，那兩個傢伙要是打起來，會光溜溜地滾到外面來的。

「我……我說妳們啊，沖個澡不能好好相處嗎？我現在要閉著眼睛從木桶出去，沿牆壁到走廊另一頭去。妳們一分鐘別出來喔？絕對別出來喔？絕對喔？」

「嗯？我就算被家主大人看見也沒關係喔？話說家主大人也過來呀。來啦！我根本自找麻煩嘛！然而海神這時保佑了我。拉開浴簾張著雙臂，對我擺出「過來吧」動作的路西菲莉亞——全身都是沐浴乳的泡沫，奇蹟般遮住了女性身體關鍵的三個地方。海神波賽頓大人，太感謝祢了……！

「雖然亞莉亞好像不想被看見就是了。因為遠近法讓她看起來很小呀。好，我贏了。」

「啥？我也一樣——這種程度的事情如今也不在意了啦！」

亞莉亞被挑釁而回嗆似地發飆起來，滿臉通紅地跑到外面，讓狀況更加糟糕了。就算妳不在意我也會在意啦！而且就連麗莎雖然有拿著浴巾，但也追著亞莉亞跑出來了。波賽頓祢到底是敵還是友啦！

我趕緊雙手遮眼，「嗚哇——！哇——！」地大叫遮蔽聽覺。接著大聲唱起中島美雪的《怨恨（うらみ・ます）》與山崎初子的《詛咒（呪い）》等等令人毛骨悚然的歌曲，讓亞莉亞和路西菲莉亞害怕得不敢靠近木桶。

我在走投無路之下發揮出罕見的想像力所執行的這項作戰最終獲得成功，讓亞莉亞她們都抱著衣服逃走了。用全身光溜溜的狀態。

只有麗莎似乎不怕驚悚歌曲，露出「？」的苦笑留了下來……不過她有好好擦乾身體、穿上水手女僕裝所以沒問題。就這樣，事件落幕啦。

我在木桶中不禁鬆了一口氣。雖然由於剛才好像看見又好像沒看見亞莉亞的重要部位造成的衝擊害我腳軟，所以暫時沒辦法爬出木桶就是了。

「雖然就快要登陸了，但不知是要停靠到哪座港口呢。請問主人知道嗎？」

麗莎如此對我搭話，於是——

「原來妳不曉得嗎？哦哦，畢竟妳一直忙著做女僕的工作啊。是孟買啦。」

看起來像個會講話的木桶般奇特詭異的我這麼告訴她後……

「……孟買……」

麗莎做出似乎想到什麼事情的反應。

她接著從裙子口袋中掏出葉片形狀的手機（Nokia 7600），「呃～日曆功能……今天是……」地確認起日期來。然後……

「——！……失禮一下了。」

麗莎忽然打開桶蓋抬起腳讓吊襪帶都露出來，試圖跨進桶內——為什麼啦！我剛剛才想說事件終於落幕的結果根本還沒落幕，這太扯了吧！

剛沖完澡而散發出陣陣洗髮精香氣的麗莎，和腳軟動彈不得的我在有如拼木工藝品的桶子中緊密接觸。柔軟的各種部位都貼到我身上……這樣下去我會被她mooi的！波賽頓救救我！

「這木桶限乘一人啦！快、快出去……為什麼要跑進來！」

「因、因為這是不應該讓任何人聽見的話——所以請恕麗莎失禮，就、就在這裡面……啊嗯……這、這件事攸關主人的命運……」

「我的日常生活一直都關係到命運啦！既然不應該讓任何人聽見，那也不要跟我說！」

砰！木桶這時應聲倒下——「磅！」地完全分解了。因此失去安身之處的我，用宛如剛剛誕生的小雞般搖搖晃晃的步伐在走廊上撤退了。

麗莎一得知地點與日期就想到的事情……我也多多少少猜出來了。老實說，那也是自從羅馬以來我一直擔心的事情。

不過將壞事暫且擱到一邊，慢慢花時間一步步應對——這也是一種處事智慧，是慢調子的亞洲人特有的傳統做法。總是想要立刻查明真相、全力介入處理的歐美人或許無法理解，有時候這樣反而可以在命運之路上安全駕駛呢。雖然說，這次的狀況是否如此也只有上天才曉得了。

登陸這一天，餐食變得非常豪華。這是由於可以在孟買接受補給，因此本來庫存減少而變得謹慎供應的甜食到了這天也能任君享用。船員餐廳中人擠人，教室今天也沒授課而辦起了甜食派對。而我透過埃莉薩居中調停，在派對中總算和聲納手米希莉茲也化解恩怨講到話了。

就在這樣的氣氛中，我感受到諾契勒斯上浮產生的搖動——於是聽著樂隊的軍號吹奏聲，爬上指揮室。終於來到這一刻啦。

形勢使然搭上的諾契勒斯，形勢使然來到的印度……這些形勢背後恐怕都有那個傢伙看不見的手介入其中吧。我如今也總算多多少少能看出那雙手的動向了。畢竟到現在已經看過好幾次啦。不過這次我要無視到最後一刻，反抗到底。

「本艦目前深度零。低速前進中。方向，〇－二－五。」

「現在時刻，ＩＳＴ（印度標準時間）十九點十三分。」

「圍殼上，排水完成。」

在亞莉亞與路西菲莉亞也來到的指揮室中，全體幹部們的聲音接連不斷。

「艦外氣溫，攝氏二十五度。印度的雨季在九月就結束了，我們進港的正是好季節滴。」

「那麼，埃莉薩，準備旗幟。金次你們也上來看看港口吧。」

尼莫如此表示後，帶著向她敬禮的埃莉薩……然後我、路西菲莉亞與拿著雙筒望遠鏡的亞莉亞也一起在指揮室內往上爬。接著打開艙門，來到了夜晚中點燈的圓殼頂部。

由於和艦內的氣壓不同，需要稍微調整一下耳壓——而現在似乎是這裡的旱季，又悶又潮溼的天氣在外面迎接我們。另外還有聲音。不同於上次在安達曼海停艦浮上水面時的狀況，現在巨艦排開海水的聲音聽起來就像水平的瀑布一樣。

完全難以想像是十一月的空氣包覆身體，讓人冒汗，周圍還有淡淡的霧氣。這裡是阿拉伯海，是熱帶季風氣候的地區。

「——有蟲子。」

正如路西菲莉亞所說，圓殼頂部的燈光附近有小隻的飛蟲飛來飛去。這同樣是在大海中一直沒看到的景象。

「那就是孟買滴。」

不是將N旗而是將『MOBILIS IN MOBILI（動中之動）』的諾契勒斯旗掛到桅杆上的埃莉薩伸手指向左舷前方。在一片霧的遠方，可以看見廣大到難以盡收視野之中的城市之光。

——那就是印度最大的都市，馬哈拉什特拉邦的首府，孟買。在昏暗的港灣中到處有大大小小的船隻燈光。多虧如此，諾契勒斯或許沒有想像中那麼顯眼。

這艘艦原本是印度的潛水艇，而現在就像迎接它回鄉似的，一座燈光照耀的超巨大拱門聳立在左舷側的灣岸邊。有如巴黎凱旋門的這座石造拱門，名叫 Gateway of India——印度門，是相當有歷史的建築物。雕飾壯麗，背對著大都會的這座門……在還沒有空路，只能透過海路來到這地方的時代，或許真的就是印度的 Gateway（入口大門）吧。

諾契勒斯悠然通過印度門前，進入孟買灣內後，大幅左轉回頭。以燈塔為標示緩緩靠近的碼頭邊，可以看見印度海軍的巡洋艦排列得井然有序。是軍港啊。原來印度竟把軍港設置在一般遊輪和商船都會停泊的港口正中間啊。

在透過靈巧的操船技術停入那座港口的諾契勒斯上，用軍帽與斗篷遮住獸耳和尾巴的船員們紛紛從艙門來到甲板。接著在長長的甲板上整齊排成兩列，對左右邊的所有存在——海軍艦艇、孟買乃至印度本身敬禮。

最後在印度海軍樂隊的歡迎合奏聲中，諾契勒斯靠到碼頭邊，下錨。我們平安入港了。仔細一看，那些穿著白色制服的印度海軍成員全都是女性。看來對方也在一定程度上知道我方的來歷。不愧是傾向『門派』的國家。

（話說……）

由於孟買的印度海軍港就建在城市內，因此從鄰近的建築物上可以完全看見港中的狀況。相對地，從這裡也能清楚看到街上的景象。在其中特別顯眼的建築物，就是如城堡般的泰姬瑪哈酒店。

「……受不了。畢竟上次也在，所以我就想說這次搞不好也來了……」

亞莉亞用望遠鏡看著那座金碧輝煌的酒店如此嘀咕——於是我也用肉眼看過去……結果就像志村健或豆豆先生一樣忍不住又看了第二次。

接著從亞莉亞手中把望遠鏡搶過來再度確認，果然不是我看錯。

在泰姬瑪哈酒店的高樓層房間，用無花果樹裝飾的窗邊……

（……那不是蕾姬嗎……）

抱著德拉古諾夫的蕾姬就在那裡。套著一條頭巾或者說類似兜帽的東西，肩上披著一條長布，打扮得有如一名阿富汗的山岳兵。

就在這時——我透過國際漫遊進入訊號圈內的手機響起。鈴聲是『Hit in The USA』。GⅢ啊。

不禁嘆了一口氣的我，接起電話第一句就告訴對方「加布林漂在千葉海上啦。」之後……

『光是從借給老哥的那一刻起，我就不奢望能要回來了啦。話說你手機的待接鈴聲不是日本的，你在哪裡？』

「印度。」

『你就不能偶爾做點跟問號無緣的行動嗎？雖然我一瞬間還想問你為什麼在印度，

但反正聽了也肯定不懂就算了。如果對這種事要一一詢問，就必須對老哥的所有行動都問一遍啦。』

「你是為了講我壞話打國際電話來的嗎？」

『我有想問你的事情跟想告訴你的事情。你想先聽哪個？』

「反正不管哪個肯定都不是什麼好事。隨便啦。」

『那我先問，關於老哥你認識的人物。那個叫「ＹｏＴｏ」的傢伙是什麼人？現在在哪裡？我頂多只知道他似乎是個日本人而已。』

ＹｏＴｏ……妖刕啊。

「你又在怪力亂神的領域冒險散步了嗎？我這次會全力保持距離不被捲進去，所以你把詳情告訴我。那樣我就把自己知道的事情告訴你。」

『我現在跟Ｆ——叫Fuji的神祕學玩意扯上關係。我的部下剛在沖繩找到了相關的東西。而在這檔事上，ＹｏＴｏ似乎也有關係，我搞不好會在散步途中跟他幹上一架啊。』

——Ｆ。以前貝茨姊妹也有說過ＧⅢ試圖與那玩意進行接觸，而且說那是必須制止的行為。之前我在紅鶴寺打電話給ＧⅢ的時候他就說正在前往九州，原來那也跟Ｆ有關啊。但我現在忙著處理Ｎ的問題，才沒時間去管什麼Ｆ。所以我就把自己知道的事情都告訴他，讓他能夠自己去解決問題吧。

「妖刕是個很棘手的傢伙。他本名叫原田靜刃，之前在舊公安零課，但我不曉得現在還在不在。雖然他的本事我大致上都摸清了，但要我跟他打應該還是五場中會輸兩場。所以你在處理這件事的時候也注意別跟他交手。他雖然跟一個叫鵺的女人住在一起，但看起來應該沒在交往的樣子，所以不確定能不能成為人質。我最後一次見到他是住在錦系町，應該至少有留下什麼痕跡吧。在極東戰役的時候他跟魔劍——叫愛麗絲貝爾的女人組過搭檔。妖刕似乎有偷過那女人的內衣。竟然偷女人的內衣，真是個過分的男人。」

『不愧是老哥，這類危險的事情只要問你都能回答得這麼詳盡，連根本無關緊要的情報也知道。Thanks 啦。』

「你才沒資格把我講得好像什麼危險商品的綜合貿易公司。那你說想告訴我的是什麼事？」

『老哥你房間收到一封信啦。』

「聽你鬼扯。根本沒有什麼人會寄信給我好嗎？就連賀年卡我這輩子也總共只收過十張，而且全都是白雪寄來的。」

『我才沒鬼扯。是夏洛克・福爾摩斯寄來的。』

——該死。我就知道。

至今為止的整段流程。我躲在木桶時麗莎講過的話。蕾姬現身在這裡的事情。這些線索全都串在一起啦。明明我故意擱到一邊，想要慢慢思考對策地說。

『九九藻擅自把信打開了。我看看～內容標題是……』

「內容我大概已經猜到了，不用講出來。拿去丟掉。」

『……第二屆伊・U同學……』

「拿去丟掉。」

『這可是親筆信啊。賣給Sherlockian（福爾摩斯迷）應該能賣到一萬美元左右吧？』

「丟・掉！」

我說完便掛斷電話，連手機電源都關掉。

然而就算能逃避電話，也逃避不了現實。還有諾契勒斯甲板上的船員們看著孟買灣遠方陷入驚慌狀態的景象同樣逃避不了。

該死的夏洛克。他甚至連GⅢ會打電話給我，讓我知道這件事情的時機都推理出來了是吧。真是了不起的傢伙。我只能對你低頭啦。

「金次，同學會。反正那通電話就是在講這個吧？」

「我不明白您在說什麼。」

死也不肯面對現實而如此裝傻的我，在已經進港、下錨，無處可逃的諾契勒斯圍殼頂部——聽著埃莉薩用幾近尖叫的聲音對艦內通話用的麥克風大叫：

「——敵、敵襲——！——是伊・U滴！」

對方肯定是早一步來到這裡，潛在孟買灣的海中埋伏我們的吧。我只能一邊嘆氣一邊抬起頭，無可奈何地望過去。看向那艘浮現海面擋住軍港出口的巨大黑色核子潛艇，指揮室圍殼上寫的——『伊』、『U』兩個字。

Go For The NEXT!!!!!

後記

大家好，我是因為家裡的洗衣機三不五時就顯示『衣物重心偏移』而停止運轉，所以只好大叫著「我把力量借給你！」然後抱住洗衣機扮演穩定器功能的赤松。

在這次的第XXXVI（36）集中，名叫加布林的個人用噴射滑翔翼再度登場了。這是讓擁有者能夠獲得壓倒性強大力量的最新兵器——尖端科學兵器之一。就好像持槍者能夠打倒用刀劍戰鬥的人，使用雷達的一方能壓制依靠肉眼的一方，無論任何事情上擁有高科技新產品的人肯定會比較有利！嶄新就是一種強大的力量！——或許因為抱持這種想法的緣故——筆者對於新的電子產品也非常熱中，每當有什麼創新商品發售就會立刻購買。在群眾募資上也不知投資了多少錢……過了好幾年都還沒收到完成報告的各種夢幻最新產品，究竟什麼時候會送到呢？（淚）我相信一定可以收到喔！（淚）

現在我的家已經徹底化為智慧住宅，無論電燈、空調還是電視全都改為聲控了。結果這點完全變成習慣，讓我在住飯店的時候也會不禁脫口講出「OK, Google.」的程度。在自己房間就算遙控器擺在眼前，我還是會把伸手按鈕的衝動努力忍下來，用嘴巴說出「OK, Google. 把電視轉到第一頻道」的指令。到這種地步，或許已經不叫使用電子產品，而是被電子產品使用了。不過……沒關係！因為新的東西就是比較強啊！（？）

Apple Watch我也是從第一代就在使用。這產品真的很棒，畢竟小小幾公分四角的手錶就能當成簡易的智慧手機！不但可以顯示新聞、天氣或地圖，也能成為隨身聽，成為電子錢包，或者收發訊息，閱覽ＳＮＳ。不過假如在沒連藍牙耳機的狀態下講電話，對話內容都會被周圍的人聽光光，所以偶爾在外出路上遇到有人打電話來，我就必須像忍者一樣找地方躲起來偷偷講話。但是沒關係，沒關係，有新的東西就是比較強……所以我很強的……

由於像這樣固執於使用Apple Watch的緣故，讓我變得幾乎不使用iPhone——結果像ＦＧＯ、ＰＵＢＧ、荒野行動、碧藍航線、原神——我迷上各種知名遊戲的時間點總是會比大家晚一拍。俗話說，過猶不及啊。該好好反省。

那麼期待下次——當我買到智慧手環，為了各種設定奮戰的時候再相見。

二〇二一年十二月吉日　赤松中學

アリア36巻!
※亞莉亞第36集!!
■由於麗莎每次總是有許多荷葉邊，畫起來很花時間，不過完成後看起來也比較華麗呢！應該吧。希望如此。
■那麼期待下一集再相見吧！

緋彈的亞莉亞

Aria the Scarlet Ammo

浮文字

緋彈的亞莉亞(36) 飛向綺羅月

(原名：緋弾のアリアXXXVI 綺羅月に翔べ(カルティエ・ムーン))

作者／赤松中學　封面插畫／こぶいち　譯者／陳梵帆
執行長／陳君平　榮譽發行人／黃鎮隆
協理／洪琇菁　國際版權／黃令歡
執行編輯／呂尚燁　美術主編／陳聖義
企劃宣傳／洪國瑋
出版／城邦文化事業股份有限公司 尖端出版
台北市中山區民生東路二段一四一號十樓
電話：(〇二)二五〇〇七六〇〇　傳真：(〇二)二五〇〇二六八三
E-mail：7novels@mail2.spp.com.tw
發行／英屬蓋曼群島商家庭傳媒股份有限公司城邦分公司　尖端出版
台北市中山區民生東路二段一四一號十樓
電話：(〇二)二五〇〇－七六〇〇(代表號)
傳真：(〇二)二五〇〇－一九七九
中部以北經銷／楨彥有限公司
電話：(〇二)八九一九－三三六九
傳真：(〇二)八九一四－五五二四
雲嘉經銷／智豐圖書股份有限公司　嘉義公司
電話：(〇五)二三三－三八五二
傳真：(〇五)二三三－三八六三
南部經銷／智豐圖書股份有限公司　高雄公司
電話：(〇七)三七三－〇〇七九
傳真：(〇七)三七三－〇〇八七
一代匯集／香港九龍旺角塘尾道六十四號龍駒企業大廈十樓B&D室
電話：(八五二)二七八三－八一〇二
傳真：(八五二)二七八二－一五二九
馬新經銷／城邦(馬新)出版集團　Cite(M)Sdn.Bhd.
E-mail：Cite@cite com my
法律顧問／王子文律師　元禾法律事務所
北市羅斯福路三段三十七號十五樓
二〇二一年十月一版一刷

■中文版■

郵購注意事項：
1. 填妥劃撥單資料：帳號：50003021戶名：英屬蓋曼群島商家庭傳媒(股)公司城邦分公司。2. 通信欄內註明訂購書名與冊數。3. 劃撥金額低於500元，請加附掛號郵資50元。如劃撥日起 10～14日，仍未收到書時，請洽劃撥組。劃撥專線TEL：(03)312-4212　・　FAX：(03)322-4621。E-mail：marketing@spp.com.tw

國家圖書館出版品預行編目資料

緋彈的亞莉亞36 / 赤松中學 著 ； 陳梵帆 譯.--1版.
--臺北市：尖端出版, 2022.10
面 ； 公分.--(浮文字)
譯自:**緋弾のアリア**
ISBN 978-626-338-487-3(第36冊：平裝)

861.57　　111013755